KB236979

이정자의 고전산책

고전의 샘에 마음을 적시다

국학자료원

온고이지신(溫故而知新)이라 했던가. 한문을 가르치면서 참 많은 것을 느끼고 배우고 익힌다. 그야말로 교양한문은 교양인으로서 필수적으로 알아두어야 할 과목이고 내용임을 실감한다. 내가 학생일 때는 그 필요성을 그렇게 절실히 느끼지 않았던 것으로 기억된다. 그런데 내가 가르치는 입장에서 바라보니 교양한문의 필요성을 절실히 느낀다. 그 내용들에 학생들도 고개를 끄덕이며 "참 좋다"는 말이 자연적으로 흘러나오는 것을 보고 느낀다.

그래서 이제 강단을 떠나면서 그 여러 내용들을 모아서 재편성하여 뺄 것은 빼고 보탤 것은 보태어 번역도 하고 해설을 덧붙여 일반 교양서로 엮어보았다. 특히 열 셋째 마당 이하 [한시 감상]은 선인들의 감성을 읽으며 지식과 함께 마음까지 풍요롭게 할 것이다.

여기에 수록된 내용들은 다양하다. 『대학한문』『교양한문』『명심보감』『논어』『맹자』『시경』『제정공 이달충 문학』『동문선』『초사(楚辭)』『문심조룡』『노자』등 기타 여러 자료에서 필자가 선한 것임을 밝힌다.

중국은 '시의 나라'라고 한다. 동양 최초의 시집 [시경(詩經)]이 있고, 언제 읽어도 마음이 저려오며 심금(心琴)을 울리는 [초사(楚辭)]가 있고 아름다운 자연과 역사를 잘 어울러서 표출한 적벽부(赤壁賦)가 있고, 이백이 있고 두보가 있다. 중국 시의 역사는 3천여 년에 이른다.

그 사이 헤일 수 없을 정도의 시인과 시가 쏟아져 나왔다. 이를 바탕으로 중국시학 또한 일찍부터 발달했다. 우리의 한문학도 삼국시대부터 조선조까지 그렇게 해서 발달해 왔다. 그러니 우리 선조들의 한문 또한 뛰어나다. 여기 실린 한문 또한 중국과 우리나라를 잇는 선인들의 문장이다.

아무쪼록 본서 〈고전의 샘에 마음을 적시다〉가 온고지신(溫故知新)의 일환으로 대학생들은 물론이고 일반인의 교양서로 애독되어지기를 바란다.

부록으로 사자 및 고사 성어를 실었다. 참고하기 바란다.

2009.1.

자헌 이정자

□ 목 차 □

단문 속에 담긴 금언

1.

玉不琢不成器(옥불탁불성기)
人不學不知道(인불학부지도)

예기(禮記)에 의하면
'옥도 다듬지 않으면 그릇이 될 수 없고
사람도 배우지 못하면 도리를 알지 못한다.'고 했다.

아무리 좋은 물건이라도 제 모습을 제대로 갖추어 적절하게 활용될 수 있어야만 그 가치를 인정받을 수 있다. 더구나 사람은 배움을 통하여 사회생활을 제대로 할 수 있다. 숭례문이 타는 모습을 보면서 온 국민은 우리의 혼이 타는 듯 가슴 아파했다. 국보1호에 600여년에 이르는 우리 민족의 혼이 서려 있다는 것을 제대로 알았다면 감히 어떻게 그런 짓을 할 수 있을까? 그 또한 무지와 무식에서 온 죄악으로 사람의 도리를 알지 못한 탓이다.

2.

至樂莫如讀書(지락막여독서)
至要莫如敎子(지요막여교자)

명심보감에 의하면
'지극한 즐거움은 독서만한 것이 없고
지극히 요긴한 일은 자식을 가르치는 것 만한 것이 없다'고 한다.

독서에 재미를 붙이면 시간 가는 줄도 모른다. 독서도 습관이다. 어릴 때부터 책 읽는 습관을 드리는 것이 중요하다. 그래서 얼마 전부터 '거실을 서재로'란 캠페인이 좋은 반응을 일으키고 있는 것으로 보인다. 자라는 아이들은 부모의 영향을 받고 환경의 영향을 받는다. 공부할 수 있는 환경이 마련되어 있어야 하고 책을 읽을 수 있는 집안의 분위기가 조성되어 있어야 한다. 그리고 부모는 아이들의 모범이 되어야 한다. 그것이 독서의 길이고, 자녀를 가르치는 올바른 길이다.

3.

謂學不暇者(위학불가자)
雖暇亦不能學矣(수기역불능학의)

荀子에 의하면
'배울 여가가 없다고 말하는 사람은
비록 여가가 있다 하더라도 역시 배우지 않는다.'고 했다.

여가는 만들기에 달렸다. 적은 시간도 쪼개보면 쓸 수 있는 시간이 있다. 하루 24시간을 쪼개어 계획을 세워보면 몇 시간을 충분히 활용할 수 있는 시간이 된다. 그래서 부지런한 사람들은 직장 생활 가운데 시간을 할애하여 취미생활과 자기 발전을 위하여 부단히 노력하고 있는 것을 주위에서 보게 된다. 그런 사람들은 10년 후를 바라보면 그렇지 않은 사람보다 월등하게 삶의 질이 달라져 있을 것이다. '시간은 금이다'란 말이 있다. 사실은 금보다 더 귀하고 소중한 것이 시간이다. 특히 지나버린 시간은 억만금을 주고도 살 수 없는 것이다. 그러니 나에게 주어진 소중한 시간을 잘 활용하여 보다 아름다운 삶의 길로 나아갈 일이다.

4.

讀書有三到(독서유삼도)
心到 眼道 口到(심도 안도 구도)

주희(朱熹)에 의하면
독서를 할 때는 세 곳에 도달해야하는 곳이 있는데
마음이 도달해야 하고 눈이 닿아야 하고 입이 닿아야 한다.

독서는 마음이 먼저 집중되어야 한다. 아무리 눈으로 보아도 마음이 집중되지 않으면 읽어도 머리에 들어오지 않는다. 묵음이라도 입에도 닿는다. 그래서 마음과 눈과 소리가 함께 해야 한다는 것이다. 물론 처음 글을 배우고 익힐 때는 소리도 내어 읽어야 한다. 더구나 한문을 공부할 때는 소리 내어서 익히게 했다. 하늘천 따지 …… 맹자왈 ……

5.

天下之難事(천하지난사)
必作於易(필작어이)
天下之大事(천하지대사)
必作於細(필작어세)

한비자에 의하면
'천하에 어려운 일도
반드시 쉬운데서 일어나고
천하의 큰일도
반드시 조그마한 일에서 일어난다.'고 했다.

1차 세계 대전도 1914년 6월 28일 사라예보 사건 곧 세르비아의 한 민족주의자 청년이 오스트리아 - 헝가리 제국으로부터 남부 슬라브족의 '해방'을 위해 사라예보를 순방중인 오스트리아 황태자 프란츠 페르디난트 대공을 암살한 데서 비롯된 것을 보아도 그렇다.

6.

天有不測風雨(천유불측풍우)
人有朝夕禍福(인유조석화복)

명심보감에 의하면
'하늘에는 헤아릴 수 없는 바람과 비가 있고
사람에게는 아침저녁으로 화와 복이 있다.'고 했다.

하늘에는 헤아릴 수 없는 바람과 비만 있으랴. 밤하늘을 아름답게 수놓아 반짝이는 헤아릴 수 없는 별들이 있고, 견우와 직녀를 애타게 그리게 하는 건널 수 없는 은하수가 있다. 이들이 있기에 밤하늘을 바라보며 별을 따는 꿈도 꾸고, 초승달 같은 쪽배를 타고 은하를 건너는 꿈을 그리게도 한다.

인간만사는 새옹지마(塞翁之馬)라 했던가. 화가 있으면 복도 있고 복이 있으면 화가 있을 때도 있다. 화가 복이 될 때도 있고 복이 오히려 화가 될 때도 있다. 그것이 인생이다. 일평생 화만 있으란 법도 없고 일평생 좋은 일만 있을 수는 없다. 그래서 고진감래(苦盡甘來)가 있고, '실패는 성공의 어머니'라고도 하고, '인내는 쓰지만 열매는 달다'는 말이 있다. 그래서 인생은 새옹지마(塞翁之馬)이고 고진감래(苦盡甘來)이다. 그러면서 희노애락(喜怒哀樂)이 교차되는 가운데 그래도 이 세상에 태어난 것에 감사하며 일생을 마감하는 것이 인생이다.

7.

無故而得千金(무고이득천금)
不有大福(필유대복)
必有大禍(필유대화)

소식(蘇軾, 소동파)에 의하면
‘아무 까닭 없이 천금을 얻었으면 그것은 큰 복이 아니고 반드시 큰
화가 있을 것’이라 했다.

　줄줄이 쇠고랑으로 엮어 들어간 전직 대통령의 아들들이나 정치인
들을 바라보면 소식의 이 말이 꼭 맞다는 생각을 하게 된다. 아무 이유
없이 천금이란 많은 돈을 그냥 주지는 않을 것이다. 설령 돈이 많아서
그냥 주었다 하더라도 받는 입장에서는 뭔가 갚음을 생각할 것이다.
‘인지상정(人之常情)’인지라 같은 조건이라면 당연히 받은 자에게, 또
나에게 관심을 두는 자에게 뭔가를 갚고 싶을 것이다. 그런 것들이 이
어지고 커지면 ‘꼬리가 길면 밟힌다.’는 말이 있듯이 사고를 초래하게
되는 것이다. 개인이든 기업이든 정치인이든 마찬가지다. 내가 노력하
여 얻은 재물이 아니면 삼가하고 욕심을 버려야 후환이 없고 마음이 편
안하다.

8.

積善之家적선지가)
必有餘慶(필유여경)
不積善之家(불적선지가)
必有餘殃(필유여앙)

주역에 의하면
'선을 쌓는 집안에는 반드시 경사스러운 일이 많고 선을 쌓지 않는 집안에는 반드시 재앙이 많다'고 한다.

'좋은 일이면 아무리 적은 것이라도 하고 나쁜 일이면 아무리 적은 것이라도 하지 말라'했다. '티끌 모아 태산'이란 말이 있듯이 적은 것이라도 모이면 커진다는 것이다. 주위를 돌아보면 그것이 물질이든 시간이든 간에 우리의 손길을 필요로 하는 곳이 많이 있다. 마음만 있으면 저마다 할 수 있는 여건 하에서 물질이든 시간이든 적은 것부터 얼마든지 할애할 수는 있다. 봉사도 해 본 사람이 하고 봉사의 기쁨을 아는 사람이 봉사를 즐기며 한다. 봉사를 하는 마음가짐부터 다르다. 봉사를 하는 사람은 '내 한사람의 수고로 여러 사람이 편리해 지거나 기쁜 일'이 될 수 있다면 그것은 좋은 일이고 보람된 일이다. 그리고 행복한 일이다. 그래서 봉사를 즐긴다. 그러나 봉사를 해 보지 않은 사람은 그 기쁨을 모른다.

9.

黃金千兩未爲貴(황금천양미위귀)
得人一語勝千金(득인일어승천금)

명심보감에 의하면
'황금천양이 귀한 것이 아니고 남에게 한 마디 좋은 말을 듣는 것이
천금보다 낫다'고 한다.

권세는 10년을 못 가고 재물은 3대를 못 지킨다고 한다. 재물은 있다
가도 없는 것 돌고 도는 것이 돈이다. 그러나 내 머리 속에 담겨진 지식
은 쉬이 달아나지 않는다. 좋은 말 한 마디 한 마디가 모아지고 쌓여져서
삶의 질을 높이고 세상을 지혜롭게 살아가게 한다. 책 속에 길이 있다는
말도 책 속에 좋은 말들이 있기 때문이다. 죽을 때 갖고 가는 것은 가시
적인 황금과 재물이 아니라 육안으로는 보이지 않는 내 머리 속에 채워
진 지식이다. 그러니 응당 천금보다 더 귀한 것은 좋은 말 한 마디이다.
링컨이 어머니께 물려받은 것은 해진 성경 한 권과 "이 성경대로 살
아라."는 유언 한 마디었다. 그야말로 천금보다 귀하게 된 한 마디 말이
었다. 링컨은 어머니의 유언대로 성경대로 살기 위해 먼저 성경을 읽었
다. 읽으면서 그에게 다가오는 것은 "세상 사람들은 모두가 하나님의
자녀로서 귀한 존재이며 평등한데 왜 흑인은 노예로 살아야 하는가?"
였다. 그 즈음에 스토우 부인(Harriet Beecher Stowe, 1811 ‒ 1896)이 쓴
"Uncle Tom's Cabin"은 당시 노예폐지론자들과 링컨의 마음을 고무시

키는 동력의 역할을 했다.

스토우 부인이 저술한 소설, 톰아저씨의 오두막(Uncle Tom's Cabin)이 노예폐지론자들의 주간지인 "워싱턴 국가 시대"에 연재되기 시작했다. 노예제도에 반대하는 이 이야기는 그 후 10개월 동안 연재되었다. 독자들이 서로 이 연재소설을 돌려 봄으로써 독자층은 크게 늘어나게 되었다. 1852년 3월 책으로 출판되었다. 출판과 동시에 이 책은 순식간에 베스트셀러가 되었고 1857년에는 전 세계로 팔려 나갔다. 부인은 노예들의 비참한 참상을 그려서, 전미국인의 도의심에 호소했고, 그 결과 남북전쟁 발발에 직접적인 한 동기를 부여함과 동시에 링컨의 마음을 고무시키는 계기가 되었다. 그래서 링컨은 대통령이 된 후 백악관으로 스토우 부인을 초대했다.

"정말 놀랐습니다. 나는 '스토우'라고 하면, 그 문장과 같이 놀라운 정력과 박력이 있는 분이라고 생각 했는데, 만나고 보니 바람에도 날아갈 듯한 연약한 분이시군요."

"대통력 각하! 각하께서는 잘못 알고 계십니다. 〈엉클 톰스 케빈〉을 쓴 사람은 제가 아닙니다. 신께서 친히 쓰신 것이며, 나는 다만 기계적으로 움직였을 뿐입니다."

흑인 노예를 해방시킨 위대한 두 사람은 백악관에서 잠시 동안 환담을 하며 즐거운 시간을 보냈다. 부인은 방문 기념으로 〈엉클 톰슨 케빈〉 초판본을 링컨에게 선물했다. 저자는 그 표지에 다음과 같이 썼다.

'사랑이 있는 곳에 신이 있노라.'

10.

王侯將相寧有種乎(왕후장상영유종호)

사기(史記)에 의하면
"왕이나 제후나 장군이나 재상이 어찌 따로 씨가 있겠는가."했다.

'개천에서 용(龍) 난다.'는 말이 있듯이 누구나 열심이 하여 능력이 있으면 되는 것이지 장군이 되고 재상이 되는데 따로 혈통이 있는 것이 아니라는 것이다. 콩 심은데 콩 나고 팥 심은데 팥 나듯 혈통도 그렇게 이어진다면 대대로 그 가문은 하나의 직업으로만 이어질 것이다. 그러나 그렇지 않다는 것은 누구나 다 알고 있는 사실이다. 가까이서 우리나라 전직 대통령이나 현직 대통령을 보더라도 가문과 부모의 직업과는 무관하니 따로 혈통이 있는 것이 아니다. 다만 본인의 능력과 노력과 의지와 참된 마음에 달려 있음을 본다.

11.

人間私語 (인간사어)
天聽若雷 (천청약뇌)
暗室欺心 (암실기심)
神目如電 (신목여전)

- 明心寶鑑, 天命篇 -

인간의 사사로운 말도
하늘은 뇌성소리처럼 크게 듣는다.
암실에서 남을 속이는 마음도
신의 눈은 번개처럼 보고 있다.

세상에는 비밀이 없다. 인간의 사사로운 말도 하늘은 뇌성소리처럼 크게 듣는다. 암실에서 남을 속이는 마음도 신의 눈은 번개처럼 보고 있다. 현제 수훈의 글로 명심보감 천명편에 나오는 말이다. 속담에 "낮 말은 새가 듣고 밤 말은 쥐가 듣는다."고 한다. 맞는 말이다.

이 세상에 비밀은 없다. 얼마동안은 있을 수 있지만 시간의 흐름과 함께 자연적으로 알려지게 된다. 아무리 혼자만 아는 일이라도 끝까지 혼자서는 가질 수가 없다. 대숲에라도 가서 "임금님 귀는 당나귀 귀"라고 외치기라도 해야 속이 후련하다. 그래서 요즈음은 궁여지책으로 양심선언이란 것을 하기도 한다. 하지만 이것 역시 만용이다. 인간은 혼자만은 비밀을 간직할 수 없는 존재이다. 하늘이 알고 땅이 알고 네가 알고 내가 알기 때문이다. 그래서 세상에는 비밀이 없다.

12.

妙藥難醫冤債病(묘약난의원채병)
橫財不富命窮人(횡재불부명궁인)
　　　　- 明心寶鑑 誠心篇 -

묘약도 원한에 맺힌 병을 고치기는 어렵고
횡재도 운명적으로 궁한 사람을 부유하게는 못한다.

　세상에 순응하며 사는 것이 신상에 좋다. 묘약도 원한에 맺힌 병을
고치기는 어렵고 횡재도 운명적으로 궁한 사람을 부유하게는 못한다.
명심보감 성심편에 있는 말이다. 원한에 맺힌 병은 그 원한을 풀어야
고쳐질 것이다. 원인 제공자가 풀어주든 아니면 스스로 마음을 다스려
풀어야 될 것이다. 묘약이 무슨 소용이 있으랴. 마음의 병은 마음으로
풀어야 한다. 가난은 나라님도 어찌할 수 없다는 말이 있다. 태평성대
를 구가하던 요·순임금도 어려워했다고 하니 빈민구제가 어느 시대를
막론하고 어렵긴 어려운 모양이다.
　지금은 상대적 빈곤을 논하지만 우리나라도 보릿고개라는 것이 있
었다. 4·5월이 되면 1년 양식은 바닥이 나고, 보리가 나올 때까지 먹을
양식 걱정을 하던 시기를 두고 하는 말이다. 운명적으로 궁한 사람은
어떤 사람일까? 과연 운명이란 것이 있을까? 아마 찬반의 논쟁이 있을
수 있는 말이다. 하지만 사람이란 그 생김새가 다르듯이 그 살아가는
모습 또한 천차만별이다. 그래서 운명이란 자신이 쌓아온 것에 대한 결

과라고 보면 될 것이다. 곧 자신이 한 일에 대한 결과가 성취되는 그 순간이 바로 운명의 순간이 되기 때문이다. 이것이 하늘의 법칙이고 심은 대로 거두어지는 자연의 이법이고 인간의 운명이다.

둘째 마당

단문에 담긴 지혜

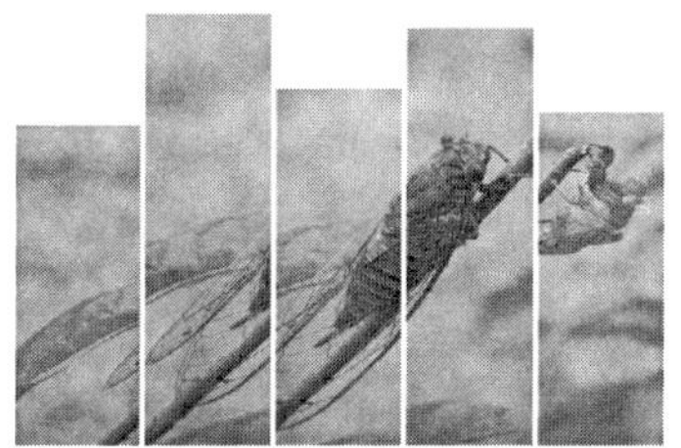

1. 견해의 차이

宋有富人 天雨將壞(송유부인 천우장괴)

其子曰(기자왈)

不築 必將有盜(불축 필장유도)

其鄰人之父亦云(기인인지부역운)

暮而 果大亡其財(모이 과대망기재)

其家 甚智其子(기가 심지기자)

而疑鄰人之父(이의인인지부)

- 韓非子 -

송나라에 한 부자가 있었다. 비가 와서 담이 무너졌다.

그 아들이 말하기를

'담을 쌓지 않으면 도둑이 반드시 들 것이라 했다.

그 말을 들은 이웃 사람 또한 그렇게 말했다.

날이 저물자 과연 그날 밤 도둑이 들어 많은 재물을 잃었다.

그런데 그 집에서는 그 아들은 심히 지혜롭다고 말하고

그 이웃 사람의 아버지는 의심하였다.

한비자에 나오는 얘기이다.

이렇게 똑 같은 말을 했는데도 자기 아들은 지혜롭다고 말하면서 그 이웃 사람은 의심의 눈으로 바라보는 것이 세상인심이다, 그러니 말은 조심해야 하고 나와 상관없는 일에는 될수록 간여하지도 말하지도 않는 것이 좋다.

2. 저마다 뜻에 따라

一日細雨將晴(일일세우장청)

蜂蝶相語(봉접상어)

蝶曰 天晴 我將往園中遊樂(접왈 천청 아장왕원중유락)

蜂應之曰 若果天晴(봉응지왈 약과천청)

我當採花釀蜜(아부채화양밀)

語云 人各有志(어운 인각유지)

物類且如此(물류차여차)

而況於人乎!(이황어인호!)

- 初學階梯 -

봄날 보슬비가 내렸다. 곧 비가 개이고 날씨가 청명해 지려고 하자

벌과 나비가 서로 얘기를 나누었다. 나비가 먼저 말하기를 '하늘이

개이면 나는 정원으로 가서 즐겁게 놀거다.'했다.

그러자 벌이 이에 응답하기를 '하늘이 맑아지면

나는 마땅히 꽃을 취해서 꿀을 빚을 것이다' 했다.

속담에 이르기를 사람마다 뜻이 있다.

이렇게 만물은 제각각 자기 뜻이 있어 자기 뜻을 펼친다.

하물며 사람에게 있어서 더 말할 것이 무엇이 있겠는가.

곧 만물은 모두가 자기 뜻에 따라 각각 행동하는 것이라는 것이다.

초학계제(初學階梯)에 있는 말이다.

3. 아첨의 그물

鴉銜肉止樹上(아함육지수상)

狐過而欲得之(호과이욕득지)

仰謂曰(앙위왈)

君軀旣壯 而羽亦澤(군구기장 이우역택)

吾素聞君善歌 請奏一曲(오소문군선가 청주일곡)

鴉悅 張口欲鳴(아열 장구욕명)

未發聲 而肉已落(미발성 이육이락)

狐疾取之 復於鴉曰(호질취지 복어아왈)

他日 有無故諛君者(타일 유무고유군자)

君其愼之(군기신지)

- 莊 兪 -

까마귀가 고기를 가득 입에 물고 나무 위에 앉았다.

여우가 지나가다가 그것을 보고 그냥 지나칠 수가 없었다.

그래서 쳐다보고 하는 말이

"그대의 몸은 장대하고 깃털 또한 윤기가 나서 참 멋이 있소.

내가 듣기로는 그대가 노래를 잘 한다고 하던데 한 곡조 좀 들려주시오"
했다.

칭찬을 듣고는 까마귀가 좋아했다. 그래서 노래를 하려고 입을 벌렸다.

소리도 나기 전에 고기가 그만 땅으로 떨어졌다.

여우는 급히 뛰어가 고기를 취했다. 그리고는 까마귀에게 하는 말이

"다음에는 아무까닭 없이 그대에게 아첨하는 자가 있으면 그대는 조심하시오"하고

가버렸다. 청나라 때 장유(莊俞)가 한 얘기이다,

사람들은 누구나 칭찬 받기를 좋아한다. 오죽하면 칭찬은 고래도 춤추게 하겠는가. 그래서 칭찬은 바보를 천재로 만든다고도 한다. 그만큼 칭찬의 효과가 크다는 것이다. 아이들은 대부분 칭찬을 받으면 그에 부응하는 일을 한다. 그래서 칭찬하고 칭찬하라는 것이다. 칭찬을 받으면 기분이 상승하여 발걸음이 가벼워지고 콧노래가 저절로 나오기 마련이다. 돈은 순간의 기쁨을 주지만 칭찬은 평생의 기쁨을 주어 그 기쁨으로 인해 10배, 100배로 증폭된 결실을 맺는 경우가 있다. 그래서 자라는 아이들에게는 질책보다 칭찬을 많이 해 주어야 된다는 것을 알게 된다.

물론 순수한 칭찬으로 아첨과는 구별되어야 한다.

4. 근원부터 고쳐야

梟逢鳩,(효봉구)

鳩曰 : "子將安之?"(자장안지)

梟曰 : "我將東徙."(아장동사)

鳩曰 : "何故."(하고)

梟曰 : "鄕人皆惡我鳴, 以故東徙."(향인개오아명 이고동사)

鳩曰 : "子能更鳴可矣, 不能更鳴,(지능경명가의 불능경명)

東徙, 猶惡子之聲."(동사 유오자지성)

- 說苑 -

올빼미가 비둘기를 만났다,

비둘기가 말했다. "그대는 어디를 가는가?"

올빼미는 "나는 동쪽으로 이사 가려 한다."고 대답하였다.

비둘기가 "무슨 까닭이냐?"고 물으니,

올빼미는 "마을 사람들이 모두 나의 소리를 싫어하기 때문에 동쪽으로 이사 한다"고 대답하였다.

비둘기가 "그대가 울음소리를 고치는 것이 낫다. 울음소리를 고칠 수 없다면 동쪽으로 이사를 가더라도 그대의 소리를 싫어하는 것은 마찬가지일 것이다."라고 했다.

설원에 나오는 글이다. 說苑(설원)은 중국 한나라의 劉向(유향)이 춘추시대부터 한초(漢初)까지의 전설(傳說) 일사(逸事)를 모은 설화집이다.

근원을 고치지 않고 임시방편을 쓴다거나 그것을 회피해서는 오래
가지 못한다. 잘못된 것은 그 원인부터 찾아서 바로 세우는 것이 상책
이다.

5. 사마광의 지혜

宋司馬光 幼與群兒戱(송사마광 유여군아희)
一兒墜大水甕中 已沒(일아추대수옹중 이몰)
群兒驚走 不能救(군아경주 불능구)
光取石破甕 兒得出(광취석파옹 아득출)
人知其智不凡.(인지기지불범)

- 宋史 -

송나라 사마광이 어릴 적에 아이들과 놀다가
한 아이가 큰 물독에 빠졌다
아이들이 놀라 달아나고 구할 수가 없었다.
사마광이 돌을 던져 항아리를 깨뜨려 아이를 구했다.
사람들이 그의 지혜가 범상치 않음을 알았다. 송나라 사기에 나오는 글
이다.

사마광은 고결한 도덕성을 가진 인격의 소유자로 학문에 조예가 깊
었을 뿐만 아니라 뛰어난 정치가로 알려져 있다. 유교경전을 바탕으로 과
거에 합격한 후 고속 승진을 했는데 1069~1085년에는 개혁가 왕안석(王
安石)의 급진적인 개혁에 반대하는 당파인 구법당(舊法黨)을 이끌었다.
유교경전 해석에 보수적 입장을 취했던 그는 단호한 조치보다는 도덕적
인 지도력을 통해, 엄청난 변화보다는 기존 기구의 활성화를 통해 훌륭한
정부를 만들 것을 주장했다.

그가 편찬한 『자치통감 資治通鑑』은 송나라 주희가 『자치통감강목(資治通鑑綱目)』이란 제목으로 춘추(春秋)체재에 따라 사실(史實)에 관하여 큰 제목으로 강(綱)을 세우고 그 사실의 기록을 목(目)으로 구별하여 다시 편찬하기도 한 중국의 방대한 역사서이다. 세종은 이 책을 애독하여 집현전 문신에게 훈의(訓義)를 만들게 하는 한편, 세종 20년(1438)에 이를 간행토록 명하였다. 그리하여 강(綱)에 사용한 큰 글자는 수양대군(후의 세조)에게 명하여 주조한 병진자로 하고, 중간글자와 작은 글자는 갑인자로 찍어 『훈의자치통감강목』을 간행하였다.

이 판본은 총 139권 권19하(下)에 해당하는 것으로, 그 뒤에 간행된 책들은 병진자의 원래 활자를 쓴 것이 없고 거의 목판본으로 바뀌었는데, 이 책은 그 유일한 활자본으로 보물 제552호로 지정되어 있다. 책 첫 장에 「교정(校正)」인(印)이 있으며 첫 장 아래와 책 맨 끝장에 「옥연묵장(玉淵墨藏)」이라는 인기(印記)가 있다. 그래서 이 책은(서애)西厓 류성룡(柳成龍)의 개인 소장품으로 보고 있다. 그것은 옥연재(玉淵齋)가 경북(慶北) 안동군(安東郡) 풍산면(豊山面) 하회동(河回洞)에 있는 류성룡(柳成龍)의 서재이기 때문이다.

6. 현명한 농부

昔者 黃相國喜 微時 行役(석자 황상국희 미시 행역)

憩于路上(게우로상)

見田夫駕二牛耕者(견전부가이우경자)

問曰 : "二牛何者爲勝?"(문왈 : 이우하자위승)

田夫不對 輟耕而至(전부불대 철경이지)

附耳細語曰 : "此牛勝."(부이세어왈 : "차우승"

公怪之曰 : "何以附耳相語?"(공괴지왈 : "하이부이상어?")

田夫曰 : "雖畜物 其心與人同也.

(전부왈 : "수축물 기심여인동야

此勝則彼劣 使牛聞之 寧無不平之心乎."

차승즉피열 사우문지 영무불평지심호")

公大悟 遂不復言人長短云.(공대오 수불부언인장단운.)

- 芝峰類說 -

옛날에 황희 정승이 벼슬하지 않았을 때에 길을 가다가

길가에서 쉬는데

농부가 두 마리 소에 멍에를 걸어 밭을 가는 것을 보고,

"두 마리 소중에서 어느 소가 낫소?" 하고 물었다.

농부가 대답하지 아니하고 밭 갈기를 그치고 이르러

귀에 대고 나직이 말하기를 "이 소가 낫소이다." 했다.

공이 이를 괴이하게 여겨 말하기를 "어찌하여 귀에 대고 말하시오?"하니,

"비록 가축일지라도 그 마음은 사람과 같소이다.

이것이 나으면 저것이 못할 것이니

소가 그것을 들으면 어찌 불평하는 마음이 없겠습니까?" 했다

공이 크게 깨달았다. (그 후) 공은 다시는 남의 장단점을 말하지 않았다.

7. 형제간의 우애

高麗恭愍王時(고려공민왕시)

有民兄弟偕行(유민형제해시)

弟得黃金二錠 以其一 與兄(제득황금이정 이기일여형)

至孔巖津 同舟而濟(공암진 동주이제)

弟忽投金於水(제홀투금어수)

兄 怪而問之(형 괴이문지)

答曰 吾平日 愛兄篤(답왈 오평일 애형독)

今而分金 忽萌忌兄之心(금이분금 홀맹기형지심)

此乃不祥之物也.(차내불상지물야)

不若投諸江而忘之(불약투제강이망지)

兄曰 汝言誠是(형왈 여언성시)

亦投金於水(역투금어수)

- 新增東國輿地勝覽 -

고려 공민왕 때의 얘기이다.

형제가 길을 가다가 동생이 금 두 개를 주웠다.

그 한 개를 형에게 주었다.

공암진에 이르러 함께 배를 타고 강을 건너게 되었다.

동생이 갑자기 금덩이를 물속으로 던져버렸다.

형이 깜작 놀라며 이상하게 생각하여 물었다.

동생이 답하기를 "평일에는 내가 형을 많이 사랑했는데

금을 형에게 나누어 주고 보니 형을 미워하는 마음이 생겼소.

그래서 이 물건은 상서롭지 못한 것이라

물에 던져 없애는 것 만 못하여 물에 던져버렸소” 했다.

이 말을 듣고 있던 형 또한 “과연 너의 말이 옳다“고 하며

자기가 가진 금도 강물에 던져 버렸다.

[동국여지승람]에 나오는 글이다.

재물에는 부모형제간도 송사를 하는 것을 가끔 뉴스에서 보게 된다. 재물이 생기면 좋은 것은 사실인데 분수에 넘치게 욕심이 생기면 화근이 된다. 금덩이를 보니 동생이 욕심이 생긴 것이다. 형에게 나누어 준 것이 아까운 것이다. 그러니 형이 밉기도 하다. 그렇게 좋아하고 사랑한 형인데 왜 미워하는 마음이 싹트는 것일까… 동생은 바로 그 금덩이 때문이라는 것을 깨닫고 형제의 우애를 해치는 그 재물을 차라리 물에 던져 없앤 것이다. 형도 같은 마음이기에 아낌없이 그 금덩이를 강물에 던져버린 것이다. 금보다 귀한 것이 형제간의 우애라는 것을 이들은 실천한 것이다. 재물이 많은 가운데 형제간의 갈등을 보는 것 보다 재물이 적은 가운데에서 형제간의 아름다운 우애를 현대에서도 많이 보게 된다.

8. 우스개 이야기

金先生善談笑(김선생선담소)

嘗訪友人家(상방우인가)

主人設酌 只佐蔬菜(주인설작 지좌소채)

先謝曰(선사왈)

"家貧市遠 絶無兼味(가빈시원 절무겸미)

惟淡泊是愧耳"(유담백시괴이)

適有群鷄 亂啄庭除(적유군계 난탁정제)

金曰(김왈)

"大丈夫 不惜千金 當斬吾馬 佐酒."(대장부 불석천금 당참오마 좌주)

主人曰(주인왈)"斬馬 騎何物而還?"(참마 기하물이환)

金曰"借鷄騎還"(김왈 차계기환)

主人大笑 殺鷄餉之.(주인대소 살계향지)

- 太平閑話滑稽傳 -

김 선생은 담소를 잘했다.

일찍이 친구 집을 방문했더니,

주인이 술상을 마련해 내놨는데 단지 채소뿐이었다.

먼저 사과하여 말하길

"집이 가난하고 시장이 멀어서 전혀 맛있는 음식이 없고

오직 담박한 것만 있어 이를 부끄러워할 뿐일세." 했다.

때 마침 닭들이 뜰에서 어지러이 모이를 쪼고 있었다.

김 선생이 말하길

"대장부가 천금을 아끼리오. 마땅히 내 말을 잡아 술안주로 하겠네."했다.

주인 왈 "말을 베면 무엇을 타고 돌아갈 텐가?"하니

김 선생 말하길 "닭을 빌려 타고 돌아가리라."했다.

주인이 크게 웃고 닭을 잡아 대접하였다.

『태평한화골계전』에 나오는 소화(笑話)이다. 이 책은 조선 전기의 문신 서거정(徐居正 : 1420~1488)이 1477년(성종 8년)에 편찬한 소화집(笑話集)으로 서거정은 자서에서 후세에 전하고자 한 것이 아니고 번민을 잊고자 한 것이며, 공자도 박혁(博奕)이 아무것도 하지 않은 것보다 낫다고 했으므로 자신도 무위도식을 자계(自戒)하고자 편찬한다고 했다. 원본은 전하지 않으며, 이본 4종이 있다. 『고금소총』 2권에 146화, 『일사본』에 146화(『고금소총』과 같은 내용), 정병욱본에 110화, 일본 『금서문고본(今西文庫本)』에 187화가 수록되어 있다.

농담 속에 진담이 있다는 말이 있듯이 우스개 소리도 이쯤 되면 그 누가 감히 이에 도전하여 시비를 걸 수 있겠는가. 소화 이야기가 나왔으니 송시열과 이완장군에 얽힌 이야기 하나를 들어보자.

우암 송시열이 재상으로 있을 때이다. 평복 차림으로 경기도 장단으로 나들이를 갔다. 때 마침 갑작스런 소낙비가 내려 주막에서 비를 피하게 되었다. 그 때 무관 한 사람도 비를 피하여 이 주막에 들었다. 같은 방에서 쉬게 되었다. 비는 계속 내리고 있었다. 두 나그네는 무료히 앉아 있다가 무관이 먼저 말을 건넸다. 노인의 행색을 보아하니 시골에서

힘께는 좀 쓸만해 보였다. 하지만 무관인 자기에게 비할 수 있으랴. 이완은 잔뜩 기가 살아있었다. 그래서

"심심한데 장기라도 한 판 둬 볼까?" 하고 반말을 했다.

"예 그러지요"하고 송시열은 공손하게 답했다.

장기 몇 판을 둔 후에 통성명을 하게 되었다. 무관이 먼저 물었다

"이름이 무언고?"

"네, 제 성은 송나라 송(宋)자 이옵고, 이름은 때 시(時)자, 뜨거울 열(烈)자 송시열이옵니다."

"송시열…" 순간 이완은 송시열 이란 이름에 아찔했다. 이 나라의 정승이요, 대문장가요, 좌의정 송시열 대감이라니 -. 구시화문(口是禍門)이라 했던가. 바로 이 순간의 자기를 이름이다. 그러나 그는 기지를 발휘했다.

"웬, 이런 놈 봤나! 어찌 함부로 우암 송시열 대감 이름을 사칭하는가! 우암 대감으로 말하자면 문장과 도덕과 식견이 나라를 흔들고 있는 분인데, 감히 어디서 네 따위가 우암 대감의 이름을 말하다니! "하고는 따귀를 한대 후려치고는 별 사람 다 보았다는 듯이 말을 타고 빗속으로 사라졌다.

무관이 간 후 송시열은 주막 주인에게 물었다.

"아까 그 무관이 누구인고?"

"네, 그 분은 〈안주 병사〉로 도임해 가는 이완 장군입니다"

송시열은 애꿎게 뺨은 한 대 얻어맞았지만 이완 장군의 호기와 기지를 높이 사 그 후 벼슬을 올려 주었다. 〈한국의 소담에서〉

9. 어머니와의 약속

金庾信爲兒時(김유신위아시)

母夫人日加嚴訓不妄交遊(모부인일가엄훈불망교유)

一日 偶宿女隷家(일일 우숙여예가)

母面教之曰(모면교지왈)

"我已老 日夜望汝成長(아이노 일야망여성장)

立功名 爲君親榮(입공명 위군친영)

今乃爾與屠沽小兒(금내이여도고소아)

遊戱淫房酒肆耶?"(유희음방주사야?)

 號泣不已(호읍불기)

庾信卽於母前 自誓不復過其門(유신즉어모전 자서불부과기문))

一日 被酒還家(일일 피주환가)

馬遵舊路 誤至倡家(마준구로 오지창가)

娼且欣且怨 垂泣出迎(창차흔차원 수읍출앙)

庾信旣悟 斬所乘馬 棄鞍而返(유신기오 참소승마 기안이반)

女作怨詞 一曲 傳之(여작원사 일곡 전지)

東都有天官寺 卽其家也(동도유천관사 즉기가야)

天官卽其女號(천관즉기여호)

- 新增東國與地勝覽 -

김유신(金庾信)이 아이 때

모부인(母夫人)이 매일 엄하게 가르치면서 망령되게 교유(交遊)하지 못하게 했다.

하루는 우연히 여예(女隷)의 집에 투숙하게 되었는데
어머니가 그를 면전에서 가르치며 이르기를
‘나는 이미 늙었다. 주야로 네가 성장(成長)하여
공명(功名)을 세워 임금과 부모에게 영화가 있기를 바란다,
지금 너는 술파는(屠沽) 애들과
음방(淫房)과 주사(酒肆)에서 놀고 있느냐’ 하며
울음을 이기지 못했다.
유신은 어머니 앞에 나아가 스스로 맹서하기를
다시는 그 집 문을 지나지 않겠다고 했다.
하루는 술에 취하여(被酒) 집에 돌아오는데
말이 옛길(舊路)을 따라 잘못하여 기생집(倡家)에 이르렀다.
창기가 한편으로는 기뻐하면서도 한편으로는 원망하면서
눈물을 흘리며 맞아드렸다,
유신이 그제야 깨닫고 타고 온 말의 목을 베고는 안장을 버리고 돌아
왔다.
그 여자가 원사(怨詞) 한 곡조를 지어 그에게 전했다.
동도(東都)에 천관사(天官寺)가 있으니 바로 그 집이다.
천관은 바로 그 여자의 호이다.

『신증동국여지승람』에 있는 글이다. 이 책은 중종의 명에 따라 이행
(李荇)·윤은보(尹殷輔)· 등이 1530년(중종 25)에『동국여지승람』을 새
로 증보하여 만든 조선 전기의 전국 지리지이다. 55권 25책. 목활자본

이다. 현전하는 것은 대부분 임진왜란 후 1611년(광해군 3)에 다시 간행한 목판본이다. 원래의 『동국여지승람』은 세종대에 편찬된 지리지 이후에 변경된 사항을 바로잡기 위하여 세조대부터 시작하여 1477년에 양성지(梁誠之) 등이 완성한 『팔도지리지』에 우리나라 문사(文士)들의 시문(詩文)을 첨가하여 1481년(성종 12)에 50권으로 완성했다.

10. 할아버지와 손자

蔡壽有孫 曰無逸(채수유손 왈무일)

年纔五六歲,(연재오륙세)

壽 夜抱無逸而臥,(수 야포무일이와)

先作一句詩 曰(선작일구시 왈)

'孫子夜夜讀書不,'(손자야아독서불)

使無逸對之. 對曰,(사무일대지 대왈)

"祖父朝朝藥酒猛"(조부조조약주맹)

壽 又於雪中, 負無逸而行.(수 우어설중 부무일이행)

作一句 曰,(작일구 왈)

"犬走梅花落"(견주매화락)

語卒 無逸對曰,(어졸 무일대왈)

"鷄行竹葉成".(계행죽엽성)

- 於于野談 -

채수에게 손자가 있었는데 이름을 무일이라 했다.

나이가 겨우 대여섯 살이었을 때

할아버지 채수가 밤에 손자 무일이를 안고 누워서

먼저 한 구절의 시를 지었는데,

"손자는 밤마다 책을 읽지 않는구나." 라고 하고는

무일이로 하여금 거기에 댓구를 붙이게 했다,

무일이 대꾸하기를,

"할아버지는 아침마다 약주를 과하게 드시네." 라고 하였다.

채수가 또 한번은 눈길 속에서 무일을 등에 업고 가다가,

시 한 구절을 지었다,

"개가 달리니 매화가 떨어지는구나."

할아버지의 말이 끝나자 무일이가 대구(對句)를 붙이기를,

"닭이 걸어가니 대나무 잎이 만들어지네." 라고 하였다.

『어유야담』에 나오는 글이다.

이 글을 읽으면 저절로 미소를 짓게 된다. 할아버지와 손자간의 아기자기한 잔정이 넘쳐흐르는 흐뭇한 글이다. 추운 겨울 저녁 호롱불 밝혀 놓고 손자를 팔베개하여 뉘인 할아버지가 재롱 뜨는 손자를 사랑스럽게 지켜보며 대구시를 읊는 모습이 아름답다.

손자를 등에 업고 함박눈이 내린 마당을 걸으면서 대구시로 주고받는 모습이 꼭 엄마가 아이를 등에 업고 낱말 놀이 하는 듯 하다. 시를 짓는 손자의 천재성은 할아버지와의 자연스런 말놀이에서 터득된 것이리라.

채수(1449~1515)는 조선 중종 때의 문신으로 號는 나재(懶齋)이며 나재집(懶)이 있다. 여기서는 손주 무일의 영리함을 얘기하고 있지만, 기실은 채수도 나이 스무 살에 초시(初試),복시(覆試),전시(殿試)에 장원으로 급제하였으니 3장원한 천재인 셈이다. 그 할아버지에 그 손자이다.

『어유야담』은 조선 중기의 문신 유몽인(柳夢寅,1559~1623)이 엮은 설화집이다. 5권 1책. 활판본으로 조선 후기에 성행한 야담류의 효시이다.

셋째 마당
동양화의 여백 그 남겨둠의 미학

1. 동양화의 여백처럼

持而盈之 不如其已(지이영지 불여기이)

揣而銳之 不可長保(췌이예지 불가장보)

金玉萬堂 莫之能守(금옥만당 막지능수)

富貴而驕 自遺其咎(부귀이교)

功遂身退 天之道(공수신퇴)

- 노자 9장 -

이미 가득 채워진 것은 더 이상 채울 수 없으며

세운칼날은 오래 날카롭게 지키지 못한다.

재물이 많은 집은 지키기 어렵고

부귀를 뽐내는 이는 스스로 미움을 불러오고

공을 이루었으면 물러날 때를 아는 것이 하늘의 도이다.

채근담에 의하면 좀 더 구체적으로 우리 앞에 다가 오는 말이 있다.

事事留個有(사사류개유)

餘不盡的意思(여부진적의사)

便造物 不能忌我(편조물 불능기아)

鬼神 不能損我(귀신 불능손아)

若業必求滿(약업필구만)

功必求盈者(공필구영자)

不生內變(불생내변)

必召外憂.(필소외우)

- 채근담(菜根譚) -

무슨 일에 있어서든지

다소의 여지를 남겨 두는 마음이 있으면

조물주도 시기하지 못할 것이오,

귀신도 해하지 못하리라.

그러나 만일 일 마다 반드시 가득함을 구하고

공(功)마다 가득함을 구한다면

안으로부터는 변란이 생길 것이고,

밖으로부터는 환란을 자초할 것이다.

채근담의 이 글은 노자의 영향을 잘 나타내고 있는 부분이다. 매사에 가득 채우려는 욕심을 버리고 동양화의 여백처럼 조금 비워두는 지혜가 필요함을 말하고 있다.

2. 최상의 선은 물과 같다

上善若水(상선약수)

水善利萬物而不爭(수선이만물이부쟁)

處衆人之所惡(처중인지소악)

故幾於道(고기어도)

居善地(거선지)

心善淵(심선연)

與善仁(여선인)

言善信(언선신)

正善治 (정선치)

事善能 (사선능)

動善時 (동선시)

夫唯不爭 (부유부쟁)

故無尤 (고무우)

- 老子 제8장 -

최상의 선은 물과 같은 것이다.

물은 만물에게 이로움을 주면서도 다투는 일이 없고

사람들이 싫어하는 낮은 곳에 위치한다.

그러므로 물은 도에 거의 가까운 것이다.

사는 곳으로는 땅 위가 좋고,

마음은 못처럼 깊은 것이 좋고,

벗은 어진 사람이 좋고,

말은 믿음이 있어야 좋고,

정치나 법률은 세상이 잘 다스려지는 것이 좋고,

일을 처리하는 데에는 능숙한 것이 좋고,

행동은 적당한 시기를 아는 것이 좋다.

그렇게 하는 것이 다투지 않는 것이다.

그러므로 잘못됨이 없는 것이다. 물은 이에 제일 가깝다.

여기서의 선의 개념은 순수하고 착한 것만을 말하는 것은 아니다. 물과 같이 순리에 따르는 삶을 말한다. 그래서 물의 성질이 도에 가까운 것이다. 인간사의 문제점은 순리에 따르지 않기 때문에 일어나는 것을 주위에서 많이 보게 된다. 그래서 노자는 물의 성품을 본받기를 말한다. 이는 자연의 순리에 따라 소박하게 사는 도가의 덕성을 말한다.

3. 우리를 어리석게 하는 것은

五色令人目盲 (오색영인목맹)
音令人耳聾 (음영인이농)
五味令人口爽 (오미영인구상)
馳騁田獵 令人心發狂 (치빙전엽 영인심발광)
難得之貨 令人行妨 (난득지화 영인행방)
— 老子 12장 —

오색은 사람의 눈을 멀게 하고
오음은 사람의 귀를 멀게 하며
오미는 사람의 입을 어그러지게 한다.
말을 몰아 사냥을 하는 것은 사람의 마음을 미치게 하고
얻기 어려운 재화는 사람의 행동을 어지럽게 한다.

우리를 어리석게 하는 것에는 오색과 오음과 오미가 있다. 이 세 가지는 인생이 살아가는데 가장 즐기고 가까이 있는 것이다. 그런데 이것이 인생을 어그러지게 하는 가장 큰 요인이라고 노자는 말한다.

도덕경은 짧은 글로 이루어져 한 편의 짧은 시를 읽는 듯 하다. 그래서 시를 감상하듯 행간에 감추어진 함축된 내용은 상상의 날개를 펼쳐 나가야 한다.

다섯 가지의 색깔과 소리와 맛으로 눈이 멀고, 귀가 멀고, 입맛을 버리게 된다는 것이다. 오색은 청靑·황黃·적赤·백白·흑黑의 다섯 색깔

이고, 오음은 궁(宮)·상(商)·각(角)·치(徵)·우(羽)이고, 오미는 신맛·단맛·매운 맛·짠맛·쓴맛을 뜻한다. 하지만 여기에서는 다섯 가지로만 범주 짓는 게 아니라 모든 색깔과 소리와 맛이라는 뜻이다. 이것은 결국 외형으로 드러난 존재로 인해 내면의 가치가 본래 의미를 잃게 됨을 의미한다.

말달리기와 사냥에 탐닉하면 사람의 마음을 광분(狂奔)하게하여 사리분별을 못하는 경우가 있다. 요즘도 경마나 경륜 등은 취미 차원을 벗어나 패가망신하는 경우를 가끔 보게 된다. 또 공기총으로 취미삼아 사냥을 한답시고 동물들의 생명을 앗아가는 몰지각한 사람들을 본다. 그리고 이른 바 졸부근성이 있는 사람들, 제물을 제대로 관리하지 못하는 사람들, 돈을 돈답게 쓰지 못하는 사람들이 허다하다. 이런 사람들은 재화가 도리어 화근이 되는 사람들일 것이다.

4. 자연의 법칙

보이지 않는 법칙? 보이지 않는 법칙이 무엇일까? 그것은 인간이 만들어 놓은 성문화된 법이 아닌 자연이법을 말할 것이다. 세상을 살아가면서 이세상은 성문화된 법만이 아닌 보이지 않는 특별법이 작용하고 있음을 깨달을 때가 있다. 다음은 노자 7장에 있는 말이다.

天長地久(천장지구)

天地所以能長且久者(천지소이능장차구자)

以其不自生 故能長生(이기불자생 고능장생)

是以聖人 後其身而身先(시이성인 후기신이신선)

外其身而身存(외기신이신존)

非以其無私耶(비이기무사야)

故能成其私(고능성기사)

- 老子 7장 -

"천지는 장구하다.

천지가 장구한 까닭은

그것이 스스로 살려고 하지 않기 때문이다. 그러기에 능히 오랠 수 있다.

이로써 성인(聖人)은 그 몸을 뒤로 하되 오히려 그 몸이 앞서고

그 몸을 돌보지 않되 오히려 그 몸을 보존한다.

이는 그 사(私)가 없기 때문이 아닌가?

그러므로 능히 그 사(私)도 이룬다."고 한다.

　이는 무엇을 애써서 하려고 욕심을 부리기보다는 사사로운 마음을 버리고 자기 일에 최선을 다할 때 자연적으로 주어지는 자연이법을 깨우는 말이다. 여기서 노자가 말한 삶의 <지혜>를 읽을 수 있다. 노자(老子)는 삶에 대한 인간의 진실(眞實)을 훤히 꿰뚫고 있다, 간단하면서도 명쾌하게 시적으로 표현하여 되씹으며 음미할 수 있다. 역설(逆說)과 반어(反語)로써 보여주는 언어 표현 또한 각박하게 살아가는 현대인에게 잔잔한 감동을 준다. 그래서 현대인이 더욱 노자를 찾는 것이 아닌가 싶다.

　'부자생(不自生)'이라 곧 '스스로 살려고 하지 말라'는 것이다. 이 또한 노자의 중심사상인 무위자연(無爲自然)을 일깨워 준다. 유위(有爲)가 아닌 자연 그대로의 모습 무위(無爲)로 두라는 것이다.

　"천장지구(天長地久)……"로 시작되는 이 장(章)에서 '不自生'이란, 천지(天地) 자연[自然]의 모습을 그대로 묘사한 말이다. 천지는 만물(萬物)을 언제나 자연 그대로의 모습으로 내버려둔다. 어떤 것이 부족하다 하여 그것을 채우려 하지도 않고, 어떤 것이 약하다 하여 억지로 강하게 하려 하지도 않는다. 자연은 자연 그대로가 아름답다. 못생긴 것은 못 생긴 대로 잘생긴 것은 잘 생긴 대로 어우러져서 아름다운 것이다. 천지는 있는 그대로일 뿐이다. 그러므로 '더 나은' 천지를 위해 노력하거나, '더 완벽한' 천지의 모습을 이루려고 하지도 않는다. 그러한 것은 천지자연에게는 무위일 뿐이다. 천지는 다만 천지로서, 스스로 그러할[自然] 뿐인 것이다. 그 있는 그대로의 삶이 곧 '不自生'이다. 그러한 가운데 천지는 영원하다!(天長地久) 아무 것도 하지 않으면서도 오히려 서로 조화를 이루면서 만물을 번성케 한다.

오늘날은 어떤가? 현대인은 어떤 모습으로 살고 있는가? 물질만능주의와 외모지상주의에 도취되어 멀쩡한 자기 모습도 여기 고치고 저기 고치고 하여 자연스런 자기 모습을 감추고 도리어 어울리지 않는 이상한 모습으로 살아가고 있지는 않은지 … 그런대도 본인은 그것을 좋다고 생각하고 제3자는 뒤에서 이러쿵저러쿵하면서도 본인에게는 진실을 말해주지 않고 좋다고 말해준다.

대자연의 모습도 끊임없이 변해가고 있다. 여기서도 환경파괴 저기서도 환경파괴이다. 지구온난화니 기후 이변이니 하면서 떠들고는 있지만 지구는 지금 엄청난 수난을 겪고 있다. 이것이 바로 인위를 가한 결과이다.

'後其身'이니 '外其身'이니 하는 것도 '不自生' 하는 삶의 모습을 가리킨다. 그렇게 스스로 살고자 하지 않았음에도 불구하고 그 몸은 오히려 앞서고[而身先], 오히려 온전히 보존된다[而身存]. 이것이 바로 노자가 말한 놀라운 생(生)의 반전(反轉)이고 비약(飛躍)이다. 그리고 무위로 일관하는 보이지 않는 자연의 법칙이다.

5. 물의 지혜

天下莫柔弱於水(천하막유약어수)

而功堅强者 莫之能勝(이공견강자 막지능승)

以其無以易之(이기무이역지)

弱之勝强 柔之勝剛(약지승강 유지승강)

天下莫不知 莫能行(천하막부지 막능행)

是以聖人云 (시이성인운)

受國之垢 是謂社稷主 (수국지구 시위사직주)

受國不祥 是謂天下王 (수국불상 시위천하왕)

正言若反 (정언약반)

- 老子 78장 - 후

천하에 물보다 부드럽고 약한 것은 없다.

하지만 단단하고 드센 것을 이기는 데는 물보다 나은 것이 없다.

이는 그 바탕이 바뀌지 않기 때문이라.

무른 것은 드센 것을 이기고 부드러운 것은 딱딱한 것을 이기는 것은

천하가 다 알지만 따르는 이 아무도 없다.

이에 성인이 말하기를

나라의 더러움을 감당할 수 있는 이가 사직의 주인이 되고

나라의 상서롭지 못한 것을 안은 이가 천하의 왕이 되는 것이다.

바른말은 그 반대인 것처럼 들린다.

물이란 겉으로는 부드럽고 순종하며 유동적이어서 여성적인 성질을 나타내지만 그것이 계곡에서부터 흘러내려 바위와 장애물들을 힘들이지 않고 자연스럽게 뚫고 흘러 큰 강을 이루고 바다에 도달하는 것은 남성적인 것으로 본다. 그래서 물은 남성의 힘을 가졌지만 그가 구하는 바를 달성하기 위해서는 여성이 가진 유순함을 가지고 기다린다고 볼 수 있다. 곧 목적을 이루기 위해 꾸준히 노력하고 기다리는 인내성을 간파할 수 있다.

사실 세상에 물처럼 약하고 부드러운 것이 없다. 그러면서도 굳세고 강한 것을 이기는 데 물보다 더 나은 것도 없다. 그 무엇으로도 본성을 바꿀 수는 없기 때문이다. 물이 약하면서도 억센 것을 이기고, 부드러우면서도 단단한 것을 이긴다는 것은 세상에서 모르는 사람이 없다. 하지만 그것을 실행하는 사람은 아무도 없다. 그러기에 성인은 이르기를 나라의 욕됨을 떠맡는 사람이 사직의 주인이 되고 천하의 불행을 떠맡는 사람이 천하의 왕이 된다고 했다. 참으로 바른 말이다. 그런데 그 말이 진실과 반대인 것처럼 들리는 것은 왜일까? 세상이 그렇고 우리의 사고가 그렇게 굳어져 버렸기 때문일까?

넷째 마당

시가 갖는 의미

1. 안전한 곳은 어디일까

危者 安其位者也 (위자 안기위자야)
亡者 保其存者也 (망자 보기존자야)
亂者 有其治者也 (난자 유기치자야)
是故君子安而不忘危 (시고군자안이불망위)
存而不忘亡 治而不忘亂 (존이불망망 치이불망난)
是以身安而國家可保也 (시이신안이국가가보야)

- 周易, 繫辭傳 -

위태롭게 여기는 자는 그 지위를 편안히 하는 것이요,
망하리라는 두려움은 그 존속함을 보전하는 것이요
어지럽게 여기는 자는 그 다스림을 두는 것이다.
이런 까닭에 군자는 편안할 때에도 그 위태로움을 잊지 않으며
보존하되, 망함을 잊지 않으며
다스리되 어지러움을 잊지 않는다.
이로써 나 자신과 가정과 국가를 보전할 수 있다

안전한 곳은 어디일까? 유비무환이란 말이 있다. 어려울 때를 생각해서 미리미리 대비하라는 말이다. 안전하다고 생각할 때가 위험할 수 있으니 순탄하다고 방심하게 되면 멸망을 초래할 수 있다는 것이다. 치안을 소홀하게 하면 난이 일어날 수 있으니 군자는 안전하다고 생각할 때에도 위기를 잊지 않고 치안에 힘쓰고 분쟁을 잊지 않아야 나 자신과 가정과 국가를

보전할 수 있다고 한다. 주역 [계사편]에 나오는 글로 공자의 말이다.

역사는 돌고 돌아간다. 태평성대가 있으면 혼란한 시기가 있고, 그 혼란의 시기를 이기고 나면 다시 평화로운 시대가 열리기도 한다. 평화로운 시기에는 사람들은 안이하게 보내며 그 평화를 누리며 위기가 올 것은 생각하지 않는다. 위기를 말하면 도리어 불길하다며 말하기조차 꺼리는 것이 일반적이다. 이것은 개인이나 한 가정이나 국가나 마찬가지이다. 그러다가 어려움을 당하기도 한다. 그리고 그 때는 그 위기를 최선을 다해 대처하거나 극복하기도 한다. 이것이 인생의 삶이기도 하고 역사의 소용돌이이기도 하다. 어떠한 경우든 유비무환(有備無患)의 정신을 갖는 것이 최선의 길이고 안전한 길이다.

2. 말이 씨가 되다

靑年蓮桂壯元郎(청년연계장원랑)
出入薇垣與玉堂(출입미원여옥당)
南嶺監軍知姓字(남영감군지성자)
東湖對策擅文章(동호대책천문장)
一人三室遺雙果(일인삼실유쌍과)
四塚千秋共一床(사총천추공일상)
綠髮世間悲故舊(녹발세간비고구)
白頭堂上泣親孀(백두당상읍친상)

- 淸江先生詩話 -

청년 연계 장원랑은
미원 옥당을 출입하며
영남감군 성자를 아네.
동호대책 문장을 맘대로 지어
일인 삼실에 쌍 열매를 남기니
사총이 천추에 한상에 함께 있네.
푸른 머리 세간에서 옛 친구를 슬퍼하고
백두당상에서 친구 아내는 눈물짓네.

김중원은 일찍이 영남에서 감군어사를 지냈다. 서당에 있을 때는 시
정의 문제를 제시하고 논하는 대책[1]을 좋아했다. 친구들은 중원의 맑고

순수한 마음을 좋아했다. 그래서 죽음과도 바꿀 양 했다. 그들은 익살스럽게 위의 만시(輓詩)[2]를 짓기도 했다. 그런데 어찌된 일인지 만시를 지은 지 오래지 않아 중원이 귀양 가서 죽고 말았다. 만시의 내용 그대로 되었다. 이것은 청강선생시화(淸江先生詩話)에 나오는 글이다. 친구들의 익살스런 글도 참시(讖詩)가 되어 친구를 죽게 했으니 기가 막힐 일이다. 이렇게 말에는 주술성이 있고, 특히 시에서는 농담으로라도 참시는 삼가 해야 할 것이다.

---

1 對策 - .조선 시대 과거 시험 과목의 하나로서 時政의 문제를 제시하고 그 대책을 논하게 함. 곧 조서(詔書)에서 제기된 질문에 대답하여 자신의 정치적 견해를 진술하는 것으로 설명이 정확하고 논리가 정밀해야 한다. 그래서 화살의 정곡에 비유되기도 한다.(對策者 應詔而陳 政也 言中理準 譬射侯中的 : 文心調龍 24)
2 죽은 이를 애도하여 지은 시

3. 시가 갖는 의미

萬玉層巖裏(만옥층암리)

九秋霜雪枝(구추상설지)

持來贈君子(지래증군자)

歲晩是心知(세만시심지)

公和贈曰(공화증왈)

似嫌直先伐(사혐직선벌)

故爲曲其枝(고위곡기지)

直性猶存內(직성유존내)

那能免斧斤(나능면부근)

蓋戒其避禍 而沖庵竟亦不免 惜也

(개계기피화 이충암경역불면 석야)

- 芝峯類設 -

옥 같은 일만 봉 쌓인 바위 속

가을 서리와 눈 덮인 가지가 있어

지니고 와서 그대에게 드리오니

저문 해에 이 마음 알아주오.

공이 화답하여 주기를

다만 먼저 베임을 싫어하여
일부러 그 가지를 구부렸네.
강직한 성품은 오히려 안에 있으니
어찌 능히 도끼를 면하리오.

박수량은 강릉 사람이다. 용궁 현감을 지내고 은퇴 후 고향으로 내려
가 있었다. 충암 김정(金淨)이 풍악에 갔다 와서 철쭉나무 지팡이를 주
었다. 시도 함께 지어 주었는데 그 시가 바로 위의 시이다. 곧 옥 같이
생겨 층층이 쌓인 바위 속에서 가을 서리와 눈을 뒤집어쓰고도 강인하
게 버티고 있는 가지가 있어 그것을 꺾어 지팡이를 만들어 그대에게 드
리니 세밑에 이 마음을 알아달라고 한다.

이에 곧 바로 답한 것이 박수량의 [화답시]이다.

곧은 나무는 바로 도끼에 찍혀 재목이 된다. 그래서 그 가지를 일부
러 구부림은 베임의 화를 면키 위해서이다. 그래도 곧은 성품은 감추지
못해 끝내 지팡이 감이 되어 도끼질을 당하고 말았다는 것이다. 이 시
는 그에게 화를 피할 것을 경계한 것이다. 그런데도 김정(金淨)은 사화
에 연루되어 화를 면하지 못했으니 애석할 뿐이다. 이 또한 ≪지봉유설(芝
峯類說)≫에 보인다.

4. 등왕각서

時來風送騰王閣(시래풍송등왕각)
運退雷轟薦福碑(운퇴전뇌천복비)

시운(時運)이 닿으니 바람이 왕발(王勃)을 등왕각으로 보내주었고,
운수가 물러가니 우뢰가 천복비를 부서 버렸다.

사람이 살아가면서 대개의 경우는 자기 능력과 노력과 정성으로 이
루어지는 것이 다반사라 할 수 있다. 그러나 세상의 일이 모두 자신의
노력과 정성만 있으면 성사되는 것이 아니라는 것도 알게 된다. 뜻밖의
도움으로 불가능했던 일이 성취되기도 하고, 당연히 될 일도 의외의 장
애물을 만나 실패하는 경우도 있다. 물론 이런 일은 드물게 나타나기는
하지만, 노력과 정성과 지혜를 다 모아 공을 들인 일이 끝내 실패했을
때 사람들은 이것을 운명의 탓으로 돌린다. 노력한 만큼 일이 이루어지
지 않고, 행운에 따라 요행에 따라 일이 이루어지는 삶의 모습을 위 두
구절은 잘 보여준다.

왕발(王勃, 650 - 676)은 당나라 때의 유명한 문인이자 시인이다. 자
는 자안(子安)이고, 용문(龍門, 오늘날의 河津) 출신으로, 수나라 때의
학자인 왕통(王通)의 손자다. 14살에 과거에 급제하여 조산랑(朝散郞)
벼슬에 제수(除授)되었다.
위 글은 왕발(王勃)이 14세에 지은 명작 등왕각서에 얽힌 이야기이

다. 등왕각(藤王閣)은 중국 장강유역인 남창(南昌) 부근에 있는 누각으로 당나라 고관 염백서(閻伯嶼)가 남창에 등왕각을 중수하고 낙성식 잔치를 베풀어 그의 사위로 하여금 서문을 짓게 하여 참석자들에게 은근히 사위 자랑을 할 계획이었다. 그래서 참석자들은 그 속셈을 알고 아예 등왕각서 모집에도 응모하지 않았다. 그런데 왕발은 잔치를 하루 앞두고 꿈에 노인이 나타나 등왕각으로 가서 서문을 지으라고 알려준다. 그러나 왕발은 이때 남창에서 700 리나 떨어진 곳에 살고 있어 도저히 하루 만에 갈 수가 없었다. 그래도 왕발은 꿈을 믿고 배에 올랐다. 그러자 쏜살같은 바람이 일어 낙성식이 끝나기 전에 배가 남창에 닿았고 왕발은 여기서 천하명문인 '등왕각서'를 지을 수 있었다. 이로 인해 왕발은 당대의 시인으로 이름을 날렸고 후세에까지 이 이야기와 함께 그 이름이 전한다. 곧 운이 다가와서 바람이 등왕각으로 보내 주었다.(時來風送騰王閣)

반면에 운이 물러감으로 해서 생기게 된 그 반대 현상을 보자.

천복비(薦福碑)는 강서성(江西省) 천복사(薦福寺)에 있던 비(碑)로 송나라의 유명한 재상인 범중엄이 고을살이를 하고 있을 때이다. 가난한 서생(書生) 한 사람이 찾아와 그의 소원은 하루라도 배불리 먹어보고 죽는 것이라 했다. 범중엄(范仲淹)은 그 서생의 소원을 들어주고 싶었다. 그래서 당시 유행하던 구양순(歐陽詢)이 쓴 천복사의 비문을 탁본(拓本)해 오면 후히 사례하겠다고 제의했다. 서생이 반가운 마음으로 천신만고 끝에 수 천리를 애써 가서 천복비가 있는 곳에 도착했다. 밤은 어둡고 비바람이 치므로 하는 수 없이 다음날 아침에 비도 멎고 밝거든 탁본을 하려고 객사에서 머물렀다.

그 다음날 아침에 천복비가 있는 곳으로 가보니 밤사이에 천복비가 벼락에 깨져 버렸다. 이를 어찌하랴. 운이 물러감에 낙뢰가 천복비를 깨뜨렸다.(運退雷轟薦福碑) 기가 막히는 악운(惡運)이다. 명심보감 순명편(順命篇)에 나온다.

5. 江南曲(강남곡)

人言江南樂(강언강남락)
我見江南愁(아견강남수)
年年沙浦口(년년사포구)
腸斷望歸舟(장단망귀주)

- 허난설헌 -

남들은 강남의 즐거움을 말하나,
나는 강남의 근심을 보고 있네.
해마다 이 포구에서
되돌아가는 배를 애타게 바라보네.

위 시는 허난설헌의 작이다. 나루터에서 떠나는 배를 보고 이별을 슬퍼하여 쓴 것으로 시적 자아의 섬세한 마음이 잘 나타나 있다. 남들은 강남의 나루터에서 만남의 즐거움을 말하지만 시적자아는 이별의 근심을 보고 있다. 그것도 이 포구에서 해마다 겪는 일로 간장을 끊는 슬픔으로 떠나가는 배를 바라보고 있다.

김만중(金萬重)은 서포만필에서 :

"난설헌 허씨의 시는 손곡(李達)과 그 오빠 하곡으로부터 나왔는데, 그의 공부는 옥봉(玉峯; 백광훈 白光勳) 같은 분들에게는 미치지 못하나 총명하고 민첩함은 그들을 넘어선다. 우리나라의 규수 중에 오직 이 한 사람뿐이다."라고 극찬을 아끼지 않았다.

허난설헌(許蘭雪軒, 1563, 명종18~1589, 선조22)은 조선 중기의 여류시인으로 본관은 양천(陽川)이다. 본명은 초희(楚姬)이고 자는 경번(景樊)이며 호는 난설헌이다. 강원도 강릉(江陵) 출생으로 엽(曄)의 딸이고 봉(篈)의 동생이며 균(筠)의 누이이다. 가문은 현상(賢相) 공(珙)의 혈통을 이은 명문으로 누대의 문한가(文翰家)로 유명한 학자와 인물을 배출하였다. 아버지가 첫 부인 청주한씨(淸州韓氏)에게서 성(筬)과 두 딸을 낳고 사별한 뒤에 강릉김씨(江陵金氏) 광철(光轍)의 딸을 재취하여 봉과·초희와·균 이렇게 3남매를 두었다.

허난설헌은 어릴 때부터 오빠와 동생 사이에서 어깨너머로 글을 배웠다. 아름다운 용모와 천품이 뛰어나 8세에 〈광한전백옥루상량문(廣寒殿白玉樓上梁文)〉을 지어 신동이라는 말을 들을 정도였다. 그래서 허씨 가문과 친교가 있었던 이달(李達)에게 시를 배웠다. 그러다 난설헌은 15세 무렵 안동김씨(安東金氏) 성립(誠立)과 혼인하였다.

이로부터 난설헌의 삶에 그림자를 드리웠다. 원만한 부부가 되지 못하였다. 남편은 급제한 뒤에 관직에 나갔지만 가정의 즐거움보다는 노류장화(路柳墻花)의 풍류를 즐겼다. 거기다가 고부간의 사이 또한 좋지 않아 시어머니의 학대와 질시 속에 살아야만 했다. 설상가상으로 의지하고 사랑하던 어린 남매를 잃는 슬픔을 겪으면서 뱃속의 아이까지 잃는 아픈 시련을 겪게 되었다. 액운은 가시지 않아 친정집에서는 옥사(獄事)가 있었고, 동생 균마저 귀양 가는 등 비극이 연속되었다. 난설헌은 이 비통한 마음을 다스릴 겨를도 상대도 없었다. 다만 책과 먹(墨묵)으로 생의 울부짖음에 항거하다 삶의 의욕을 잃고 27세의 젊은 나이로 생을 마쳤다.

조선 봉건사회의 모순과 계속된 가정의 참화로 인하여 허난설헌의 시 가운데에 속세를 떠나고 싶은 신선시가 많은 부분을 차지하고 있다. 허난설헌의 작품은 동생인 허균이 그 일부를 명나라 시인 주지번(朱之蕃)에게 주어 중국에서 ≪난설헌집≫이 간행되어 격찬을 받았으며, 1711년에는 일본에서도 분다이 (文台屋次郎)가 간행하여 애송되기도 했다.

인의예지의 길

1. 더불어 착해지는 세상

學而時習之 不亦說乎(학이시습지 불역열호)
有朋自遠方來 不亦樂乎(유붕자원방래 불역락호)
人不知而不慍 不亦君子乎(인부지이불온 불역군자호)

배우고 때때로 익히니 이 또한 기쁘지 않는가
벗이 있어 멀리서 오니 이 또한 즐겁지 않은가
남이 알아주지 않아도 성내지 않으니 이 또한 군자가 아닌가
                                   － 論語 學而篇 －

　배우는 것이 싫기만 하다면 누가 배우겠는가. 배운 것을 익히다 보면 모르는 것을 알게 되니 기쁘기도 하다. 그래서 공부하는 즐거움도 배우는 보람도 알게 되는 기쁨도 느끼게 된다. 그래서 공자는 학이시습지(學而時習之)를 학이편 머리에 두고 익히게 했다. 벗 또한 가족 못지않게 소중한 존재이다. 벗이 있어 기뻐나 즐거우나 힘들거나 어려울 때 서로 대화를 나눌 수 있다는 것은 값진 보배를 가진 것보다 낫다. 부모에게도 못하는 말을, 가족에게도 못하는 말을 친구와는 나눌 수 있다. 그래서 그 친구가 멀리서부터 온다는 것은 더욱 기쁜 일이다. 그래서 공자는 벗이 있어 멀리서 오니 또한 즐겁지 않은가(有朋自遠方來 不亦樂乎)라 하여 학이시습지(學而時習之) 다음에 놓았다.

　대개의 경우 사람들은 남이 나를 알아주기를 바란다. 제대로 알아주지 않으면 섭섭하기도 하다. 그래서 명함(名銜)도 돌리고 자기소개에도

열을 올린다. 그렇게 하는 것이 자기 발전의 기회이기도 하고 교제이기도 하다. 그것이 부족한 사람은 그만큼 사회성이 뒤떨어진다고도 생각한다. 하지만 공자는 그렇게 말하지 않는다. 남이 나를 알아주지 않아도 초연해지는 것을 미덕으로 생각하고 그것이 군자의 길이라고 한다. (人不知而不慍 不亦君子乎)하기야 남이 알아주든 안 알아주든 남을 의식하지 않고 자기 길을 열심히 가면 자연적으로 알려지게 마련이다. 그렇게 하는 것이 군자의 길, 곧 학자의 길이고 전문가의 길이 될 것이다.

2. 배우는 사람의 자세

子曰(자왈)
弟子入則孝(제자입즉효)
出則弟謹而信(출즉제근이신)
汎愛衆而親仁(범애중이친인)

공자께서 이르기를
제자(학생)는 집에 들어오면 부모님께 효도를 다하고
밖에 나가서는 윗사람에게는 공손하고 삼가하며 믿음이 있어야 한다.
(그리고) 무릇 대중을 사랑하며 인을 가까이 해야 한다.

- 論語 學而篇 -

우리나라는 예부터 동방예의지국이라 한다. 아직도 우리는 그래도
미풍양속이 살아있어 사회를 보다 밝게 한다. 전철을 타면 연로한 분들
께 자리를 양보하는 풍습이라든지 노약자에게 자리 양보하는 사람들
을 보면 마음이 흐뭇하다. 어느 외국 유학생이 말했다. 전철에서 노약
자석이 있는 것이 놀랍다고 했다. 자기 나라에는 없다고도 했다.

이것도 우리의 미풍양속에서 비롯된 것이리라. 집에 들어오면 부모
님께 효도하고 밖에 나가면 윗사람에게 공손하고 삼가하며 믿음이 있
어 두루 대중을 사랑하고 인(仁)을 가까이 해야 함을 가르쳐왔다. 이를
행하여야 함은 학문보다 앞섰다. 그래서 나온 말이 '먼저 사람이 되라'
이다. 논어 학이편에 나오는 말이다.

子曰

賢哉回也 (현재회야)

一簞食 一瓢飮 (일단사 일표음)

在陋巷 (재누항)

人不堪其憂 (인불감기우)

回也不改其樂 (회야불개기락)

賢哉回也 (현재회야)

공자께서 이르기를

어질구나 안회여

한 대그릇의 밥과 한 표주박의 물을 먹으면서

좁고 누추한 거리에 사는 것을

다른 사람들은 그 근심을 견디지 못하거늘,

안회는 그 속에서도 즐거움을 고치지 아니하니,

어질도다 안회여.

- 論語, 雍也篇 -

공자의 제자 중에 안회란 자가 있다. 공자는 안회를 특히 사랑했다. 그가 배우기를 가장 좋아했다고 공자는 말한다. 안회는 일찍 죽었다. 그가 죽은 후는 그를 따를 자를 보지 못했다고 공자가 말할 정도였으니까 안회가 배우기를 얼마나 좋아했는지 그 정도를 알만도 하다. 공자는 '소쿠리로 밥을 먹고 표주박으로 물을 마시며 누추한 곳에 살아도 그것을 낙으로 생각한 안회'를 어질다고 칭찬했다. 안회가 배움(學)을 특히 좋아했다는 것은 곧 학문을 좋아하고 학문에만 심취했기 때문에 그 짧은 생애에서 다른 생활에는 마음을 두지 않은 것으로 보인다.

3. 공자의 정치관

子曰
道之以政 齊之以刑(도지이정 제지이형)
民免而無恥 道之以德(민면이무치 도지이덕)
齊之以禮 有恥且格(제지이예 유치차격)
　　　　　　　－論語 爲政篇 －

공자께서 말씀하셨다.
백성을 다스리는데 있어서 법으로써 지도하고, 형벌로써 다스리면
백성들이 죄는 면하지만 부끄러움을 모른다. 덕으로써 지도하고,
예로써 다스리면 죄 짓는 것을 부끄러워 할뿐 아니라 기질적으로 변한다.

논어 위정편에 나오는 말이다.

공자는 백성을 다스리는데 있어서도 법치주의보다 덕치주의를 외쳤다. 법치는 법망을 피하려고만 하지만 덕치는 기질적으로 심성이 바르게 변하여 백성을 다스리게 된다는 것이다. 하지만 공자의 이러한 덕치주의는 당시의 세도가들에게는 수용되지 않았을 뿐 아니라 도리어 배척을 당했다. 공자는 이를 깨닫고 56세에 노나라를 떠나 10여 년간 천하를 주유하며 제자들을 몰고 다니며 자기의 뜻을 펼치기도 했다. 67세에 다시 고국 노나라로 돌아와서는 오로지 제자 교육에만 정진하다 73세로 생을 마감했다. 이러한 공자를 가리켜 인류의 스승으로 일컫는다.

景行錄曰(경행록왈)
恩義廣施(은의광시)
人生何處不相逢(인생하처불상봉)
怨讐莫結(원수막결)
路逢狹處難回避(로봉협처난회피)
- 明心寶鑑 繼善篇 -

경행록에 이르기를
'은혜와 의리를 넓게 베풀어라.
인생을 살다보면 어느 곳에선들 만나지 않겠는가.
원수는 맺지 말라.
길을 가다 좁은 곳에서 만나면 피하기가 어렵다'고 했다.

　세상은 좁다고 한다. 지금은 글로벌 시대라 4다리만 건너면 세계인
도 서로 아는 사이라는 말을 얼마 전 어느 모임에서 들었다. 사실 해외
여행을 하며 통성명을 해 보면 한 다리 건너고 두 다리 건너면 모두 아
는 사람들임을 알게 된다. 이러한 현상은 어떤 모임에서도 마찬가지다.
지난 정초 어느 신년 하례식에서 우연히 어떤 유명인사의 가정사 얘기
가 나왔는데 그 곳에서도 그 유명인사의 딸이 내가 잘 아는 분의 며느
리가 된 것을 알게 되었다. 이렇게 세상 사람들과의 만남은 좁고 한정
적이다. 그 속에서 서로가 만나고 대화를 하며 친분을 쌓아간다. 그래
서 사람은 죄 짓고 못 살고 원수는 외나무다리에서 만난다는 속담까지
있다.

경행록에 의하면 '은혜와 의로운 일은 넓게 베풀어라 인생이 어느 곳에서든 만나지 않겠는가 원수는 맺지 말아라. 길을 가다가 좁은 곳에서 만나면 피하기가 어렵다'고 했다. 명심보감 계선편에 나온다. 좋은 일은 넓게 베풀어 덕을 쌓고 나쁜 일은 하지 말라는 경계의 말이기도 하다.

4. 맹자가 양혜왕을 만나다.

孟子見梁惠王(맹자견양혜왕)
王曰 叟 不遠千里而來(왕왈 수 불원천리이래)
亦將有以利吾國乎?(역장유이이오국호?)
孟子對曰 王何必曰利?(맹자대왈 왕하필왈이?)
亦有仁義而已矣(역유인의이이의)

- 孟子, 梁惠王章句 上 -

맹자가 양혜왕을 만났다.
왕이 이르기를 "선생님께서 이렇게 먼 길을 오셨으니
장차 우리나라에 무슨 이익 될 일이 있겠습니까?" 했다
맹자가 답하여 이르기를 "왕께서는 하필 이익을 말합니까?
인의가 있을 따름입니다."라 했다

불원천리길을 찾아 맹자가 왔으니 양혜왕은 기뻤다. 그래서 대뜸 한다는 말이 "우리나라에 무슨 이익 될 일이 있겠습니까?" 했다. 그러자 맹자는"인의가 있을 따름입니다."라 했다. 인의는 당장 효과를 나타내는 눈에 보이는 이익이 아니다. 그러나 양혜왕이 바르게 받아들였다면 당장은 그 이익이 나타나지 않지만 분명히 인의로 백성을 다스린다면 나라에 큰 이익이 될 것이다. 맹자의 인의는 공자의 덕치주의와 맥을 같이하는 것으로 유가사상의 중심이며 그 덕목이다.

유교의 중심사상은 인이다. 그래서 살신성인을 큰 덕목으로 꼽는다.

그러면 〈인(仁)〉이란 무엇인가. 논어 안연편에 의하면 제자들 질문에 공자는 각기 다르게 답한 것을 볼 수 있다. 안연이 인에 대하여 물었을 때는 "자기를 이기고 예로 돌아오는 것이 인"이라 했고, 중궁이 인에 대하여 물었을 때에는 "문을 나설 때는 큰 손님을 만난 듯 하고 백성들을 부릴 때에는 큰 제사를 받드는 것 같이 하고, 자기가 원하지 않으면 남에게 베풀지 말아야 하는 것"이라 하였다. 그런가 하면 번지가 물었을 때에는 "인이란 사람을 사랑하는 것" 이라 했다. 이렇게 대상에 따라 다르게 답한 것을 보면 인이란 하나로 답하기에는 너무 큰 그릇으로 생각된다. 그래서 그 그릇은 쓰는 사람에 따라 담겨지는 모양과 양이 다르기에 그에게 적절한 답을 준 것으로 보인다. 안연에게는 안연에 맞는 답을, 중궁에게는 중궁에 맞는 답을, 번지에게는 번지에게 맞는 답을 준 것이다. (顔淵問仁子曰 克己復禮爲仁 一日克己復禮 天下歸仁焉 爲仁由己 而由人乎哉 …… 仲弓問仁 子曰 出門如見大賓 使民如承大祭 己所不欲 勿施於人 …… 樊遲問仁 子曰 愛人, 論語, 顔淵篇 -) 안연에게 말한 인의 세목에서는 예가 아니면 보지도 듣지도, 말하지도, 행동하지도 말라고 했다.

'분수를 알아라.'는 말이 있다. 그런가 하면 '네 분수를 지키라'는 말도 있다. 사실 그렇다 자기 분수를 모르고 행동하다가 낭패(狼狽)를 당하는 경우를 본다. 그래서 자기 분수를 바로 알고 분수껏 주어진 위치에서 최선을 다해 살아가는 것이 최상의 길이다. '분수를 편안히 하면 몸에 욕됨이 없고 세상 돌아가는 이치를 알면 마음이 저절로 편하다. 명시보감 안분편에 나오는 말이다.

(安分吟曰 安分身無辱 知機心自閑 雖居人世上 却是出人間 – 明心寶鑑 安分篇 –)

　어느 때부터인지 〈왕따〉란 말이 자주 들린다. 왕따의 대상이 두 유형임을 본다. 곧 잘나도 왕따의 대상이 될 수 있고, 못나도 왕따의 대상이 될 수 있다. 잘 난 사람은 잘 난 척 해서 왕따를 당하고 못 난 사람은 잘 어울리지 못해서 왕따를 당한다. 너무 교만해도 안 되지만 너무 겸손해도 손해를 본다. 곧 적절히 해야 한다. 그 적절이란 말이 사실은 어렵다. 어느 정도가 적절일까. 중용의 도를 지키면 될 것이다. 교만은 손실을 부르고 겸손은 이익을 준다. 서경에 있는 말이다. (書經曰 驕招損 謙受益 – 明心寶鑑 安分篇 –)

5. 사람이 사람인 까닭 : 인의예지의 길

- 나면서부터 착한 존재 : 仁인 義의 禮예 智지의 마음 -

孟子曰 (맹자왈)

人皆有不忍人之心(인개유불인인지심)

先王有不忍人之心(선왕유불인인지심)

斯有不忍人之政矣(사유불인인지정의)

以不忍人之心 行不忍人之政(불인인지심 행불인인지정)

治天下 可運之掌上(치천하 가운지장상)

……

無惻隱之心 非人也(무측은지심 비인야)

無羞惡之心 非人也(무수오지심 비인야)

無辭讓之心 非人也(무사양지심 비인야)

無是非之心 非人也(무시비지심 비인야)

惻隱之心 仁之端也(측은지심 인지단야)

羞惡之心 義之端也(수오지심 의지단야)

辭讓之心 禮之端也(사양지심 예지단야)

是非之心 智之端也(시비지심 지지단야)

人之有是四端也(인지유시사단야)

猶其有四體也(유기유사체야)

……

凡有四端於我者(범유사단어아자)

知皆擴而充之矣(지개확이충지의)

若火之始然 泉之始達 (약화지시연 천지시달)

苟能充之 足以保四海(구능충지 족이보사해)

苟不充之 不足以事父母.(구불충지 부족이사부모)

- 孟子, 公孫丑章句 上 -

맹자가 말했다.

사람에게는 누구나 불인인지의 마음(차마 어떻게 할 수 없는 마음)이

있다.

선왕들도 다 이 불인인지의 마음이 있어서

이 마음으로 정치를 했다.

불인인지의 마음으로 불인인지의 정치를 하면

천하는 잘 다스려지고 가히 손바닥 위에서 운행되는 것과 같다.

……

불쌍히 여기는 마음이 없으면 사람이 아니고

부끄러워하는 마음이 없으면 사람이 아니고

사양하는 마음이 없으면 사람이 아니고

옳고 그름을 가릴 줄 모르면 사람이 아니다.

측은지심은 인의 실마리가 되고

수오지심은 의의 실마리가 되며

사양지심은 예의 실마리가 되고

시비지심은 지혜의 실마리가 된다.

사람에게는 이 네 가지 근본을 갖고 태어난다.

이는 곧 신체에 四體가 있는 것과 같다.

……

무릇 사람이 나에게 이 사단이 있다는 것을 알고

이를 모두 확충시킬 줄을 알면 이는 불이 타서 번져나가며 샘이 솟아서 흘러나가는 것과 같은 것이다.

진실로 이것을 잘 확충만 시킬 수 있다면 충분히 사해도 보전시킬 수 있으며 이를 확충시키지 못하면 부모를 섬기기에도 부족하다.

사람답지 않은 행동을 하는 사람을 가리켜 '철면피' 라니 '人面獸心(인면수심)'이니 하는 말을 하게 된다.

맹자는 동물과 사람을 구별하는 척도로써 사람은 仁義禮智(인의예지)의 人性(인성)을 가지고 있기 때문이라 했다. 즉 어려운 처지에 있는 사람을 보고 측은하게 생각하는 마음이 생기는 것은 어진 마음 곧 仁(인)이 있기 때문이며, 부당한 대우를 받았을 때 창피하다는 마음이 생기는 것은 義(의)로운 마음이 있기 때문이며, 사양하는 마음과 남을 공경하는 마음이 있는 것은 禮(예)가 있기 때문이며, 시비를 가릴 줄 아는 것은 지혜가 있기 때문이라 했다.

이것은 인간만이 가지고 있는 것으로 사람을 사람이게 하는 척도이기도 하다. 이러한 의미를 가진 仁義禮智(인의예지)의 인성을 최대로 실현시키는 것을 맹자는 군자의 道(도)라 했다.

이 도를 실현시키기 위해서는 먼저 '정직'해야 한다. 이 정직이란 대인관계에 있어서는 솔직하고 진실해야 하고, 자기 자신에 대해서는 자신을 속이지 않는 것이다. 남의 눈과, 남의 마음은 속이려면 속일 수 있지만 자기 자신은 속일 수 없다. 어떠한 일을 하던 자기 자신은 알고 있기 때문이다.

옛 선비들은 자기 자신을 속이지 않는 것 곧 毋自欺(무자기)와 홀로 있을 때 삼가 행동한다는 의미를 가진 愼獨(신독)을 귀하게 생각하고 이것을 도덕 생활의 근본으로 여겼다. 사실 그렇다. '열 길 물 속은 알아도 한 길 사람 속은 모른다.'는 말이 있듯이 남이 숨겨진 내 마음을 모르니까 속일 수도 있고 속을 수도 있지만 나 자신은 못 속이는 것이다. 나 자신은 스스로 알기 때문이다.

필자가 처음 강의를 하던 때이다. 교양과목이라 그 때만 해도 100명이 넘었다. 재수강생도 몇 명 있었다. 필사는 그 때나 지금이나 재수강생은 특별히 마음을 갖고 관리하는 편이다. 그래서 얼굴과 이름을 자연적으로 익히게 된다. 그런데 시험 때였다. 조교 선생이 다니면서 감독을 하고 필자는 교탁 앞에서 먼저 한 사람 시험지를 받고 있었다.

그 때였다. 시험지에 쓰인 이름은 분명 재수강생의 이름인데 학생은 다른 학생이었다. 그것도 성별이 다른 여학생이었다. 순간 가슴이 뛰었다. 잠시 동안 눈을 감고, 마음을 진정시켰다. 그 이름의 주인공은 시험지를 앞에 두고 가만히 앉아 있었다. 시험 시간이 끝났다. 그 학생도 나갔다. 어느 사이 나갔는지 보지 못했다. 그 시험지를 따로 간수했다. 중간고사이기 때문에 시간적 여유가 있었다. 아무 말 없이 지켜만 보고 있었다.

두 주가 흘렀다. 마침 강의 내용 중에 毋自欺(무자기)와 愼獨(신독)이란 낱말이 나왔다. "옳거니"하고 毋自欺(무자기)에 대해서 열강을 했다. '……도덕의 근본은 무자기와 신독에 있다. 자기마음을 속이는 것이 모든 죄악의 뿌리가 된다. 자신을 속이고도 마음에 가책을 느끼지 않는 사람은 무슨 짓이든 할 수 있는 사람이다. 法網(법망)을 교묘히 피하는 사람도 이러한 사람이고, 부패하고 타락된 생활을 하는 사람도 바로 자신을 속이는 이러한 사람들이 하는 짓이다. 사기 치고 협잡하는 사람도 바로 이러한 사람의 짓이고, 남을 중상하고 모략하는 사람도 바로 자신을 속이는 사람이다. 자기 자신에게 충실치 못하는 사람이 어찌 남의 일에 충실하겠는가? 먼저 자기 자신을 알아야만 자기에게도 충실할 수 있다. 소크라테스가 말한 〈네 자신을 알라〉는 무엇을 말하겠는가? 네 자신의 양심의 소리에 귀를 기울이라는 것이다 곧 자신에 충실하라는 것이다. 이러한 마음가짐이 무자기이고 신독이다.'

일주일이 지났다. 그 학생이 복도에서 기다리고 있었다. 그 이유를 짐작하고 반가웠다. 그러면서도 시치미를 뚝 뗐다. 그 학생이 머뭇거리면서 말했다. 그 간의 自初至終(자초지종)을 얘기했다. 졸업반이라 작품전시회준비가 있어서 그 준비 때문에 시험공부를 못해서 대신 후배가 대리 시험을 쳤노라고, 지난 주 강의를 들으면서 너무 부끄럽고 괴로웠노라고, 용서를 빌며 시험을 다시 치겠다고 했다. 다 들은 후 그러냐고, 와 주어서 고맙다고 했다. 재시험을 쳤다. 후한 점수를 주었다.

그 후 연락이 왔다. '그 때를 교훈 삼아 성실한 사회인이 되겠다'고 했다. 그리고 전시회를 한다고 -. 초청장이 들어 있었다. 毋自欺(무자기)의 교훈을 바로 받아들인 착한 학생이었다. 흐뭇했다.

毋自欺(무자기)는 곧 자기의 선한 양심이다. 아무리 악한 사람도 죽음에 임박해서는 이 양심이 고개를 든다고 한다. 양심의 소리는 성장과정에서 교육으로 인해 지속적으로 발전하고 유지된다고 한다. 그래서 자라나는 아이들에게는 지속적인 도덕 교육이 이어져야 한다는 것이다.

그러기에 옛사람들은 어릴 때부터 〈소학〉〈명심보감〉 등으로 도덕

윤리 교육을 시켰던 것이다. 옛 선비들은 혼자 있을 때 삼간다고 했다. 그래서 재실의 이름을 愼獨(신독)이라 하여 혼자 있을 때도 언행을 삼가 했다는 것이다. 毋自欺(무자기)나 愼獨(신독)은 개인의 보이지 않는 道德律(도덕율)이다.

여섯째 마당

인간사의 모습

1. 술의 악폐(惡弊)

몇 년 전 취중에 여기자 성희롱 사건으로 세상을 떠들썩하게 한 사건이 있었다. 술이란 필요악인가? 술은 독 중의 마(魔)이다. 그래서 남자가 자라면 풍류와 술을 익히지 말라고 명심보감 훈자편에서는 말한다. 자식을 훈육시키는데 풍류와 술을 경계했건만 자라면서 제 스스로 배우는 것이 술이고 풍류이다, 술자리에서의 실수담은 심심찮게 정치권에서도 흘러나온다.

기자들과의 술자리에서 자기 직능에 대한 성과를 과시하다가 그것이 꼬투리가 되어 IMF 이후 구조조정에 나선 그 고위직 한 사람이 옷을 벗게 된 사건이 있었다. 신문에도 대서특필 되었다. 이것 또한 술이 화근이다. 그래서 '말이 많아서 실수하는 것도 다 술 때문'이란 말이 명심보감 성심편에도 나온다.

예부터 술의 화근은 많다는 증거이다. 그 뿐 아니다. '후덕한 성품을 흉험하게 변하게 하는 것도 술 때문이니 술을 경계하라 고금을 통하여 술 때문에 실패한 자가 부지기수이니 술을 좋아하지 말라.'고 한다. 이것은 자식을 경계하는 시인 계자시(戒子詩)에 나오는 말이다. (男年長大 莫習樂酒 言多語失皆因酒 — 明心寶鑑 —

戒爾勿嗜酒 狂藥非嘉味 能移謹厚性 化爲凶險類 古今傾敗者 歷歷皆可記 — — 范質 戒子詩 —)

정철 송강은 술을 좋아했다. 술을 좋아한 만큼 술에 대해선 일가견이 있을 것이다. 시문 또한 좋아하고 짓기도 했으니 술기운으로 시를 짓기도 했을 테고 시를 지어 놓고 흐뭇해서 술을 마시기도 했을 것이다. 술을 좋아한 만큼 술에 대한 시도 읊었다. 정철의 시를 보자

動靜無常言語失宜 동정은 무상하고 언어는 떳떳하지 못하니
千邪萬妄皆從酒出方 수많은 사악한 망령이 술을 좇아 나타나네.
其醉時甘心行之 及其醒也 술에 취할 때는 감미로운 행동을 하고 술이 깰 때는
迷而不悟人或言之 혼미하고 남을 알아보지도 못하여 혹 말을 하니
則初不信然旣得其實 처음은 불신하고 그 사실을 알 때는
則羞媿欲死 죽고 싶을 정도로 수치를 느끼네.
今日如是明日又如是尤悔 금일에 이 같으면 내일이면 더욱더 후회하니
山積補過無時 親者哀之 그 잘못은 무시로 산 같이 쌓여 친한 사람을 슬프게 한고.
疎者唾之 褻天命慢人紀 소원한 자는 침을 뱉으며 천명을 더럽히고 사람의 도를 무시하니
見棄於名敎者不淺焉 도덕의 가르침에서 버려짐이 적지 않음을 보노라.
－鄭澈 松江集 卷2〈雜著〉－

더 해설이 필요 없으리라 봐서 하지 않는다. 또 한 편의 술에 얽힌 정철의 글을 소개해 본다.

사람들이 술을 즐겨 마시는 데는 4가지가 있다. 첫째는 불평할 때, 둘째는 흥에 겨울 때, 셋째는 손님 접대할 때, 남이 권할 때 거절하기 어려

운 것이 네 번째이다. 그런데 불평스러울 때는 다른 일로 보내면 되고, 흥에 겨울 때는 휘파람을 불거나 글을 읊으면 되고, 손님을 접대할 때는 성의껏 신의로써 하면 되고, 남의 강한 권주에 대해서는 자기 뜻을 확고히 하면 남의 말을 감히 꺾을 수가 없는데 사람들은 실행해 보지도 않고 그 가능한 4가지를 버리고 불가한 가운데서 한 가지를 취하여 시종 혼미하게 일생을 보내니 어떤 일인가? 라 하여 술의 폐해를 말한다.

(某之嗜酒有四 不平一也 遇興二也 待客三也 難拒人勸四也 不平則理遣可也 遇興則嘯詠可也 待客則誠信可也 人勸雖苛 吾志旣樹則不以人言橈奪可也 然則捨四可 而就一不可之中 終始執迷以誤一生 何也? - 鄭澈 松江集 卷2〈雜著〉-)

2. 부지런함과 삼감

太公曰 (태공왈)
勤爲無價之寶 (근위무가지보)
愼是護身之符) (신시호신지부)
- 明心寶鑑 正己篇 -

태공이 말했다
부지런함은 값을 매길 수 없는 보배이고
삼감은 몸을 보호하는 부적이다.

태공(姜太公)은 중국 제(齊)나라의 시조로, 태공망(太公望)이라고도
한다. 위수(渭水)에서 낚시를 하던 중에 주(周)나라 문왕(文王)의 방문
을 받았다. 무왕(武王) 때에 은(殷)나라를 주나라로 바꾸는 역성혁명을
지휘하였으며 그 공으로 제나라에 책봉되었다.

다음은 〈육도삼략(六韜三略)〉「문사(文師)」편에 나오는 문왕이 강태
공을 만나는 장면이다.

어느 날 문왕(文王)이 사냥을 나가려 하였다. 이에 사관 편(編)이 거
북점을 보더니 시를 읊었다.

田于渭陽(전우위양) 위수가에 사냥을 나가시면
將大得焉(장대득언) 풍성한 수확이 있을 것이네
非龍非麗(비용비리) 용도 아니고 이무기도 아니며

非虎非熊(비호비웅) 호랑이도 아니고 곰도 아니네

兆得公侯(조득공후) 공후를 만나게 될 조짐이니

天遺汝師(천유여사) 하늘이 내려 주신 너의 스승이라네.

문왕이 물었다.

"점괘가 참으로 그러한가?"

사관 편이 대답했다.

"저의 선조인 사관 주가 우임금을 위하여 점을 쳐서 명재상 고요(皐陶)[1]를 얻었을 때의 점괘가 이와 견줄 만합니다."

문왕은 사흘 동안 목욕재계를 한 다음 수렵용 수레와 말을 타고 위수의 북쪽으로 사냥을 나갔다. 문왕은 위수에서 띠풀을 깔고 낚싯대를 드리우고 앉아있는 노인을 발견했다. 한참을 살펴보았다. 그 노인은 범상하지가 않았다. 이상하게도 미끼가 없는 곧은 낚시를 수면 위에 석자가량 떨어진 허공에 드리운 채로 낚시를 하고 있었다. 이 무슨 조화인가.

문왕은 직감했다. 현자라는 것을 - .그리고 조용히 다가가 정중히 인사하며 물었다.

"낚시를 즐기시는가 봅니다."

태공망이 대답하였다.

"소인은 자기의 일이 이루어짐을 즐거워하고(小人樂得其事),

군자는 자기의 뜻이 이루어짐을 즐거워한다(君子樂得其志)고 들었습

---

1 산동성(山東省) 곡부현(曲阜縣) 출신.
요순(堯舜)시대의 명신(名臣)으로 형벌을 관장하였는데 언제나 공정한 심판을 했다. 순임금이 제위(帝位)를 선양(禪讓)하려 할 때 우(禹)와 고요(皐陶)가 서로 양보하므로 치수(治水)에 공이 큰 우(禹)한테 선양하였다. 제위에 오른 우 임금도 고요를 후계자로 삼으려 하였으나, 고요가 먼저 세상을 떠났기 때문에 뜻을 이루지 못했다.

니다.

지금 제가 낚시를 하는 것도 이와 비슷합니다."

문왕이 물었다.

"이와 비슷하다는 말은 무슨 뜻 입니까?"

태공망이 대답하였다.

"낚시에는 세 가지 모책이 있습니다."

문왕이 또 물었다

"그 세 가지가 무엇입니까?"

태공망이 대답하였다.

"후한녹봉으로 인재를 등용하는 모책과 많은 상을 내려 병사들이 목숨을 바치게 하는 모책과 벼슬을 주어 신하들에게 충성을 다하게 하는 모책입니다. 대저 낚시라는 것은 이것을 구하여 얻는 것인지라 그 담긴 뜻이 깊은 것입니다. 그러므로 이것으로 가히 커다란 이치를 볼 수 있는 것입니다."

문왕이 "거기에 담긴 깊은 이치가 무엇인지 듣고 싶습니다."라고 하였다.

태공망이 대답하였다.

"낚시줄이 가늘고 미끼가 뚜렷하면 작은 물고기가 물고, 낚시줄이 약간 굵고 미끼가 향기로우면 중치의 물고기가 물고, 낚시줄이 굵고 미끼가 크면 큰 물고기가 물게 마련입니다.

물고기는 미끼를 물고 낚시 줄에 낚이고, 인재는 봉록을 받아먹고 군주에게 복종합니다.

그러므로 미끼를 드리우면 물고기를 낚아서 쓸 수 있고, 봉록을 내걸면 훌륭한 인재를 얻어서 능력을 쓸 수 있는 것 입니다.”

문왕이 다시 물었다.

“어떻게 사람들의 마음을 모으면 천하가 돌아와 복종하겠습니까?”

태공망이 대답하였다.

“天下非一人之天下 乃天下之天下也

천하는 군주 한 사람의 천하가 아니며, 천하 만백성의 천하입니다.

同天下之利者則得天下 擅天下之利者則失天下

천하의 이익을 백성과 더불어 나누는 군주는 천하를 얻고, 천하의 이익을 자기 마음대로하려는 군주는 반드시 천하를 잃게 됩니다.

天有時 地有財 能與人共之者仁也. 仁之所在 天下歸之

하늘에는 때[춘하추동]가 있고, 땅에는 재물이 있습니다. 이것을 능히 함께하여 베푸는 자를 어질다고 합니다. 어짊이 있는 곳에 천하는 돌아옵니다.

免人之死 解人之難 救人之患 濟人之急者 德也.

죽을 처지에 놓인 사람을 살려주고, 어려움에 처한 사람을 풀어주고, 우환에 빠진 사람을 구해주고, 위급한 지경에 빠진 자를 건져주는 자를 덕(德)이 있다고 합니다.

德之所在 天下歸之

덕이 있는 곳에 천하는 돌아옵니다.

同憂同樂 同好同惡者義也 義之所在 天下赴之

백성들과 시름을 함께 나누고 즐거움을 함께하며, 백성들이 좋아하는 것을 같이 좋아하고 백성들이 싫어하는 것을 함께 미워하는 것을 의(義)라고 합니다.

의가 있는 곳에 천하 사람들이 나아갑니다.

凡人惡死而樂生 好德而歸利 能生利者道也

무릇 사람들은 죽는 것을 싫어하고 사는 것을 좋아합니다. 덕(德) 보는 것을 좋아하고 이익을 좇게 마련입니다. 그러므로 능히 살려주고 이익을 주는 자는 도(道)가 있다고 합니다.

道之所在 天下歸之

도가 있는 곳에 천하는 돌아갑니다.”

문왕이 다시 절을 하고 이르기를 “제가 어찌 감히 하늘이 내리신 명을 받지 않겠습니까” 하고 다시 말하길 “선친이신 태공(太公)께서 자주 나타나 ‘성인이 주나라로 올 것이다. 주나라는 그로 인하여 흥성케 될 것이다’라고 하며 기다리셨는데[望], 공께서 바로 그분이십니다” 하고는 그를 수레로 모셔서 칭하길 태공망(太公望)이라 부르며 국사(國師)로 봉하였다.

이때가 주왕 15년(기원전 1140년)이다. 강태공 나이 72세에 문왕을 만났다. 그 후 강태공은 다시 국상(國想)에 임명되어 정치와 군사를 통괄하였다.

3. 대소사(大小事)도 마음은 하나

　천하를 다스리는 것은 큰일이고 사물을 다스리는 것은 작은 일이다 하지만 마음이 그것을 다스리는 데는 매 한 가지다. 천하를 다스리는 것도 마음이고 사물을 다스리는 것도 마음이다. 작은 일이라고 여유가 있는 것이 아니고 큰일이라고 해서 마음이 부족하여 할 수 없는 것이 아니다. 마음 밖에는 천하도 없고, 마음 밖에는 사물도 없다 고로 마음을 극복하여 그 체제를 온전하게 하는 것이 곧 사물을 다스리고 천하를 다스리는 것이다. 어찌 일에 대소가 있지 않겠냐마는 마음이 대소로 나누어짐이 없는 연고이다. 곧 큰일이든 적은 일이든 마음이 쓰이는 것은 매 한가지라는 의미이다. 하곡집에 나오는 말이다.

　(夫治天下固大 治事物固小 然其以此心制之則 一也 治天下凡是此心 治事物凡是此心 不以其小事而有餘 不以其大事而不足無也 此心之外無天下 此心之外無事物也 故其心克全其體則 治事物治天下以至於參贊化育而無意也 豈非事有大小 而心無分於大小故耶 - 霞谷集 拾遺 -)

　사실 그렇다. 일상사에서 우리는 사소한 일에 마음을 뺏기고 있는 것을 보아도 그렇다. 큰일이라고 큰마음이 따로 있는 것이 아니고 적은 일이라고 적은 마음이 따로 있는 것이 아니다 마음은 하나이다. 그래서 그 한 마음이 칼로 종이를 자르듯 나누어지는 것이 아니기에 큰일이든 적은 일이건 그 마음 씀은 한가지이다.

　≪하곡집≫은 지행합일(知行合一)이라는 준엄한 지식인의 자세를

견지하면서, 인간의 본질과 민족의 문제에 대하여 가장 실천적으로 고민하였던 정제두의 학문과 정신이 담겨있는 문집이다. 강화학파의 비조인 정제두는 포은 정몽주의 후손이요, 우의정을 지낸 정유성의 손자로 명문가문 출신이다. 학문적으로도 탁월한 연구 성과를 낸 대학자였고, 세자의 스승으로 왕실과의 관련도 매우 깊었다. 그러나 그가 지은 수많은 글들은 책으로 간행되지 못했다. 필사본으로 사장(私藏)될 수밖에 없었다. 그 이유는 그의 학문이 양명학에 바탕을 둔 때문이었다.

주자학 유일사상이었던 조선조에서 양명학을 공부하는 것은 엄격하게 금지되었었다. 주자의 해석과 달리 유교 경전을 해석하면 이단으로 몰렸고, 공개적으로 양명학을 연구한다는 것은 사림사회에서의 행세를 포기하는 것과 다름없었다. 유가 사상의 중세적 해석인 주자학보다는 근세적 해석인 양명학이 당시의 현실 사회에서 긍정적 역할을 할 수 있었음에도 불구하고 기득권자들은 경직된 생각을 버리지 못했다. 강화학이 강화도라는 한정된 지역에서 가학(家學)의 형태로 계승된 이유가 여기에 있고, 하곡집이 당대에 간행되지 못한 이유도 여기에서 찾을 수 있다. 이러한 당시의 시대적 상황 때문에 인쇄본으로 간행되지 못한 채 필사본만 여기저기 흩어진 미정고(未定稿)로 전해오고 있는 실정이다.

다행이 민족문화추진회에서 〈22책본〉을 저본으로 하여 ≪국역하곡집≫ 2권을 1973년에 발간하였고, 원문은 한국문집총간 ≪하곡집≫으로 영인 출판되었다.

4. 손자병법

孫子曰(손자왈)

兵者 國之大事.(병자 국지대사)

死生之地(사생지지),

存亡之道 不可不察也.(존망지도 불가불찰야)

손자가 말하기를

"전쟁은 국가의 큰일이다.

전쟁터는 병사의 생사가 달려있는 곳이며,

나라의 존재와 멸망이 달려있는 길이므로 세심히 관찰해야 한다."고
했다.

그러면서 손자는 다음과 같이 말했다.

다섯 가지 원칙과, 일곱 가지 계산으로 비교하여 피아의 상황을 정확
히 탐색해야 한다.

첫째는 지도자의 능력,

둘째는 기상조건,

세째는 지형조건,

네째는 장군의 능력,

다섯째는 법제도라 한다.

그러므로 다섯 가지 일에 경륜이 있고 일곱 가지 계책을 모색하여 정
황을 살펴야 하는데 그 하나는 여러 갈래 길 즉 道요,

둘째는 천운 곧 하늘의 기운이 어느 편에 있느냐이고

셋째는 지기 즉 땅에 사는 인간의 성격과 형태며

넷째는 장군의 기질과 상황이고

다섯째는 그 나라의 법이 국민에게 호소력이 있느냐 이다.

(故經之以五事, 校之以七計, 而索其情. 一曰道, 二曰天, 三曰地, 四曰將, 五曰法.)

무릇 지도자는 범국민적인 동의를 이끌어 내어 국민과 더불어 생사를 같이 한다는 일체감을 갖게 하여, 국민들로 하여금 어떤 위험도 두려워 하지 않게 하는 것이 지도자의 능력이고 국민을 향하는 호소력이다.

7가지 계책은

1.어느 편의 통치자가 정치를 더 잘 하는가

2. 장수는 어느 편이 더 유능한가.

3. 천후와 지리는 어느 편이 유리한가.

4. 조직 규율 장비는 어느 편이 잘 정비되어 있는가.

5. 구대는 어느 편이 더 많으며 강한가.

6. 사병은 어느 편이 훈련이 잘 되어 있는가.

7. 신상필법은 어느 편이 분명하게 행해지는가이다.

(主孰有道 將孰有能 天地孰得 法令孰行 兵衆孰强 士卒孰鍊 賞罰孰明 吾以此知 勝負矣)

5. 미인에 얽힌 이야기

漢宮有佳人 天子初未識 (한궁유가인 천자초미식)
一朝隨漢使 遠嫁單于國 (일조수한사 원가선우국)
絶色天下無 一失難再得 (절색천하무 일실난재득)
雖能殺畵工 於事竟何益 (수능살화공 어사경하익)
耳目所及尙如此 (이목소급상여차)
萬里安能制夷狄 (만리안능제이적)
漢計誠已拙 女色難自誇 (한계성이졸 여색난자과)
明妃去時淚 洒向枝上花 (명비거시루 쇄향지상화)
狂風日暮起 飄泊落誰家 (광풍일모기 표백락수가)
紅顔勝人多薄命 (홍안승인다박명)
莫怨春風當自嗟 (막원춘풍당자차)

- 區陽永叔 古文眞寶 明妃曲 -

한나라 궁궐에 예쁜 여인 있는데 천자도 처음에는 알지 못했네.
어느 날 아침 한나라 사신을 따라 멀리 선우 나라에 시집을 가네.
빼어난 미색 세상에는 다시없어 한 번 잃으면 얻기 어려워라.
비록 화공은 벌을 주어 죽였다 해도 일에 무슨 이익이 있으리오.
천자의 이목이 미치는 곳에서도 이러한데
멀리 있는 오랑케를 어떻게 제압할 수 있겠는가
한나라 대책 참으로 졸렬하니 여색은 스스로 자랑하기가 어렵다네
명비가 떠날 때 흘린 눈물이 가지 위의 꽃에 뿌려졌다네.

광풍이 날이 저물어 일어나니 흩날려 누구의 집에 떨어졌는가.
얼굴이 다른 사람보다 예쁘면 팔자가 사납다하니
봄바람 원망 말고 마땅히 스스로 탄식해야 하리.

중국에는 미인에 대한 얘기가 많이 전해 온다. 그 중에도 특히 왕소군에 대한 얘기는 왕안석, 구양수, 황정견, 이백의 미인곡에 나타난다. 이렇게 왕소군은 시인들이 읊은 시와 함께 중국 역사 속에서 회자(膾炙)되고 있다.

한(漢)나라 왕소군은 재주와 용모를 갖춘 미인이다. 한나라 원제는 화공에게 궁녀의 용모를 그리게 하여 거기서 못생긴 궁녀를 북쪽의 흉노와 화친을 위해 선우와 결혼을 시키기로 한다. 왕소군이 선발됐다. 오랑캐 나라로 가면서 왕소군은 황제께 고별인사를 했다. 그렇게 못생기게 그려진 왕소군이 절세미인이었다. 왕소군은 자신의 아름다움에 자신을 갖고 화공에게 뇌물을 주지 않았기 때문이다. 왕은 그 사실을 알고 화공을 죽였다. 애석해한들 무슨 소용이 있으랴. 일은 그르쳐지고 만 것을 -.

오랑캐 나라로 떠나는 도중 그녀는 멀리서 날아가고 있는 기러기를 보고 고향 생각을 했다. 고향을 그리며 금(琴)을 연주하자 한 무리의 기러기가 그 소리를 듣고 날개 움직이는 것을 잊고 땅으로 덜어졌다. 이에 왕소군은 낙안(落雁)이라는 칭호를 얻었다.

왕소군과 함께 중국의 4대 미인에는 월나라 여인 서시(西施), 초선
(貂嬋) 양귀비(楊貴妃) 가 있다. 미인 이야기가 나왔으니 이들에 대해
서도 알아보자.

춘추 전국 시대의 "서시"는 춘추 말기의 월나라의 여인이다. 어느 날
그녀는 강변에 있었는데 맑고 투명한 강물이 그녀의 아름다운 모습을
비추었다. 그녀의 미모에 수중의 물고기가 수영하는 것을 잊고 천천히
강바닥으로 가라앉았다. 그래서 서시는 침어(浸魚)라는 칭호를 얻게 되
었다. 서시는 오(吳)나라 부차(夫差)에게 패한 월왕 구천(勾踐)의 충신
범려가 보복을 위해 그녀에게 예능을 가르쳐서 호색가인 오왕 부차(夫
差)에게 바쳤다. 부차는 서시의 미모에 사로 잡혀 정치를 돌보지 않게
되어 마침내 월나라에 패망한다.

초선은 삼국지의 초기에 나오는 인물로 한나라 대신 왕윤(王允)의
양녀인데, 용모가 명월 같았을 뿐 아니라 노래와 춤에 능했다. 어느 날
저녁 화원에서 달을 보고 있을 때에 구름 한 조각이 달을 가렸다. 이것
을 본 왕윤이 말하기를 "달도 내 딸에게는 비할 수가 없구나. 달이 부끄
러워 구름 뒤로 숨었다."고 하여 이때부터 초선은 폐월(閉月)이라고 불
리기 시작했다. 초선은 왕윤의 뜻을 따라 간신 동탁과 여포를 이간질시
키며 동탁을 죽게 만든 후에 의로운 목숨을 다한다.

당대(唐代)의 미녀 양옥환(楊玉環)은 당명황(唐明皇) 에게 간택되어
져 입궁한 후로 하루 종일 우울하게 보냈다. 어느 날 그녀가 화원에 나

가서 꽃을 감상하며 우울함을 달래었다. 무의식중에 함수화(含羞花)를 건드렸더니 함수화는 바로 잎을 말아 올렸다. 당명황이 꽃을 부끄럽게 하는 아름다움에 찬탄하여 그녀의 별명을 함수화라 하고 그녀를 "절대가인(絶對佳人)"이라고 칭하였다.

　　**아깝게도 4대 미인에서 탈락한 조비연은 중국 한나라 황후 조비연으로 동서고금을 통해서 가장 날씬한 여인으로 불렸다. 아마 지금 기준으로 미인을 꼽는다면 단연 조비연이 양귀비 대신 4대 미인 안에 들어갈 것이다. 양귀비는 통통했으니까 -. "날으는 제비"라는 뜻으로 본 이름 "조의주" 대신 조비연으로 불렸다. 뛰어난 몸매에 가무 또한 타의 추종을 불허한 그녀는 한나라 성황제의 총애를 받아 황후의 지위까지 오르게 된다. 한번은 황제가 호수에서 선상연을 베풀었는데, 갑자기 강풍이 불자 춤을 추던 조비연이 휘청 물로 떨어지려 하지 않는가. 황제가 급히 그녀의 발목을 붙잡았는데 춤의 삼매경에 빠진 조비연은 그 상태에서도 춤추기를 그치지 않아서 조비연은 황제의 손바닥 위에서도 춤을 추었다. 이런 연유로 "비연작장중무(飛燕作掌中舞)"라는 고사의 주인공이 되기까지 했다. 이렇게 임금의 총애를 받은 비연은 세상에 못하는 것이 없었다.

　　중국에서 미인을 표현 하는 대표적인 어휘가 있으니 그것이 바로 침어낙안(沈魚落雁) 폐월수화(閉月羞花)』이다. 그중에서 각각 "침어(沈魚)", "낙안(落雁)", "폐월(閉月)", "수화(羞花)"의 대명사 격인 4명의 여인을 골랐으니 이들을 일컬어 [중국 4대 미인]이라 칭한다.

일곱째 마당
선과 악의 대결

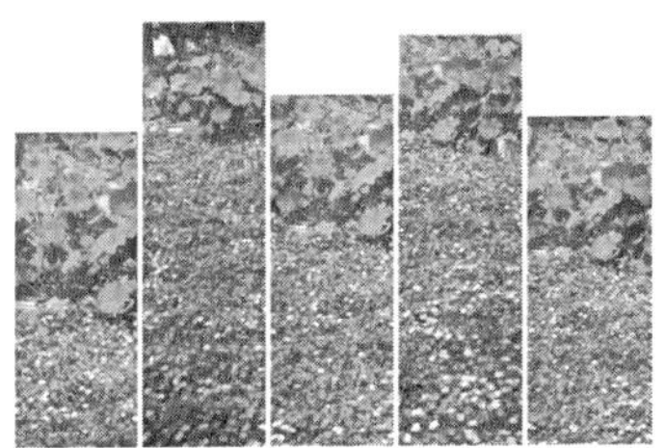

1. 천리 길도 한 걸음부터

이 세상은 선과 악의 대결이다. 인류 역사 자체가 선과 악의 대결이다. 찬반의 대립이라 보는 것이 오히려 나을 것도 같다. 과거부터 현대까지 끊임없이 두 세력이 어떤 형태로든 대립하고 있는 것을 볼 수 있다. 국가간에도 그렇고 정치권의 여·야 관계도 그렇고 사람사이에도 그렇고 … 그러니 선과 악의 대결이라기보다 너와 나의 대결, 피아의 대결, 네편 내편의 대결이다. 물론 그 가운데 선과 악은 분명히 있다.

『주역』「계사편」에 의하면 선도 쌓지 않으면 이름을 드러내기에는 부족하고 악도 쌓지 않으면 몸을 멸하기에는 부족하다. 소인은 적은 선은 무익하다하여 하지를 아니하고 적은 악은 상함이 없다하여 버리지를 않는다. 그런고로 악이 쌓이면 덮을 수가 없고 죄가 커지면 풀 수가 없다.

(善不積不足以成名 惡不積不足以滅身 小人以小善爲无益而弗爲也 以小惡爲无傷而弗去也 故惡積而不可掩 罪大而不可解 － 周易 繫辭傳 －)

아무리 적다고 생각하는 것이라도 그것이 좋은 일이면 행하고 또 행하여야 한다. 천리 길도 한 걸음부터라는 말이 있듯이 행하고 또 행하면 티끌만한 선도 태산이 될 것이다. 반면에 나쁜 것이라고 생각되는 것은 아무리 적은 일이라도 아예 손을 뗄 것이다. 바늘 도둑이 소도둑 된다는 속담이 있듯이 양심에 걸리는 것이나 남에게 떳떳하게 밝힐 수 없는 일은 아예 하지를 말 것이다. 가랑비에 옷 젖는 줄 모르기 때문이다.

2. 인간의 본성

사람의 심성은 선할까? 악할까? 맹자의 성선설일까? 순자의 성악설일까? 학생들에게 질문을 던져 본다. 당연히 선·악이 분분하다. 결국은 선과 악이 같이 존재한다는 것으로 매듭을 짓는다. 장자에 의하면 하루라도 선을 생각지 않으면 모든 악이 저절로 다 일어난다.(莊子曰 一日不念善 諸惡皆自起) 그러니 항상 선한 마음을 가져야만 악한 생각을 물리칠 수 있다는 것이다. 그래서 태공은 선을 보면 목마른 것 같이 하고 악한 것을 들으면 귀머거리 같이 하라고 한다. (太公曰 見善如渴 聞惡如聾) 목이 마를 때 물을 들이키듯이 선을 보면 기꺼이 행하라는 것이다.

반대로 나쁜 말을 들었을 때는 못들은 척하라는 것이다. 그러니 좋은 일은 탐내어도 좋지만 나쁜 일은 하지 말라는 것이다. 그런가 하면 마원은 종신토록 선을 행하여도 선은 오히려 부족하고 악한 일은 하루만 행하여도 악은 스스로 넉넉하다고 했으니 이 얼마나 무서운 말인가. 이토록 선인들은 선악에 대한 가르침을 깨우고 있다.

(馬援曰 終身行善 善猶不足 一日行惡 惡自有餘 - 明心寶鑑 繼善篇 -)

3. 선인이 되기 위한 조건

동악성제수훈에 의하면 하루라도 선을 행하면 복은 비록 이르지 않지만 화는 저절로 멀어지고 하루라도 악을 행하면 화는 비록 이르지 않지만 복은 스스로 멀어진다. 선을 행하는 사람은 봄날 정원의 풀과 같아서 그 자람은 보이지 않지만 날마다 증가해 가고 악을 행하는 사람은 칼을 가는 숫돌과 같아서 그 손상이 보이지 않지만 날마다 이지러진다. 명심보감 계선편에 나온다.

(東嶽聖帝垂訓曰一日行善 福雖未至 禍自遠矣 一日行惡 禍雖未至 福自遠矣 行善之人 如春園之草 不見其長 日有所增 行惡之人 如磨刀之石 不見其損 日有所虧 – 明心寶鑑 繼善篇 –)

우리는 세상을 살아가면서 많은 일에 접한다. 좋은 일도 있고 궂은일도 있다. 어떠한 경우를 당하든 우리의 마음은 선한 생각을 하고 선을 따라 행하고 좋은 일이라고 생각되면 각자의 능력에 따라 적든 많든 작든 크든 행하여야 할 것이다. 그 일의 결과가 당장 눈에 보이지는 않지만 그 착한 일로 인해 가까이 다가오던 화도 멀리 물러간다니 이 보다 더 기쁜 일이 어디에 있겠는가. 그리고 내가 행한 그 선은 봄날의 풀같이 자라고 있으니 흐뭇하지 않는가. 선으로 인생을 바꾼 석유왕 의 애기를 들어보자.

록펠러는 한때 그는 지독한 악덕 자본가라는 비난도 받았지만, 거액의 기부금을 출연하여 1892년에 미국 최고의 명문대학 중의 하나인 시카고대학을 세웠고, 1913년엔 저 유명한 록펠러 재단을 세워 병원, 교회, 학교 등 많은 문화사업과 자선사업을 시작하였다.

록펠러는 43세 때 세계 최대의 독점 사업 스탠다아드 석유 회사를 설립했지만 53세가 되던 해 그는 고민과 극도의 긴장된 생활로 그는 산송장이 되었다.

그는 당시 세계 제일의 부호였으나, 그의 1주일 동안의 식비는 2달러도 들지 않았다. 소량의 산화 밀크와 2 - 3개의 크래커가 의사가 허락한 음식물의 전부였다. 그런데 그가 의사로부터 시한부 인생 선고를 받은 58세로 죽지 않고 98세까지 장수를 누렸던 것은 가장 비싼 의사의 치료에 의한 것이 아니라 마음의 치료에서 비롯되었다. 그 마음의 치료란 가진 재산을 나누어 주고 베풀어 주는 삶으로 바뀌었기 때문이다.

이전의 그는 좋은 돈벌이가 있다는 뉴스를 들을 때 이외에는 결코 웃는 얼굴을 보인 적이 없었다. 반면에 손해를 입었다고 하면 곧 앓아누웠다. 그는 1년에 5십만 달러 이상의 큰 거래를 하고 있었으면서도 불과 150달러의 보험금을 손해 봤다고 생병이 나서 침상에 눕기까지 했다. 그에게는 운동이나 오락에 허비할 시간이 없었다. 다만 돈벌이와 주일 학교에서 봉사하는 시간을 낼 수 있을 뿐이었다. 그는 밤마다 침상에 누워서 내 성공이 다만 일시적인 것이 아닌가 불안해했으며 고용인이나 동료들이 외부 사람들에게 사업상의 비밀을 누설하지 않을까 불안해했다. 그는 인간을 전혀 신용하려 하지 않았다.

마침내 의사들은 돈이냐, 생명이냐, 둘 중의 하나를 선택하라고 했고 그는 일선에서 물러났다. 운동을 하고 꽃을 가꾸고 이웃 사람들과 잡담을 하며 카드놀이도 하고 노래도 하고 인생의 즐김을 배웠다. 그리고 그는 반성의 시간을 가지며 다른 사람의 일을 생각하게 되었다. 그리고 돈이 인간의 행복에 얼마만큼 소요되는 것인가를 생각하기 시작하였다. 결국 록펠러는 그 막대한 재산을 다른 사람에게 주기 시작하였다. 처음엔 그것도 쉬운 일이 아니었다. 그가 교회에 자신이 기부할 의사가 있음을 밝히면 전국에서는 부정한 돈에 손대지 말라는 부르짖음이 쏟아졌다. 그러나 그는 계속하여 주었다. 록펠러는 세계 방방곡곡에 이상으로 불타는 사람들에 의해 시작된 가지가지의 운동이 자금 결핍으로 인하여 중단되고 있다는 것을 알고, 그들의 사업을 접수하는 것이 아니라 인도주의 개척자들이 자립할 수 있도록 도와주었다.

오늘날 우리들은 그의 재산의 원호에 의하여 발견된 페니실린을 비롯하여 많은 기적적 발견에 대해 감사한다. 척수염이니, 말라리아니, 결핵, 유행성 감기, 디프테리아 등 많은 질병 치료법의 진보에 대하여 그에게 힘입은 바는 실로 큰 것이다.

그리하여 그는 재산을 사회에 기부함으로써 마음의 평화를 얻게 되었다. 마음의 평화는 그를 시한부 인생에서 40년을 더하여 98세까지 생명을 이어주었다. 이렇게 행복한 삶을 살 수 있게 된 것은 결국 선을 행한 그의 삶이 봄날의 풀과 같이 생명력을 이어준 것이다.

4. 하늘의 뜻

꼬리가 길면 밟힌다는 말이 있다. 대개 긍정적인 말보다 부정적인 말에 쓰이는 편이다. 곧 어떤 일이든 계속해서 하면 들킨다는 것이다. 좋은 일이든 나쁜 일이든 계속해서 하면 남의 눈에 뜨이게 되어 알려지게 마련이다. 좋은 일이면 하늘의 상급이 있을 테고 나쁜 일이면 하늘의 벌이 있을 것이다.

익지서에 의하면 '악의 그릇이 가득 차면 하늘은 반드시 그를 죽인다'고 명심보감 천명편에 나온다.

(益智書云 惡鑵若滿 天必誅之 - 明心寶鑑 天命篇 -) 그러니 죄를 지으면 하늘의 벌을 받는다는 것이다. 그래서 나온 말이 "하늘도 무섭지 않은가"이다. 그런가하면 사람이 선하지 못한 일을 하여 명성을 얻었을 경우에도 사람들은 비록 (그를)해치지 않지만 하늘은 반드시 그를 죽일 것이라고 한다. 장자의 말로 이 역시 명심보감 천명편에 나온다.

(莊子曰 若人作不善 得顯名者 人雖不害 天必戮之 獲罪於天 無所禱也 - 心寶鑑 天命篇 -).

그리고 보면 하늘은 인간의 선악을 주관하는 곳이다. 그러므로 하늘에 죄를 얻으면 빌 곳이 없다.고 한다. 공자의 말이다.

(獲罪於天 無所禱也 - 心寶鑑 天命篇 -).

5. 악과의 대결

天地生成品彙煩(천지생성품휘번)
誰干洪造擅寒暄(수간홍조천한훤)
歡情浹洽藏春塢(환정협흡장춘오)
怒氣陰凝蔽日雲(노기음응폐일운)
雉蜃鷹鳩猶足怪(치신응구유족괴)
龍魚鼠虎豈容言(용어서호기용언)
可憐老木風吹倒(가련노목풍취도)
蘿鳥離披失所援(나조이피실소원)

騁怪馳妖老野狐(빙괴치요노야호)
那知有手競張弧(나지유수경장호)
威能假虎熊罷攝(위능가호웅파섭)
媚惑爲男婦女趨(미혹위남부녀추)
黃狗蒼鷹眞所忌(황구창응진소기)
烏鷄白馬何是辜(오계백마하시고)
嘗聞汝死必丘首(상문여사필구수)
己見城東官道隅(기견성동관도우)

- 이달충, 신돈 2 수 -

천지가 만물을 낳아 그 종류가 무수하되,
누가 조화를 범하여, 제 맘대로 차고 덥게 했던고

기쁜정 담뿍 머금은 봄동산에

성내어 음기 뭉치면 해를 가리는 구름

꿩이 조개로, 매가 비둘기 됨이 오히려 괴상하니.

용이 고기 되고, 쥐가 범됨을 어찌 차마 말하리

가련타, 늙은 나무 바람불어 넘어지면

감았던 겨우살이 덩굴 의지할 곳 없으리.

요괴한 짓 멋대로 부리는 늙은 여우

사람들 다투어 활 당기는 줄 제 어이 알리

여우가 범의 위엄을 빌리니, 곰들이 벌벌 떨고,

여우가 남자로 변하여 호리니, 부녀들 졸졸 몰려 가네

누런개와 푸른 매는 진실로 싫어하는 바며

검은 닭과 백마는 이 무슨 허물인고

네가 죽으면 머리를 언덕을 향한다더니

보아라, 벌써 성 동쪽 한길 가를.

麗末(여말), 혼돈한 시대, 國政(국정)을 뒤흔들었던 신돈을 향한 諷刺詩(풍자시)이다.

麗末(여말) 신돈이 恭愍王(공민왕)을 欺瞞(기만)하고 정치를 좌우할 때 사회는 끝없이 혼란했다. 바르게 간언하는 자들은 모두가 파직되거나 목숨까지 잃었다. 이 시기 신돈과 관련된 시를 〈東人詩話〉에 나타난 것을 살펴보면 다음과 같다.

不是忠衰誠意薄(불시충쇠성의박)

이는 충성심과 참된 마음 희미해진 것 아니니,

大名之下久居難(대명지하구거난)

큰 이름 아래 오래 머물기 어려운 탓일세

이는 思菴(사암) 柳淑(류숙)이 역신 신돈을 미워하여 관직에서 물러나고자 하여 지은 시이다. 이 시로 인해 신돈이 왕에게 류숙을 제거할 것을 아뢰었고, 관직에서 물러나 향리로 내려갈 때 侍中(시중)으로 있던 樵隱(초은) 李仁復(이인복)의 送詩(송시)에 五湖(오호) 두 글자가 왕의 분노를 사서 결국 신돈의 손에 죽게 되었다. 이인복의 送詩(송시)는 다음과 같다.

人間膏火日相煎(인간고화일상전)

인간 세상엔 기름불 날로 심해 가는데

明哲如公史可傳(명철여공사가전)

공과 같이 명철한 인물은 역사에 전할 만 하네.

已間危時安社稷(이간위시안사직)

이미 지난날 위태로운 시절에 사직을 편안히 하더니

更從平地作神仙(갱종평지작신선)

다시 평지에서 신선이 되겠네 그려

五湖夢斷烟波綠(오호몽단연파록)

오호의 꿈 잘려지고 물결 푸른데

三徑秋深野菊鮮(삼경추심야국선)

삼경에 가을 깊어 들국화 한창이리.

愧我未龍投級去(괴아미룡투급거)

속세 멀리하지 못하는 이 몸 부끄러우니

邇來双鬢雪飄然(이래쌍빈설표연)

요사이 두 귀밑머리엔 흰눈이 나부끼네.

당시에 이 시를 걸작으로 꼽았다. 오래지 않아 사암이 신돈의 손에 죽었기 때문에 논자들이 초은의 시를 높이 살 만하다고 했다. 사가정은 이를 두고 '선생(초은)의 시가 실로 사암의 행적을 사실대로 기록한 것이나 도리어 적(신돈)의 참소를 입게 되었으니 시를 가히 쉽다고 할 수 있겠는가'라고 하여 시작(詩作)의 어려움을 피력하기도 했다.

사암의 시 또한 신돈의 의중을 눈치 챈 모함자들에 의해 문제되었는데 東人詩話에 나타난 그 내용을 옮겨보면 다음과 같다.

"번성하는 이름 아래 오래 머물기 어렵다고 한 것은 본래 范蠡(범려)[1]가 越(월)왕과 이별하는 말이 온데, 유숙이 자신을 범려에 비유했고, 九踐(구천)을 임금에 비유한 것입니다. 또 瑞州(서주, 유숙의 고향)는 바다가 가까이 있기 때문에 범려가 행했던 일을 그대로 하고자 하는 뜻이 분명합니다. 빨리 그를 없애는 것이 좋을 듯 합니다."라고 모함자들이 신돈에게 고했고, 신돈은 왕에게 그를 제거할 것을 아뢰어 결국 유숙은 시 한 편으로 인해 죽임을 당했다.

그런가하면 시 한 편으로 죽음에서 살아난 사람도 있다. 맹사성과 함께 言事(언사)에 연좌되어 죽음을 당하게 된 朴安信(박안신)은 다음의

---

1 춘추시대 사람, 자는 少伯(소백), 월나라 왕인 九踐(구천)의 모사에 참여하여 마침내 吳나라를 멸했다.

시 한 수로써 죽음에서 풀려났다.

數當千載應河淸(수단천재응하청)

몇 천 년 지나면 황하의 물도 반드시 맑아지고

自謂君王至聖明(자위군왕지성명)

그 때면 절로 우리 임금께서 총명하셨다 얘기할지니

爾職不供甘受死(이직불공감수사)

이 몸이 어녕 받들어 즐겨 죽지 못하는 것은

恐君得殺諫臣名(공군득살간신명)

임금께서 이름 높은 간신 죽이실까 두려워서네.

박안신(朴安信)은 이 시를 용기 조각 끝으로 땅에다 써 놓고는 눈을 부릅뜨고 옥리에게 말하기를 " 이 시를 반드시 주상 전하께 전달되도록 해야 하네. 그렇게 하지 않는 다면 내가 죽어 원귀가 되어서 너의 권속들을 살아남지 못하게 할꺼야."라고 엄포를 놓았다. 결국 태종께 전하여졌고, 이 시를 본 태종은 怒氣(노기)가 풀려 박안신은 물론 맹사성도 풀려나게 되었다. 이를 미루어 보아도 '펜은 칼보다 강하다'는 말이 그냥 흘러나온 말이 아님을 알 수 있다. 그런가 하면 작자의 마음이 표출된 시 한편으로 인하여 '시는 사람을 죽일 수도 있고, 살릴 수도 있다'는 것을 알 수 있다.

사암(思菴)의 운명이나 초은(樵隱)의 운명은 시 한 수로써 결정되었다. 이렇듯 당시 신돈의 위세는 당할 자가 없었다. 이러한 시기 이달충이 신돈의 면전에서 면박을 주었고, 신돈 사후작이기는 하지만 이렇게 기개가 넘치는 풍자시 〈신돈 2수〉를 남겼다는 것은, 태조(太祖)를 예언(豫言)했던 그 예지(叡智)와 더불어 오늘을 사는 사람들도 길이 기억에 새길 만하다.

신돈과 관련된 또 하나의 시를 살펴보겠다.

欺暗常不然(기암상불연)
어두운 세상 속이면 그렇지도 않지만은
欺明當自戮(기명당자륙)
밝은 세상 속였다면 스스로 죽어 마땅하네.
難將一人手(난장일인수)
한 사람의 손으로야
掩得天下目(엄득천하목)
천하의 눈 가리기는 어려운 일이네

이 시는 공민왕이 일찍이 판사 윤호(尹虎)와 더불어 바둑을 두면서 약속하기를 바둑에 이기지 못한 쪽이 시사(時事)에 대한 시를 지어서 상대방에게 주기로 했다. 그런데 윤호가 바둑에 지고 말았다. 그 때 시를 지어 올린 시가 바로 이 시이다.

"공민왕이 모니나 우(禑)를 길러서 아들로 삼은 사실에 대해서 풍자하고 있는 것으로 공민왕은 묵묵부답이었다. 이 시에는 풍자(諷刺)하고 간언(諫言)하는 기풍이 있다"고 서거정은 평했다.[2] 또 이어서 서거정은 "이 시로 인해서 왕으로 하여금 새로운 길을 걷도록 깨닫게 했다면 망

---

2 徐居正, 東人詩話 參照.

국(亡國)의 화근(禍根)이 있었겠는가”라고 하여 현실 상황을 깨닫지 못한 왕으로 인하여 결국 고려가 망하게 되었음도 지적하고 있다.

본시는 은근히 간언(諫言)하여 풍자한 시이지만 ‘죽어 마땅하다’든지 ‘천하의 눈 가리기는 어렵다’는 표현은 풍자시(諷刺詩)로서의 강한 의지를 표출한 것이라 하겠다.

여말(麗末) 신돈을 풍자한 시조는 이존오의 시조[3] 하나가 전하지만 한시에서는 여러 편이 나타나고 있음을 볼 수 있다. 이 세상은 선과 악의 대결 구조로 나타난다. 어느 시대를 막론하고 선과 악은 이분법으로 나타나고 있음을 볼 수 있다. 특히 정치 구조에서는 여·야의 모양새가 그렇듯이 서로가 정치의 중심이 되고자 대결하고 있다.

---

[3] 구름이 무심탄 말이 아마도 허랑하다 /중천에 떠 있어서 임의로 다니면서 /구태여 광명한 빛을 따라가며 덮나니 - 이존오(李存吾,1341~1371) -

여덟째 마당

사랑의 실마리

1. 인간만사는 남녀문제

有天地然後有萬物(유천지연후유만물)
有萬物然後有男女(유만물연후유남녀)
有男女然後有父子(유남녀연후유부자)
有父子然後有君臣(유부자연후유군신)
有君臣然後有上下(유군신연후유상하)
有上下然後禮義有所錯(유상하연후예의유소착)

－周易 序卦傳－

주역에 의하면
"천지가 있은 후에 만물이 있고
만물이 있은 후에 남녀가 있고
남녀가 있은 연후에 부자가 있고
부자가 있은 연후에 군신이 있다.
군신이 있은 연후에 상하가 있고
상하가 있은 연후에 예의를 두고 있다."

고 하여 천지만물이 있은 후에 남녀가 있었으니 성경과 맥을 같이하는 것을 볼 수 있다. 그리고 주역에서 하늘로 표현 된 것을 하나님으로 대체해도 의미가 통한다. 뿐만 아니라 동양철학의 하늘(天)은 서양철학의 하나님(God,神)과 같은 의미로 나타난다. 물론 천지창조에서부터 이스라엘역사와의 관계는 다르지만 맥(脈)이 통하는 것이 많다. 우리의 단군신화도 환웅(桓雄)은 천신(天神)인 환인(桓因)의 아들이고, 동명성왕(東明聖王) 주몽의 아버지도 하늘(天神)의 아들 해모수이다. 이렇게 건국신화는 하늘과 인연(因緣)을 갖고 서술된다. 그러니 동·서양의 정신은 같다고 할 수 있다. 다만 '천(天)'과 '신(神)'의 차이로써 동양은 하늘을 섬기는 경천사상(敬天思想)이고, 서양은 하나님을 섬기는 경신사상(敬神思想)으로 나타난다.

성경에 의하면 태초에 하나님이 천지를 창조하셨다.

'빛이 있어라'함에 빛이 있었고 그 빛은 하나님이 보시기에 좋았다. 궁창을 만들어 하늘이라 이름하고 천하의 물을 한 곳으로 모아 바다와 육지를 구분하였다. 땅에는 식물들을 내고 하늘에는 해와 달, 별을 두었다 물에는 물고기를 두고 하늘에는 새를 두었다 이 모든 만물을 만드신 후에 마지막으로 사람을 만들었다 곧 흙으로 하나님의 형상대로 빚어 그 코에 하나님의 기운을 불어넣었다.

라고 창세기 1장에 나와 있다. 하나님은 이렇게 우주만물을 말씀하나로 창조하셨다. 그리고 인간만은 하나님의 형상대로 흙을 빚어 그 형상을 만들고 코에다가 하나님의 기운을 불어넣어 生靈(생령)을 주었다. 그래서 사람이 죽으면 흙으로 만들어진 육신은 흙으로 돌아가지만 하나님의 기운을 받은 영은 영원히 죽지 않는다.

그래서 육체의 안식도 중요하지만 실은 영혼의 안식이 더 중요하다. 영혼은 영원불멸하기 때문이다. 육체는 육신의 끈을 이어주지만 영은 하나님과의 관계이기 때문에 영원하다.

그래서 하나님이 만드신 이 자연 환경을 잘 보존해야 한다. 우리는 우주 만물을 통하여 많은 것을 깨닫고, 많은 것을 배운다. 가을 날 황금 벌판을 바라보면서 머리 숙인 벼이삭에서 성숙한 겸손을 배우고, 묵묵히 주인을 따르며 일하는 황소의 우직함에서 순직함을 배우고, 계절의 순환에서 인생의 4계를 배우고, 주기적인 파도의 숨소리에서 우주의 신비를 깨닫게 되고, 산맥을 보고 산을 보며 바다를 보고 땅을 보며 인간이, 하나님의 형상을 닮은 〈소우주〉라는 것을 깨닫게 된다. 지구상에 산재되어 있는 206개의 산맥은 우리의 뼈의 숫자와 같고, 오대양 6대주는 우리의 오장 육부와 같고, 70%를 차지하는 바다와 30%에 이르는 땅은 우리 몸의 수분과 살의 비율이고…….

그래서 우리의 육체는 지구의 속성을 닮았고, 우리의 영은 창조주의 속성을 닮아 영혼은 불멸하되 육체는 결국은 흙으로 돌아간다는 것이다. 그래서 흙으로 돌아갈 육체도 좋은 흙과 융화를 해야 하기 때문에 편안히 누울 좋은 자리를 찾고, 우리의 영은 불멸함으로 유한한 이 세상에서의 삶보다 실은 더 중요한 것이기에 영원불멸한 이 영의 안식처를 위하여 바르게 준비를 해야 하는 것이다.

하나님을 믿는 사람들은 먼저 예수 그리스도를 주님으로 영접하고 그의 십자가의 죽음이 내 죄를 용서하심이라는 것을 깨닫고, 감사하며 앞으로의 삶은 예수께서 다스려주시고 인도하여 주셔서 예수 안에서의 바람직한 삶이 될 것을 고백한다. 그리고 교회에 나가서 주일마다 하나님께 예배를 드린다. 영원불멸한 영의 안식을 위하여 준비하는 과정이기도 하다.

종교를 믿지 않는 사람들은 사후에 누울 육체의 안식을 위해서만 명당자리를 찾는데 이 명당자리라는 것은 영원하지가 않다. 그 육체가 흙으로 돌아갈 때까지이다. 그 기간을 100년으로 환산한다. 그리고 그것을 5대까지로 잡는다. 그래서 제사를 5대까지 지낸다.

2. 남자의 결단

　사랑에는 국경도 없다는 말이 있다. 이 말이 나올 때만 해도 아마 국경너머의 국제결혼이란 어려웠을 때일 것이다. 지금은 국제화시대니 국제결혼도 본인들의 문제이지 주위에서 간여할 문제는 아닌 듯싶다. 남녀간의 사랑의 감정에는 신분의 차이가 있을 수 없다. 김유신과 천관녀의 사랑 얘기도 그렇고, 선화공주와 서동이의 사랑도 그렇고, 평강공주와 바보 온달과의 이야기도 그렇다. 다음의 이야기를 음미해 보자.

　구영준이란 자는 대사헌수담의 아들이다. 수담은 당시 명재상으로서 시론을 의지하고 신뢰했다. 그런데 아들 영준이 금부에 있는 나이어린 계집종을 매우 사랑하게 되었다. 학문도 게을리 하고 사람들의 모욕적인 웃음도 피하지 않았다.

　이를 본 의정 이준경이 수담의 친구로서 영준을 질책하였다. "너는 명문 집안의 아들로서 앞길이 창창하다. 지금 들으니 (남의)비웃음도 부끄러워하지 않고 금부에 있는 어린 계집종에게 사랑에 빠져 나졸들과 섞이어 금부에 드나들면서 몰래 만난다 하니 못난이 같이 그렇게 하지 말아라." 영준은 부끄러워 삼가 사과하며 "지금 이후는 마땅히 상국의 교회(敎誨,가르치고 깨우침)를 따르겠습니다. 절대로 다시 통하지 않겠습니다."했다.

　다음날, 드디어 계집종과 절연한 후 상국을 찾아뵈었다. 상국이 이르기를 "너는 지금부터 어제 한 말을 지키겠는가?" 하니 영준이 답하기를 "소생은 상국의 말씀을 소중하게 생각합니다. 그래서 그녀와 절연했습니다. 그러나 마음은 매양 일념으로 그리워하고 그리워했습니다. 밤새도록 자

지 못하고 시 한 구절을 지었습니다."했다. 상국이 그 시를 듣기를 원했
다. 그 시에 이르기를

割破百年偕老約 백년토록 함께 늙자고 한 약속을 파하고는
終宵紅淚欲容舟 밤새도록 흘린 피눈물은 배라도 띄우겠네.

상국이 이를 듣고 크게 칭찬하였다. "남자는 마땅히 이와 같아야 하
느니라." 유인몽의 어우야담(於于野談)에 있다.

(具英俊者 大司憲壽聃之子也 壽聃爲當時名宰時論倚毘 英俊酷
愛禁府典婢年少 惰學不避人笑侮 議政李俊慶 壽聃之友也 見英俊
切責曰 爾是名家之子 前道甚遠 今聞不恥笑侮 溺愛禁府小婢子 與
羅卒混跡於乃翁衙門 竊爲小子不取也 英俊憼拜謝不侮言 自今以後
當遵相國敎誨 絶不更通 翌日 遂與婢絶 後拜相國 相國曰 爾今能踐
前言乎 英俊曰 小生重相國一言 遂與渠絶 每一念憧憧 終夜不侵 遂
有一句詩 相國曰 願聞之 其詩曰 割破百年偕老約 終宵紅淚欲容舟
相國大加稱嘗曰 - 於于野談 -)

3. 지극한 사랑 이야기

1) 물고기가 이어준 사랑

지성이면 감천이라 했던가. 지극한 마음에는 기적적인 일이 일어나는 것을 볼 수 있다.

세전에 의하면, 서생이 유학을 위해 명주에 이르러서 한 양가집 여식을 보고 자색이 아름답고 자못 글도 알아 서생은 매일 시를 지어 그녀를 유혹하니 그 녀가 말하기를 '여인은 다른 사람을 망령되이 따를 수 없습니다. 서생이 급제할 때까지 기다리겠습니다. 부모의 명령이 있으면 대사를 함께 할 수 있습니다. " 했다. 서생은 즉시 서울(경사)로 돌아가 과거공부를 습득했다.

여자의 집에서는 장차 사위를 들이려고 했다. 그녀는 평일에 못에서 물고기를 길렀다. 물고기는 기침 소리를 듣고 놀라, 반드시 와서 먹을 것을 취했다. 여인은 물고기에 밥을 주며 말하기를 "나는 너를 오래도록 길렀다. 마땅히 내 뜻을 알리라" 하고 비단 편지를 연못에 던졌다. 큰 물고기 한 마리가 있어 펄쩍 뛰어 편지를 물고는 유유히 가버렸다.

서생은 경사에 있었다. 하루는 부모님을 위하여 찬거리를 갖추고자 시장에서 물고기를 사가지고 돌아와 껍질을 벗기는데 비단 편지를 얻고는 경이로워 곧 비단 편지와 아버지의 편지를 갖고 지름길로 빨리 여인의 집에 갔다. 사위가 이미 대문에 다달았다. 서생은 여인의 집에 편지를 보이며 드디어 이 곡을 노래했다. 부모님은 이를 경이롭게 여겨 말하기를 '이는 정성이 감동하는 바다 인력으로 능히 할 바가 아니다' 하고는 그 사위를 보내고 서생을 사위로 맞이하였다. 고려사 악지에 있다.

(世傳 書生遊學至溟洲 見一良家女 美姿色頗知書 生每以詩挑之
女曰 婦人不妄從人 待生擢第 父母有命則事可諧矣 生卽歸京師習學
業 女家將納壻 女平日臨池養魚 魚聞警咳聲 必來就食 女食魚謂曰
吾養汝久 宜知我意 將帛書投之 有一大魚 跳躍含書 悠然而逝 生在
京師 一日爲父母 具饌市魚而歸剝之 得帛書驚異 卽持帛書及父書
徑詣女家 壻已及門矣 生以書示女家 遂歌此曲 父母異之曰 此精誠
所感 非人力所能爲也 遣其壻而納生焉 - 高麗史, 제71권 樂志 -)

2) 바닷물이 이어준 사랑

옛날 당나라 상인 하두강이란 자가 있었는데 장기를 잘 두었다. 일찍
이 예성강에 이르러 아름다운 한 부인을 보았다. 장기로 내기를 하고자
그 남편과 장기를 두었다. 거짓으로 지고서는 재물을 두 배로 주었다.
그 남편은 재물을 이익으로 취하고 아내를 내기로 걸었다. 두강은 한
번에 내기를 걸어 배에다 싣고 갔다. 부인이 떠날 때에 매우 단단하게
몸단장을 했다. 두강이 그녀를 함부로 하고자 했으나 이루지 못했다.
배가 바다 가운데 이르러 선회하며 가지 못했다. 점쟁이 말이 절부의
감동한 바라 했다. 부인을 돌려보내지 않으면 배는 반드시 실패할 것이
라 했다. 뱃사람들은 두려워하며 두강에게 부인을 돌려보내 줄 것을 권
했다. 부인 역시 노래를 지었는데 후편이다.

(昔有唐商賀頭綱 善棋 嘗至禮成江 見一美婦人 欲以棋賭之 與其

夫棋 佯不勝 輸物倍 其夫利之 以妻注 頭綱一擧賭之 載舟而去 其夫
悔恨 作是歌 世傳 婦人去時 粧束甚固 頭綱欲亂之 不得 舟至海中
旋回不行 卜之曰 節婦所感 不還其婦 舟必敗 舟人懼 勸頭綱還之 婦
人亦作歌 後篇是也 - 高麗史 제71권 樂志 -)

4. 시와 노래의 힘

제30대 무왕의 이름은 장이다. 그 어머니는 과부이다. 서울 남쪽 못 가에 집을 지어 살아서 연못의 용과 교통하여 아이가 태어났다. 어릴 때 이름은 서동인데 기량이 측량하기 어려웠고 항상 마를 캐서 팔아서 생활을 하여 국인이 이로 인해 이름이 되었다. 진평왕의 셋째공주 선화가 미색이 뛰어나다는 소문을 듣고 삭발을 하고 서울로 왔다 마를 동리 아이들에게 먹이니 아이들은 그와 친해졌다. 이에 동요를 지어 많은 아이들을 꾀어서 그것을 부르게 했다.

'선화공주님은 남 몰래 시집가서 서동서방을 밤에 몰래 안고 가더라'

동요는 온 서울에 퍼졌다. 백관들이 극간했다. 공주는 원방으로 귀양을 가게 되었다.

떠남에 왕후가 순금 한 말을 주어 보냈다. 공주가 귀양장소에 이르려는데 서동이가 도중에 나타나 절을 하며 모시고 가겠다고 했다. 공주는 비록 그가 따라 온 것을 알지 못하지만 만나니 미덥고 기뻤다. 이로 인하여 따라 갔다. 은근히 통성명을 하고 보니 서동이란 이름을 알았다. 이에 동요의 효험을 믿었다.

같이 백제에 이르러 모후가 준 금을 내어 놓으며 장래 생활을 꾀했다. 서동이가 크게 웃으며 하는 말이 이것이 무슨 물건이오?

공주가 이것은 황금인데 100년의 부는 이룰 것이라 했다. 서동이 내가 어릴 때부터 마를 캐는 땅에는 진흙같이 버려져 쌓여 있다고 했다. 공주가 듣고 크게 놀라며 이것은 천하의 지극한 보물인데 그대는 지금 금의 소재를 알고 있으니 곧 이 보물을 부모님 궁전으로 수송하면 어떤

지요? 서동이 그러자고 했다.

이에 금을 모아 구릉같이 쌓았다. 용화산 사자사 지명법사에게 나아가 금을 수송할 계획을 물으니 법사 말하기를 내가 신력으로써 수송할 테니 금을 갖고 오라 했다. 공주는 편지를 써서 금과 함께 사자 앞에 두었다. 법사는 신력으로써 하룻밤에 신라궁으로 수송하여 두었다. 진평왕이 신변이라하며 기이하게 여기면서 법사를 더욱 존경했다. 항상 편지를 보내 안부를 물었다. 이로 인해 서동은 인심을 얻었고 곧 왕에 올랐다.

하루는 왕이 부인과 더불어 사자사로 가고자 했다. 용화산 아래 큰 못가에 이르자 미륵 삼존이 못 가운데서 출현했다. 가마를 멈추고 경의를 표했다. 부인이 왕에게 이르기를 이 곳에다 대 가람을 창건하는 것이 진실로 원이라고 했다. 왕이 이를 허락했다. 지명소에 나아가 못을 메운다는 공사를 듣고는 신력으로써 하룻밤 사이에 산을 무너트려 못을 메워 평지가 되었다. 이에 법상 미륵 삼존을 전, 탑, 낭무, 각 세 곳에 창건했다.

액에는 미륵사 라 했다. 진평왕이 백공을 보내어 도왔고 지금까지 그 절이 존재한다. 삼국유사 무왕편에 있다.

(弟三十武王名璋 母寡居 築室於京師南池邊 池龍交通而生 小名 薯童 器量難惻 常掘薯芋賣爲活業 國人因以爲名 聞新羅眞平王弟 三公主善花(善化) 美艶無雙 削髮來京師 以薯芋餉閭里羣童 羣童親 附之 乃作謠誘群童而唱之云 善花公主主隱 他密只稼良置古 薯童 房乙 夜矣卯乙 抱遣去如 童謠滿京 達於宮禁 百官極諫 竄流公主於

遠方 將行 王侯以純金一斗贈行 公主將至竄所 薯童出拜途中 將欲
侍衛而行 公主雖不識其從來 偶爾信悅 因此隨行 潛通焉 然後知薯
童名 乃信童謠之驗 同至百濟 出母后所贈金 將謀計活 薯童大笑曰
此何物也? 主曰 此是黃金 可致百年之富 薯童曰 吾自小掘薯之地
委積如泥土 主聞大驚曰 此是天下至寶 君今知金之所在 則此寶輸
送父母宮殿何如? 薯童曰 可 於是聚金 積如丘陵 詣龍華山師子寺知
命法師所 問輸金之計 師曰 吾以神力可輸 將金來矣 主作書 幷金置
於師子前 師以神力 一夜輸置新羅宮中 眞平王異其神變 尊敬尤甚
常馳書問安否 薯童由此得人心 則王位 一日 王與夫人 欲幸師子寺
至龍華山下大池邊 彌勒三尊出現池中 留駕致敬 夫人謂王曰 須創
大伽藍於此地 固所願也 王許之 詣知命所 聞塡池事 以神力一夜頹
山塡池爲平地 乃法像彌勒三會(尊)殿塔廊廡各三所創之 額曰彌勒
寺(國史云 王興寺) 眞平王遣百工助之 今存其寺(三國史云 是法王
之子 而此傳之獨女之子 未詳 - 三國遺事 紀異 武王 -)

5. 죽어서 이룬 애절한 사랑

권력을 앞세워 신하의 아내를 탈취한 죄는 천벌을 받아 마땅할 것이다. 그런데도 버젓이 성왕으로 추앙되는 왕이 있다. 다윗이다. 다윗은 충신인 우리아의 아내를 탐하여 우리아를 가장 위험한 적진으로 내몰아 죽게까지 했다. 물론 그 후 나단 선지자의 질책을 받고 하나님께 눈물로 회개했다. 다윗의 눈물의 기도는 시편에 나타난다. 다윗왕에게 거부했다는 밧세바 얘기는 없으니 당시 유대인의 정조관념도 알만하다. 하긴 형이 죽으면 형수를 책임져야하는 유대 풍습이었으니 우리의 정서관념과는 다를 것이다.

백제 개루왕이 도미의 아내가 미려(美麗)하고도 절행(節行)이 뛰어나다는 소문을 듣고 왕은 이를 시험하고자 하였으나 도리어 속았음을 알고는 도미는 두 눈을 빼어 배에 태워 강물 위에 띄워 놓고 그 아내는 강제로 음란하고자 했다. 도미 아내는 월경기간이라며 기다려달라고 했다. 그리고는 달아나 도미를 만나 멀리 고구려 땅에 가서 살았다. 이것이 동방예의지국의 정조관념이다.

송나라 강왕의 사인이던 한빙의 아내 하씨는 미모가 아름다웠다. 강왕이 이를 취했다. 빙이 원망하니 왕은 그를 가두고. 성단형벌을 내렸다. 처는 비밀히 빙에게 편지를 남겼다.

얽은 그 말에 의하면 비는 음음하고 큰물은 깊어 일출이 오면 마땅히 마음을 정하리라 이미 왕이 그 글을 습득하여 좌우에 보이니 그 의미를 해석하지 못하더라 소하가 이에 답하기를 '기우음음은 근심하며 생각하는 마음이고 하대수심은 가고 올 수가 없으니 해가 뜨면 이 마음

은 죽을 각오가 되어 있다' 라 했다. 곧 빙은 자살했고, 그 처는 옷을 썩
혔다. 왕은 그녀와 더불어 대에 올랐다.

그 처는 스스로 대에서 투신했다 좌우에서 그녀를 잡았으나 옷이 손
에 잡히지 않아 죽었다. 허리에 남긴 유서에 이르기를 '왕은 사는 것이
이롭고 첩은 죽는 것이 이롭습니다. 원하오니 유골을 빙과 합장토록 하
사하여 주십시오' 했다. 왕은 노하여 듣지 않았고 동리 사람들로 하여
금 무덤이 서로 바라보도록 묻게 했다.

왕이 말하기를 '너희 부부가 서로 사랑을 이기지 못한다면 능히 무덤
으로 하여금 합하게 하여라 . 그 때는 내가 막지 않겠다. '했다.

하룻밤 사이에 큰 가랫나무가 두 무덤 끝에서 나왔다 10일만에 크게
가득차 안고 몸체를 굽히어 서로 취했다., 뿌리는 아래에서 서로 어울
렸고, 가지는 위에서 서로 엉켜 있었다. 또 원앙자웅 한쌍이 항상 나무
에 깃들었고 새벽에서 저녁이 되어도 가지 않고 목을 비비며 슬피 울고
있어 그 소리가 사람들을 감동케 했다. 송인이 이를 슬퍼하여 드디어
그 나무 이름을 상사수라 했다.

(宋康王舍人韓憑 娶妻何氏美 康王奪之 憑怨 王囚之 論爲城旦 妻
密遺憑書 繆其辭曰 其雨淫淫 河大水深 日出當心 旣而王得其書 以
示左右 左右莫解其意 臨蘇賀對曰 其雨淫淫 言愁且思也 河大水深
不得往來也 日出當心 心有死志也 俄而憑乃自殺 其妻乃陰腐其衣
王與之登臺 妻遂自投臺 左右攬之 衣不中手而死 遺書於帶曰 王利
其生 妾利其死 願以屍骨 賜憑合葬 王怒弗聽 使里人埋之 冢相望也
王曰 爾夫婦相愛不已 若能使冢合 則吾弗阻也 宿夕之間 便有大梓

木生於二家之端 旬日而大盈抱 屈體相就 根交於下 枝錯於上 又有
鴛鴦雌雄各一 恒棲樹上 晨夕不去 交頸悲鳴 音聲感人 宋人哀之 遂
號其木曰相思樹. - 搜神記 권11 相思樹 -)

아홉째 마당

삼강오륜과 우정의 세계

1. 삼강오륜

삼강오륜(三綱五倫)은 원래 중국 전한(前漢) 때의 거유(巨儒) 동중서(董仲舒)가 공맹(孔孟)의 교리에 입각하여 삼강오상설(三綱五常說)을 논한 데서 유래되어 중국뿐만 아니라 한국에서도 과거 오랫동안 사회의 기본적 윤리로 존중되어 왔으며 지금도 일상생활에 깊이 뿌리박혀 있는 윤리 도덕이다.

삼강(三綱)은
군위신강(君爲臣綱 : 임금은 신하의 벼리 – 버팀줄, 근본 – 가 되고),
부위자강(父爲子綱 : 아버지는 아들의 벼리가 되고),
부위부강(夫爲婦綱 : 남편은 아내의 벼리가 된다)을 말하며

오륜(五倫)은
부자유친(父子有親)
군신유의(君臣有義)
부부유별(夫婦有別)
장유유서(長幼有序)
붕우유신(朋友有信)의 5가지로,
아버지와 아들 사이의 도(道)는 친애(親愛)에 있으며,
임금과 신하의 도리는 의리에 있고,
부부 사이에는 서로 범치 못할 인륜(人倫)의 구별이 있으며,
어른과 어린이 사이에는 차례와 질서가 있어야 하며,

벗의 도리는 믿음에 있음을 뜻한다.

오래전의 얘기다. 어느 대학에서 학생들에게 삼강오륜을 쓰게 했다. 3강은 강의 이름을 썼고, 오륜은 바퀴이름을 쓴 학생들이 있다고 신문에 난 적이 있다. 요즈음은 초등학교에서부터 영어와 함께 한자 공부도 꽤 많이 하는 것을 본다. 대학에서도 명심보감이나 대학 한문 등 한문 과목을 많이 개설한 것으로 보인다. 그런데 지난 어느 한 시기는 학교에서 한문을 하지 않은 때도 있었다. 그 시기 공부한 사람들은 한문을 잘 모른다. 그러니 삼강오륜은 말할 것도 없고, 요산요수(樂山樂水)도 모르는 사람들이 꽤 있은 것 같다.

이 또한 오래전의 얘기다. 지금은 50대일 것으로 생각된다. 어느 방송 프로그램을 진행하던 사회자가 '요산요수(樂山樂水)'를 '낙산락수'로 읽었다. 아니나 다를까 그 다음 신문에 그 사실을 꼬집은 기사가 나왔다. 그 이후 그 사회자는 방송에서 종적을 감췄다. 상식이 부족하고 교양을 제대로 익히지 않은 탓이다. 교양이란 교양인으로서 알아야 하는 덕목이다. 시대가 변하고 새로운 물결이 쏟아져 나와도 온고이지신(溫故而知新)이다. 옛 것은 옛 것 대로 상식으로 또는 교양으로 알아 두어야 한다. 그래서 교양인은 책을 많이 읽어야 한다. 책 속에 길이 있고, 책 속에 스승이 있다. 책을 만드는 것도 사람이지만 사람을 만드는 것 또한 책이기 때문이다.

2. 다른 이를 통해 나를 돌아본다.

거울을 보면 나의 모습을 본다. 내게 묻은 티도 얼룩도 거울을 보고 다듬는다. 길을 가다가 또는 어떤 자리에서 상대방의 얼굴에 무엇이 묻었으면 괜히 나의 얼굴에 손이 가며 닦게 된다. 이렇듯 우리는 다른 사람의 모습에서 나를 돌아보고 반성할 때도 있고 깨우칠 때도 있다. 사회생활을 하다보면 어떤 사람은 남과 잘 사귀는 사람이 있고 그렇지 못한 사람이 있다.

또 어떤 사람은 지도력이 뛰어나 상대를 잘 다스리는 사람이 있는가 하면 그렇지 못한 사람이 있다. 이를 때 맹자는 모든 경우를 자신에게 돌려 반성해 보라고 한다. 곧 '남을 사랑하는데도 친해지지 않으면 자기의 인(仁)에 대해서 반성해 보고, 또 남을 다스려도 다스려지지 않으면 자기의 지혜로움에 대해 반성해 보라' 한다. 그리고 '예로서 남을 대했는데도 응답이 없으면 공경에 대해서 반성해 보고, 어떤 행동에 있어서도 한다고 했는데 기대하는 바를 못 얻었으면 자기 자신에 대해서 반성해 보라' 한다.

이는 자신이 최선을 다했는지 반성해 보라는 것이다. 지성이면 감천이란 말이 있다. 우리는 최선을 다하지 않고 하다가 안 되면 그만 두는 경우가 있다. 어떠한 일이든 성취하고자 하면 최선을 다해야 한다. 올바르게 최선을 다하면 천하도 돌아온다고 한다. 맹자에 있는 말이다. 그래서 하늘의 명에 부합하면 복은 스스로 온다는 것이다.

(孟子曰 愛人不親 反其仁 治人不治 反其智 禮人不答 反其敬 行有不得者 皆反求諸己 其身 正而天下歸之 詩云 永言配命 自求多福)

성경에 의하면 자기 눈의 들보는 깨닫지 못하고 다른 사람의 눈에 있는 티는 보인다는 비유가 있다. 곧 자기의 결점은 보지 못하고 타인의 결점은 쉽게 보인다는 것이다. 사실 사람들은 다른 사람의 언행에서 나를 돌아보며 깨닫는 것이 많다. 그래서 공자는 '세 사람이 길을 가게 되면 그 가운데 반드시 스승이 있다'고 한다. '그들에게서 좋은 점은 가리어 따르고, 좋지 않은 점은 자신을 반성해 보며 바로잡기 때문'이다. 논어 술이편에 나온다.

(三人行 必有我師焉 擇其善者而從之 其不善者而改之 - 論語 述而篇 -)

우리의 일상생활에서도 타인의 행동에서 나를 돌아보며 깨우치는 경우가 참 많다. 좋은 일은 좋은 일대로 영향을 받고 나쁜 일은 나쁜 데서 교훈을 얻을 때가 있다. 성리서에 의하면 '남의 착한 것을 보고서는 나의 착한 것을 찾고 남의 악한 것을 보고는 나의 악한 것을 찾을 것이니 이와 같이 하면 유익함이 있을 것'이라 하였다

(性理書云 見人之善而尋己之善 見人之惡而尋己之惡 如此方是有益 - 明心寶鑑 正己篇 -)

칭찬은 고래도 춤춘다는 책 제목도 있듯이 누구나 칭찬받기를 좋아한다. 일반 사람들의 얘기는 뒤로 미루고 역사 속에서 찾아봐도 임금들은 귀에 거슬리나 바른길을 충언하는 충신의 말은 듣지 않고 나라가 어떻게 되든 자기 뜻에 맞는 말만하는 간신들의 간언을 좋아하는 갓을 보아도 그렇다.

오나라왕 부차도 충신인 오자서의 말은 안 듣고 간신인 백비의 말만

듣다가 결국 나라를 잃었고, 백제의 의자왕도 충신인 성충의 말은 안 듣고 간신들의 얘기만 따르다 나라가 망했다. 오늘날도 마찬가지다. 지나간 대통령들의 전적을 보아도 귀에 거슬리는 충언은 싫어한 것을 볼 수 있다. 그런데 명심보감 정기편에 의하면 나의 장점만을 말해주는 이는 나의 적이고. 나의 단점을 말해주는 이는 나의 스승이라 하여 충언의 소중함을 말하고 있다.

(道吾善者 是吾賊 道吾惡者 是吾師 - 明心寶鑑 正己篇 -)

3. 남의 약점은 들추지 말아야 한다.

발 없는 말이 천리를 가고, 말은 다리를 건너면 건널수록 부풀려간다. 좋은 일이면 좋은 대로 퍼져나가는 것이 좋지만 나쁜 일일 경우 한 다리 건너 나갈 때마다 혹이 붙는다면 이건 바늘도둑이 소도둑 되는 격이다. 그래서 말은 삼가야 하고 다른 사람의 허물이 될 만한 말은 될 수록 안하는 것이 좋다.

태공이 말하기를 '다른 사람을 헤아려보기 이전에 먼저 스스로를 헤아려 보고, 남을 헤치는 말은 스스로를 헤치는 것이 되니 곧 피를 머금고 남에게 뿌리면 먼저 자기입이 더러워지는 것과 같다고 했다.

(太公曰 慾量他人 先須自量 傷人之語 還是自傷 含血噴人 先汚其口)

마원 또한 '남의 허물을 듣거든 부모의 허물을 듣는 것 같이 생각하여 귀로는 들을 찌라도 입으로는 남에게 옮기지 말라 했다.

(馬援曰 聞人之過失 如聞父母之名 耳可得聞 口不可言也)

강절 소선생 또한 말하기를 남의 비방을 들어도 성내지 말고 남의 좋은 소문을 들어도 기뻐하지 말라. 남의 악한 것을 듣더라도 이에 동조하지 말며 남의 착한 것을 듣거든 곧 나아가 정답게 하고 또 따라서 기뻐할 것이라 했다.

(康節邵先生曰 聞人之謗未嘗怒 聞人之譽未嘗喜 聞人之惡未嘗和 聞人之善則就而和之 又從而喜之)

이 같은 말에 대한 경계는 옛 글 여러 곳에 나온다.

시경에서는 착한 사람 보기를 즐거하며 착한 일을 듣기를 즐거하며
착한 말 이르기를 즐거하며 착한 뜻 행하기를 즐거하며 남의 악한 것을
듣거든 망대를 몸에 진 것 같이 하고 남의 착한 것을 듣거든 난초를 몸
에 진 것 같이하라고 하였다.

(其詩曰樂見善人 樂聞善事 樂道善言 樂行善意 聞人之惡 如負芒
聞人之善 如佩蘭蕙)

4. 진정한 친구

명심보감 교우편에 의하면 '열매를 맺지 않는 꽃은 심지를 말고 의리가 없는 친구는 사귀지 말라'고 한다. (不結子花 休要種 無義之朋 不可交) 이를 역으로 해석하면 꽃을 피우면 열매를 맺고 친구로 사귐을 하면 의리가 있어야 한다는 것이다. 진정한 친구란 어떤 것인지를 보여 주는 말이다.

옛날에 어떤 아버지가 아들 친구가 너무 많기에 이를 시험하기 위해 아들이 곤경에 빠져 어려운 위치에 있음을 그 친구들에게 알렸다. 그 많던 친구들이 위로하기 위해서도 별로 오지 않았다. 그 다음은 아버지가 곤경에 빠져 어려운 위치에 있음을 아버지 친구들에게 알렸다. 아버지의 친구들은 아버지를 위로하기 위해 몰려왔다. 아버지는 아들에게 말했다.

"이것이 진짜 친구이니라." 어렵고 힘들 때 찾아와 주는 친구가 의리 있는 친구이고 진정한 친구이다. 그래서 군자의 사귐은 물같이 담백하고 소인의 사귐은 단술같이 달다고 한다. (君子之交 淡如水 小人之交 甘若醴) 물은 담백하지만 잘 변하지 않는다. 언제나 그 맛 그 흐름 그대로이다. 반면에 단술은 달아서 좋아하지만 물처럼 마실 수가 없다. 빨리 질린다. 그래서 소인들의 친구 사귐이 단술과 같다는 것이다. 명심보감 교우편에 있는 말이다.

5. **友情**의 세계

우정을 말할 때면 관포지교(管鮑之交)를 얘기한다. 그런데 대부분의 교우관계가 그렇지 않은 경우가 많다. 고문진보 빈교행에 의하면 "손을 뒤집어 구름을 만들고 다시 비를 만들기도 하니 /분분히 경박함이 얼마나 잦은지/그대는 관포의 어려운 시기의 교제를 보지 못하였는가/이것을 오늘의 사람들은 흙과 같이 버리는구나.

(飜手作雲覆手雨//紛紛輕薄何須數/君不見管鮑貧時交/此是今人棄如土 - 杜甫, 古文眞寶, 貧交行 -)"라 했다.

두보시절에도 오늘날(두보시절)의 교우관계가 관포지교 같지 않음을 한탄했는데 지금의 오늘날은 그 교우관계가 어떨까? …

관포지교에 얽힌 얘기를 알아보자.

관중이 말하기를 내가 어려운 때에 일찍이 포숙과 더불어 장사를 했다. 이윤을 나누는데 내가 많이 가졌다.(스스로 많이 셈을 했다) 포숙은 나를 욕심쟁이라고 말하지 않았다. 내가 가난함을 알기 때문이다. 내가 일찍이 포숙을 위해서 일을 꾀하는데 곤궁하게 되었다. 포숙은 나를 어리석다 하지 않았다. 때가 이롭지 않음을 알았기 때문이다. 내가 일찍이 세 번 출사했다가 임금에게 세 번 축출 당했는데 포숙은 나를 못난이라 말하지 않았다. 내가 때를 만나지 못했음을 알기 때문이다.

내가 일찍이 세 번 싸워서 세 번 도망 했는데 포숙은 나를 비겁하다고 하지 않았다. 내게 노모가 있음을 알기 때문이다. 공자 규가 실패해서 홀연히 죽음으로 부름을 받아 내가 영어의 몸이 되어 수욕을 당했을 때도 포숙은 나를 무치한자라고 말하지 않았다. 내가 적은 일에 부끄러워하지 않고 천하에 공명을 드러내지 못함을 부끄러워 한다는 것을 알기 때문이다. 나를 낳은 이는 부모이지만 나를 안 사람은 포자이다. 사기에 나온다.

(管仲曰 吾始困時 嘗與鮑叔賈 分財利 多自與 鮑叔不以我爲貪 知我貧也 吾嘗爲鮑叔謀事 而更窮困 鮑叔不以我爲愚 知時有利不利也 吾嘗三仕 三見逐於君 鮑叔不以我爲不肖 知我不遭時也 吾嘗三戰三走 鮑叔不以我爲怯 知我有老母也 公子糾敗 召忽死之 吾幽囚受辱 鮑叔不以我爲無恥 知我不羞小節 而恥功名 不顯於天下也 生我者父母 知我者鮑子也 - 史記 管晏列傳 -)

열째 마당

배우는 자세

1. 스승과 제자의 거리

논어 술이편에 의하면 공자는 "스스로 속수(束脩) 이상의 예를 행한 사람이면 나는 깨우쳐 주지 않은 적이 없다."란 말이 나온다. 가르침을 주거나 가르침을 받는 데는 사례가 있었음을 알 수 있는 대목이다. '속수'란 고기포 10개 정도가 1속이다. 곧 한 속수 이상으로 예를 갖춘 사람에게는 교육의 기회를 주었다는 얘기이다.

(子曰 自行束脩以上 吾未嘗無誨焉)

그리고 공자는 그러한 예를 갖춘 사람에게는 누구나 차별을 두지 않고 가르쳤다. (子曰 有教無類) 가르침에도 원칙이 있었다. 곧 몰라서 분해하지 않으면 가르쳐 주지 않고 아는 것을 애써 표현하지 않으면 깨우쳐 주지 않는다. 한 귀퉁이를 일러도 나머지 세 귀퉁이를 알지 못하는 자에게는 반복하여 설명해 주지 않는다.

.(子曰 不憤不啓 不悱不發 擧一隅 不以三隅反 則不復也)

또 시를 중요시했다. '시경의 시 삼백 편을 다 외운다 해도 정사에 보탬을 주는데 미치지 못하고 사방에 사절로 보내어도 독단으로 일을 처리하지 못한다면 비록 시를 많이 외운다 한들 무엇하리(子曰 誦詩三百 授之以政 不達 使於四方 不能專對 雖多 亦奚以爲?)'라 한 것을 보면 공자는 시의 효용성을 정치와 일의 처리에도 관련시켜 시의 효용성을 실용에 두고 있음을 알 수 있다. 또 공자는 시는 감흥을 일으키며 사물을 관찰할 수 있게 하며 무리와 어울릴 수 있게 하며 불의를 원망할 수 있게 하며 가까이는 부모를 섬기며 멀리는 임금을 섬길 수 있게 하며 새와 짐승, 풀과 나무의 이름도 많이 알게 하느니라.

(子曰 小子! 何莫學夫詩? 詩可以興 可以觀 可以群 可以怨 邇之事
父 遠之事君 多識於鳥獸草木之名 子謂伯魚曰 女爲周南召南矣乎?
人而不爲周南召南 其猶正牆面而立也與?)

하여 시를 아는 것은 곧 일상생활을 하는데 여러 가지 유익함을 말하고
있다.

2. 학문하는 진정한 자세

학문이란 무엇일까 또 학문을 하는 자세는 어떠해야할까? [與猶堂全書]에 의하면 "학문이란 천하의 공물(學問者 天下之公物也)이다. 그래서 학문이란 우리 사람들이 배우지 않으면 아무 일도 할 수 없는 것이다. 옛 사람들은 제일로 의리를 말했지만 이 말에 병폐가 있다고 본다. 마땅히 이를 고쳐서 이른다면 오직 유일무이한 것이 바로 의리에 근거한다는 것이다. 대개 만물에는 법칙이 있는데 사람이 학문에 뜻을 두지 않으면 인간 법칙에 따르지 않게 되는 것이므로 금수에 가깝게 된다."고 말한다.

(學問是吾人所不得不爲之事　古人謂第一等義理　余謂此言有病 當正之曰 唯一無二底義理　蓋有物有則　人而不志於學　是不循其則 也 故曰近於禽獸爾)

학자는 벼와 같고 불학자는 잡초와 같다. 벼와 같다는 것은 나라의 양식이 되고 세상의 큰 보배이다. 쑥이나 풀과 같다는 것은 밭가는 사람에게는 증오의 대상이 되고 김매는 사람에게는 고민거리가 된다. 타일에 담장을 맞대고 후회할 뿐이다.

(學者如禾如稻 不學者如蒿如草 如禾如稻兮 國之精糧 世之大寶 如蒿如草兮 耕者憎嫌 鋤者煩惱 他日面墻 晦之已老.)

라 하여 학문의 중요성과 귀함을 말하고 있다. 그런가 하면 태공은 사람이 배우지 않으면 어두운 밤길을 걷는 것과 같다. (太公曰 人生不學 冥冥如夜行)했다. 이렇게 옛 선인들도 배움을 귀하게 생각했다.

요즈음은 교육의 중요성을 더욱 실감하며 여기서도 교육, 저기서도 교육, 교육비에 가계가 흔들리고 있다. 거기에 영어교육까지 합세하여 조기 유학 풍토에 기러기 아빠라는 신조어까지 나오면서 지나친 교육열에 국민들의 마음까지 무겁다.

3. 옛사람들은 이렇게 학문을 권장했다

오늘 할 일은 오늘 마무리 하고 내일로 미루지 말라는 말이 있다. 그만큼 조금씩 일이 미루어지면 결국은 할 일을 제대로 하지 못하기 때문이다. 그래서 일은 그때그때 마무리를 하라는 것이다. 더구나 시간과 시기를 다투는 학생들의 공부에 있어서는 더욱 그러할 것이다. 주희(朱熹)의 권학문(勸學文)에 의하면 '금일에 배우지 않고서 내일이 있다고 말하지 말라(勿謂今日不學而有來日'고 한다. 배움을 미루어서는 안 된다는 것이다. 그때그때 생각나고 필요할 때 바로바로 배워서 익혀두어야 한다. 미루게 되면 결국은 못하는 경우도 있기 때문이다.

때로는 '명년에 하면 되지'하고 금년에 하고자 했던 일도 여의치 않으면 다음으로 미루는 경우가 있다. 그것 또한 평생으로 미루어질 경우가 있다. 그래서 주희는 '금년에 배우지 않고서 내년이 있다고 말하지 말라. 세월은 나를 위하여 지연되지 않는다.' (日月逝矣 歲不我延)고 하여 미루는 것에 대한 교훈을 후세에 주고 있다.

배움의 중요성은 예나 지금이나 마찬가지다 주문공에 의하면 '집이 만약 가난하더라도 가난으로 인해서 배움을 그만 두어서는 안 된다. 가난해도 부지런히 배우면 입신할 것이니 열심히 배우라고 하여 배움을 권했다. 그렇다고 '집이 부자라고 해서 부를 믿고서 배움을 게을리 하면 안 된다고도 했다.

부자가 힘써 배우면 그 이름이 영광될 것이니 열심히 배우라고 한다. 그러면서 학자를 본받고 군자를 본받으라 한다. 곧 학자를 보면 현달할 것이고 학자를 보지 못하면 이루는 것이 없을 것이니 학자는 이에 몸의 보배이고, 학자는 세상의 보배라 하여 학자를 높이었다. 이로써 배움은 곧 군자가 되는 것이고 배우지 않으면 소인이 될 수밖에 없으니 후학들은 마땅히 각자 알아서 힘쓸 것이다.

(朱文公曰 家若貧 不可因貧而廢學 可若富 不可恃富而怠學 貧若勤學 可以立身 富若勤學 名乃光榮 惟見學者顯達 不見學者無成 學者乃身之寶 學者乃世之珍 是故 學則乃爲君子 不學則爲小人 後之學者 宜各勉之 - 古文眞寶 -)라 하여 학문을 권장했다.

4. 문경지교(刎頸之交)

사람은 살아가면서 경험으로 배우는 것이 참 많다. 그래서 나이도 중요하고 경륜이 중요한 것이다. 따라서 '나이는 그저 먹는 것이 아니라는 것이다. 나이 값을 한다는 말이 그래서 나온다.

二人同心 其利斷金(이인동심 기이단금)

주역에 의하면 二人同心 其利斷金이란 말이 나온다. 곧 두 사람이 마음이 하나가 되면 그 날카로움으로 금속성의 쇠라도 끊는다.'는 말이다. 두 사람의 합심은 대단한 것이다. 백지장도 맞들면 낫다는 말이 있다. 두 힘이 합치면 못하는 일이 거의 없다. 역사에도 이 이야기는 많다

최근 우리의 정치사에도 二人同心 其利斷金 을 실감하는 일이 있다. 3당 합당으로 이루어진 YS와 JP의 관계가 있고, DJ와 JP의 공조로 막강한 상대편을 다운시켰다. 몇 시간 전에 깨어졌지만 결국은 MH과 MJ 가 협력한 결과로 막강한 상대 후보를 예기치 않게 다운시켰다. 이러한 현상은 바로 二人同心 其利斷金의 효과이다. 이명박과 박근혜의 동조도 마찬가지다. 그래서 동조가 잘 이루어져야 한다.

문경지교(刎頸之交)도 마찬가지다.

전국시대 조(趙)나라 혜문왕(惠文王)의 신하 유현(劉賢)의 식객에 인상여(藺相如)라는 사람이 있었다. 그는 진(秦)나라 소양왕(昭襄王)에게 빼앗길 뻔했던 천하 명옥(名玉)인 화씨지벽(和氏之璧)을 원상(原狀)대로 가지고 돌아온 공으로 일약 상대부(上大夫)에 임명되었다. 그리하

여 인상여의 지위는 조나라의 명장으로 유명한 염파(廉頗)보다 더 높아졌다. 그러자 염파는 분개하여 이렇게 말했다.

"나는 싸움터를 누비며 성(城)을 쳐서 빼앗고 들에서 적을 무찔러 공을 세웠다. 그런데 입밖에 놀린 것이 없는 인상여 따위가 나보다 윗자리에 앉다니. 내 어찌 그런 사람 밑에 있을 수 있겠는가. 언제든 만나면 망신을 주고 말테다."

이 말을 전해들은 인상여는 염파를 피했다. 그는 병을 핑계대고 조정에도 나가지 않았으며 길에서도 저 멀리 염파가 보이면 옆길로 돌아가곤 했다. 이 같은 인상여의 비굴한 행동에 주위에서 실망하고 부끄러워하니 이렇게 말했다.

"나는 소양왕도 두려워하지 않고 많은 신하들 앞에서 소양왕을 혼내준 사람이다. 그런 내가 어찌 염파 장군 한 사람을 두려워하겠는가? 생각해 보면 알겠지만 강국인 진나라가 쳐들어오지 않는 것은 염파 장군과 내가 버티어 있기 때문이다. 이 두 호랑이가 싸우면 결국 모두 죽게 된다. 그래서 국가의 위급한 것을 먼저 생각하고 사사로운 감정은 뒤로하는 것이다."

(夫以秦之威 相如廷叱之 辱其羣臣 相如雖駑 獨畏廉將軍哉 顧念 强秦不敢加兵於趙者 徒以吾兩人在也 今 兩虎共鬪 其勢不俱生 吾所以爲此者 先國家之急 而後私仇也)

이 말을 전해들은 염파는 부끄러워 몸 둘 바를 몰랐다. 그는 곧 웃통을 벗은 다음 태형(笞刑)에 쓰이는 형장(荊杖)을 짊어지고[肉袒負荊] 인상여를 찾아가 섬돌 아래 무릎을 꿇었다.

“내가 미욱해서 대감의 높은 뜻을 미처 헤아리지 못했소. 어서 나에게 벌을 주시오.” 하고 염파는 진심으로 사죄했다. 인상여도 염파장군의 모습을 좋게 받아들였다. 그리고 두 사람은 ‘문경지교(刎頸之交)’를 맺었다.

5. 초부(礎賦)/이달충

부(賦)는 대구(對句)의 형식으로 각운(脚韻)을 가지는 한문 문체의 한 가지로 표(表)·책(策)·의(義)·의(疑)·시(詩)와 함께 과문(科文)의 한 가지이기도 하다.

문심조룡(文心調龍)에 의하면 부(賦)란 상세한 서술을 가리키는 것으로 서술을 펼쳐서 글을 지어냄으로써 객관적 사물을 그려내고 주관적인 사상과 감정을 표현하는 것이다. 모시전(毛詩傳)에 나오는 말에 의하면 "높은 것에 올라가서 부(賦)를 지을 수 있어야 대부(大夫)가 될 수 있다"고 했다. 유향은 "노래로 부르지는 않고 다만 읊조린 것"이 부(賦)라 하기도 했고, 반고(班固)는 '시경 안에서 발전하여 나온 하나의 갈래'라 했다.

부(賦)의 기원에 대해서는 여러 양상을 살펴볼 때 초나라에서 비롯되어 한나라에 이르러 극도로 융성한 것으로 서술했다.

초부(礎賦)는 초석을 기리는 부(賦)이다. 그 내용을 요약하면서 초석의 말과 장석의 말 곧 마지막 결론 부분을 원문과 함께 소개하고자 한다.

주춧돌은 기둥에 적합하다. 주춧돌은 아래에 있고 기둥은 주춧돌을 발판으로 삼고 있다. 주춧돌은 아래에 있어 겸손하고 기둥은 위에 있어 위세를 떨치며 주춧돌을 무시한다. 기둥은 주춧돌의 장점을 단점으로만 돌리고 비루하게 쓰이었다고 질책을 한다.

이에 주춧돌은 허리를 굽혀 기둥에게 말한다.

"그대의 당당함은 바로 서서 뛰어 남이라. 그대는 누구로 인해 신실하며 치우치지 아니한가, 의지하지 아니하는 것은 누구의 법망이며 누구로 인한 근본이며 누가 기초했으며 누가 터를 닦았는가. 내가 아닌즉 썩을 것이며 내가 아닌즉 쓰러질 것이다. 아방(阿房)의 실화에도 나만 홀로 존재하니 인씨(藺氏)[1]의 모벽(謀壁)에서도 나는 비유하지 않는다. 내가 그대를 보건데 어찌 그리 비루(鄙陋)한가. 위로는 동량(棟樑)에 이어 아부하고, 붉은 찰흙을 입힌즉 사치스럽고, 하물며 그대의 친구에 속하는 부류들은 가히 본으로 삼을 것이 없다. 혹 秦에 封[2]하고, 혹 丁에 꿈꾸고[3], 혹 墨에 그을리고(煤)[4], 혹 뜰에서 불을 밝히니 어찌 그리 편치 않은가. 그것은 그 성질이 모질고 그 형태가 손상됨을 꺼리지 않는 것이다. 그대는 다행히 크게 쓰였으니 擧筵(거정)[5]을 본받으려고 다투어 무엇하리. 마땅히 나에게 공을 돌리고, 나에게 덕을 돌려서 궁궐을 천년토록 받들라." 했다.

(於是礎廻覜伏而復于楹曰 子之堂堂 所立卓爾 疇類优优

不偏不倚 孰爲之綱 孰爲之紀 孰爲之基 孰爲之址

非吾則腐 非吾則靡 阿房之失火也 吾獨存焉 藺氏之謀壁也

吾不比焉 視子之爲 何陋且鄙 上承棟樑則以阿

外被丹艧則以侈 而況子之朋類 無可儀刑 或封于秦

或夢于丁 或煤于墨 或燎于庭 何屑屑其不憚 賊其性而殘其形

---

1 趙나라 藺相如가 秦나라 소왕에게서 구슬을 도로 빼앗을 때의 상황(完璧古事)을 원용
2 진시황이 태산에 갔다가 비를 만나 소나무 밑에서 피했는데 그 소나무를 大夫(대부)로 봉한 것을 말한다.
3 丁固(정고)의 꿈에 소나무가 腹上(복상)에서 났다. 해몽에 의하면 '松은 十八公이니 18년 후에는 公이 될 꿈이라 했다'는 고사를 인용
4 먹은 松烟(송연)으로 만든다는 의미에서 원용함
5 대들보를 받치는 것

子幸而爲大用 更何校於擧筳 宜功我而德我 扶帝宅於千齡)

때에 장석(匠石 : 고대의 名工)이 있어 듣고 이를 논의하여 말하기를 "겸손은 능히 이익이 되고, 높임은 반드시 쉬이 위험한 것이다. 저 기둥이 의지하는 것은 오직 주춧돌이니, 이 자격이야 말로 주춧돌이 상면에 기록되고, 기둥이 그 다음이라" 하고 이에 칭송하여 이르기를 "초석이여, 초석이여, 반듯하고 넓적하여 편안하고 편안하다. 그 편안함이 반석과 같고, 왕실의 의뢰함과 제왕의 완전함이라. 초석이여, 초석이여, 기둥이 어찌 감히 교만한가." 하더라.

(適有匠石 聞而議之曰 謙能受益 高必易危 彼楹之寄
惟礎是資 錄礎名於上面 且以楹而次之 乃贊曰
礎乎礎乎 磐然而安 磐然而安 安其如磐 王室之賴
帝王之完 礎乎礎乎 楹胡敢謾)

주춧돌과 기둥의 대화를 통해 인간사를 비판한 것이다. 주춧돌은 일반 백성 곧 민초들이라 할 수 있고 기둥은 지배계급 곧 권력을 가진 자들에 비유할 수 있다. 권력을 지탱해 주는 것은 일반 백성이다. 그것을 제대로 모르는 지배계급의 오만함을 장석이 나서서 올바른 판단을 내린다. 장석은 곧 賢者이며 장석의 말은 작가가 나타내고자 한 주제이며 작가의식(作家意識)이다.

애오잠(愛惡箴) 병서(幷序) 외

잠(箴)은 훈계의 뜻이 담긴 글이다.

옛날 주(周)나라의 소공(召公)은 "공경(公卿)의 지위에 있는 관리들은 시를 지어 바치고 악관(樂官)들은 잠(箴)을 지어 바치고 맹인들은 시를 읊는다"고 말했다.

유협의 『문심조룡』에 의하면 ' 잠이란 도덕의 규범이 되는 것으로 깊이 마음에 새겨야 할 것들이다. 단지 수면에 자신을 비추어 보듯이 하지 말고, 참되고 바른 행동을 격려하는 말들을 잘 지켜서 신중하고 조심스럽게 모든 행동을 히여야 한다. 그 의미가 정확하면 저절로 커질 것이니 그 표현은 간결한 것이 좋다'고 했다.

(箴惟德軌 有佩于言 無鑑于水 秉茲貞厲 警乎立履 義典則弘 文約爲美)

1. 愛惡箴 병서/이달충

有非子造無是翁曰, 日有群議人物者, 人有人翁者, 人有不人翁者, 翁何或人於人, 或不人於人乎?

翁 聞而解之曰, 人人吾吾不喜, 人不人吾吾不懼, 不如其人人吾而其不人不人吾, 吾且未知, 人吾之人何人也, 不人吾之人何人也.

人而人吾則可喜也, 不人而不人吾則亦可喜也, 人而不人吾則可懼也, 不人而人吾則亦可懼也, 喜與懼當審其人吾不人吾之人之人不人如何耳.

故曰, 惟仁人能愛, 能惡人, 其人吾之人仁人乎? 不人吾之人仁人乎, 有非子笑而退.

無是翁因作箴以自警,

箴曰, 子都之姣, 疇不爲美, 易牙所調, 疇不爲旨, 好惡紛然, 盍亦求諸已.

- 李達衷 -

　유비자가 무시옹에게 가서 말하기를 '일전에 여럿이 모여서 인물을 평론하는데, 어떤 사람은 옹을 사람답다고 하고 어떤 사람은 옹을 사람답지 못하다고 하니 옹은 어찌하여 남에게 사람답다는 평을 듣기도 하고 남에게 사람답지 못하다는 평을 듣기도 하는가 ?'하였다.

　옹이 그 말을 듣고 해명하기를, 남이 나를 사람답다고 해도 나는 기쁘지 않고, 남이 나를 사람답지 못하다고 해도 나는 두렵지 않으니, 그 중에 사람다운 사람이 나를 사람답다고 하고, 그 중에 사람답지 않는 사람이 나를 사람답지 않다고 하는 것만 못하다. 나는 또 나를 사람답다고 하는 사람이 어떤 사람이며, 나를 사람답지 않다고 하는 사람이 어떤 사람인지를 모른다.

　사람다운 사람이 나를 사람답다고 한다면 기쁠 것이요, 사람답지 못한 사람이 나를 사람답지 못한 사람이라고 한다면 또한 두려워 할만 하다. 기쁨과 두려움은, 마땅히 나를 사람답다고 하는 사람과 나를 사람답지 않다고 하는 사람이, 사람다운 사람인지 사람답지 못한 사람인지 여하를 살피는데 있을 따름이다.

　그러므로 말하기를 '오직 어진사람이라야 남을 사랑할 수 있으며, 남을 미워할 수 있다.'고하니 그들 중에 나를 사람답다고 한 사람들이 어

진사람인가 ? 나를 사람답지 않다고 한 사람이 어진사람인가 ? 하니 유
비자가 웃으며 물러갔다.

　무시옹이 이것으로 잠을 지어 자신을 일깨웠다. 잠에 이르길, "자도
(子都,춘추시대 정(鄭)나라 미남)의 어여쁜 것이야 뉘가 아름답다 아니
하며 역아(易牙,제환공의 신하로 음식을 잘 만들었다)의 음식을 뉘가
맛있다 아니하랴. 좋아함과 미워함이 어지러울 제는 어찌 자기 몸에 반
성하지 않겠는가."했다.

2. 惕若齋箴 – 金九容號/이달충

母不敬 母自欺 馭朽索 攀枯枝 進知退 安思危 厲無咎 念在玆

　不敬(불경)하지 말고, 스스로 속이지 말고, 썩은 새끼를 타고 마른 가지를 휘여 잡지 말라. 나가면 퇴할 줄 알고, 편안하면 위험한 것을 생각하라 허물없이 생각이 이에 있기를 힘써라.

　**이달충과 태조에 얽힌 이야기

　이달충은 시호(諡號)를 문정공(文靖公)이라 하고 호를 제정(霽亭)이라 한다. 본관은 경주로 신라 개국 종신(宗臣)인 양산촌장 (楊山村長) 알평(謁平)이 시조이다. 그의 처음 이름은 달중(達中)이었는데, 공민왕(恭愍王)이 어필(御筆)로써 충(衷)으로 고치었다.

　충선왕 원년에 월성부원군 문효공 국당(菊堂) 이천(李蒨)을 아버지로 연창군(延昌君) 부인 박씨를 어머니로 하여 태어났다. 벼슬은 史翰 陞 正言(사한 승정언)으로 시작해서 成均館 祭酒(성균관 제주), 監察御使 (감찰어사), 戶部尙書(호부상서), 密直提學(밀직제학) 등 두루 지냈다.

　공민왕 7년 여름, 戶部尙書(호부상서)로서 東北面(동북면) 兵馬使 (병마사)가 되어, 그 직분을 마치고, 돌아올 때의 설화는 龍飛御天歌 (용비어천가) 제28장에도 실려 있을 정도로 유명하다. 그 내용을 잠깐 살펴보면 다음과 같다.

“桓祖(환조)가 咸州(함주)의 鶴仙亭(학선정)에서 이달충을 위하여 餞(전)을 베푼 자리에서 태조 이성계는 17세의 나이로 文靖公(문정공) 왼쪽에 서서 시중을 들었다. 그 때 公(공)은 이성계를 보고 대왕이 될 異表(이표)를 알았다. 그 때 노루 7마리가 岸上(안상)을 지나갔다.

공이 ‘한 마리 잡을 수 있을까’ 하니, 이성계(태조)가 활을 쏘아서 5마리를 죽였다. 곧 이어 환조가 술을 드리니 서서 마시고, 태조가 드리니 이달충이 꿇어앉아서 마셨다. 환조가 괴이하게 여겨서 물으니 이달충이 답하기를 “그대의 아들은 진실로 어느 사람과는 다르오. 그대로서는 미칠 바가 아니오. 그대의 집안은 이아들이 반드시 크게 일으킬 것이오.”라 하고 그 자손들을 부탁했다.

그 후 왕이 된 태조는 이달충의 자손에게 〈立〉字(자)로써 이름을 지을 것을 御命(어명)했다. 그리고 이러한 사실을 거의 다 기록해 두었다.

고려 말 신돈의 횡포가 극에 달했을 때 감히 누구도 그 앞에서 직언을 하지 못하였던 그 상황에서 홀로 직언으로 면박을 줄 정도로 강직하고 흔들림이 없던 그 의지가 포은 정몽주의 시[1]에도 나타나 있다.

---

1 埋骨玄談作廟謨 先生獨意斥浮屠 傳家聲烈忠移孝 蓋世文章道業儒 有位無難身自卑 居危莫及智如愚 老朝誰更匡王志 淚灑淸瀾乞與湖

3. 면잠(面箴)/이규보

有愧于心 汝必先恥
色頳若朱 체*1滴如水
對人莫擡 斜回低避
以心之爲 迺移於爾
凡百君子 行義且의*2
能肆于中 毋使汝愧

마음에 부끄러움이 있으면 네(面, 얼굴)가 반드시 먼저 부끄러워한다.
낯빛은 붉어 주홍 같고 땀은 떨어지기를 물 쏟아지듯이 한다.
사람을 대하면 머리를 들 수가 없고 살며시 숙이고 피하게 된다.
자기 마음에서 한 것으로 너에게 옮기게 된다.
무릇 군자는 의를 행하고 위의(威儀)를 가져야 한다.
능히 심중에 거리낌이 없으면 너에게 부끄러움이 없으리라.

얼굴은 마음의 거울이다. 기쁘면 기쁜 표정이 지어지고 슬프면 슬픈 표정이 지어진다. 화난 일이 있으면 얼굴부터 달라진다. 부끄러운 일을 했으면 얼굴이 먼저 붉어진다. 죄를 지으면 누가 뭐라고 하지 않아도 스스로 남의 눈을 피한다. 이것이 바로 얼굴이다. 그러니 생각과 행동을 떳떳하게 하여 마음에 거리낄 것이 없으면 얼굴은 평화롭다. 그래서 얼굴은 마음의 거울이다.

---

1 삼수변에 此인데 컴퓨터에 글자가 없음(뜻은 땀이 나는 모양, 독음은 '체'임)
2 설립변에 義자(立＋義)인데 컴퓨터 자판에 없음

4. 요잠(腰箴)/이규보

常直不弓 被人怒嗔
能曲如磬¹ 遠辱於身
惟人禍福 係爾屈伸

언제나 곧아서 활같이 굽힐 줄을 모르다가는 남에게 진노를 사게 된다.
능히 허리를 절하는 것 같이 굽혀야 몸에 욕이 미치지 아니한다.
오직 사람의 화복이란 네가 굽히고 펴는 것과 관계가 있느니라.

굽힘은 겸손이고 배려이다. 지나친 굽힘은 비굴하지만 적당히 굽힐
줄도 알고 남을 배려하는 것은 미덕이 된다. 누구에게나 굽힐 줄도 모
르고 꼿꼿한 것은 자만(自慢)이고 거만(倨慢)이고 만용(蠻勇)이다.

---

1 磬경쇠경, 허리를 굽히어 절하다

5. 사잠(思箴)/이규보

我卒作事 悔不思之
思而後行 寧有禍隨
我卒吐言 悔不復思
思而後吐 寧有辱追
思之勿遽 遽則多違
思之勿深 深則多疑
商酌折衷 三思最宜

내가 갑자기 일을 하고는 생각하지 않는 것을 뉘우친다.
생각한 뒤에 일을 하였더라면 어찌 화가 따르겠는가.
내가 갑자기 말을 하고는 더 한 번 생각하지 않은 것을 뉘우친다.
생각한 뒤에 말을 하였더라면 어찌 욕됨이 따라 붙겠는가.
생각하여 경솔히 하지 말라. 경솔히 하면 어긋나는 것이 많으니라.
그렇다고 생각을 너무 깊게는 하지 마라. 깊게 하면 의심하기 된다.
침착하고 절충하여 세 번 쯤 생각하는 것이 가장 적절하다.

세 번은 생각해보고 행동에 옮기라는 것은 어떠한 일을 처리하는데 신중을 기하라는 것이다. 개인의 일 하나에도 경솔하게 대하다가는 낭패를 보는 수가 있는데 지도자의 입장에 선 큰일은 더욱 신중하고 거듭 거듭 생각해 보고 중지를 모아 느긋하게 해결하고 발표해야 할 것이다. 숭례문이 불탄 직후 이명박 대통령 당선자는 국민성금으로 복원한다는 말을 일찌감치 서둘러 했다가 들끓는 여론에 눌려 하루 만에 인수위 원장이 번복한 일이 있었다. 이런 경우 사잠(思箴)이 꼭 필요한 말이다.

이규보(1168~1241)는 고려의 문인이다.

본관은 황려(黃驪). 자는 춘경(春卿), 초명은 인저(仁低), 호는 백운거사(白雲居士)·지헌(止軒)·삼혹호선생(三酷好先生)이다.

9세 때 이미 신동으로 알려졌으며 14세 때 성명재(誠明齋)의 하과(夏課)에서 시를 지어 기재(奇才)라 불렸다. 과거지문(科擧之文)을 하찮게 여기고 강좌칠현(姜左七賢)의 시회에 드나들었다. 이로 인해 출세의 기회를 얻지 못했다. 개성 천마산에 들어가 백운거사를 자처하고 시를 지으며 장자(莊子)사상에 심취했다.

26세 때 개성에 돌아와 궁핍한 생활을 하면서 당시 문란한 정치와 혼란한 사회를 보고 크게 각성하여 〈동명왕편 東明王篇〉·〈개원천보영사시 開元天寶詠史詩〉등을 지었다. 그뒤 최충헌 정권에 시문으로 접근하여 문학적 재능을 인정받고 32세부터 벼슬길에 올라 높은 벼슬을 두루 거쳤다.

당시 계관시인과도 같은 존재로 문학적 영예와 관료로서의 명예를 함께 누렸다. 그는 우리 민족에 대해 커다란 자부심을 갖고 외적의 침입에 대해 단호한 항거정신을 가졌다. 국란의 와중에 고통을 겪는 농민들의 삶에도 주목, 여러 편의 시를 남기기도 했다. 그의 문학은 자유분방하고 웅장한 것이 특징인데, 기골(氣骨)·의격(意格)을 강조하고 신기(新奇)와 창의(創意)를 높이 샀다. 자기 삶의 경험에 입각해서 현실을 인식하고 시대적·민족적인 문제의식과 만나야 바람직한 문학이 이루

어진다고 생각했다. 『동국이상국집 東國李相國集』『백운소설 白雲小
說』·〈국선생전 麴先生傳〉 등의 저서와 다수의 시문을 남겼다.

열둘째 마당

초사(楚辭)

초사를 읽으면 마음이 아프다. 굴원의 진실을 몰라주는 왕의 처사가 안타깝기만 하다. 왕들은 왜 그럴까? 간신의 말을 쉬이 믿고 충신의 말은 오히려 거리를 둔다. 오왕 부차가 충신 오자서의 말은 듣지 않고 간신인 백비의 말만 듣다가 결국 월왕 구천에게 망한 것을 보아도 그렇다. 초나라 회왕도 마찬가지다. 회왕은 굴원의 영명함과 현능함을 시기 질투하여 그를 참소한 반대파인 간신 근상(靳尙)의 말을 듣고 굴원을 멀리했다. 이로 인해 정계에서 억울하게 쫓겨났다. 굴원의 나이 31세였다.

그 뒤 간신들의 농간으로 진초의 싸움이 일어나자 진이 화의를 청하며 진의 간신 장의를 초나라에 볼모로 두게 했다. 회왕은 굴원의 계책을 쓰지 않아 진초의 싸움이 일어난 것을 깨닫고 굴원을 다시 불렀다. 그리고 제나라 사자로 보냈다.

한편 굴원이 없는 사이, 장의는 근상에게 많은 뇌물을 주어 회왕은 또 근상의 말만 듣고 장의를 석방했다. 굴원도 제나라 사신으로 갔다가 돌아왔다. 이때가 33세이다. 그 후 진의 소왕은 회왕을 무관에서 만나려 했다. 이 때 굴원은 소왕은 믿을 수 없는 사람이니 만나지 말라고 했다. 회왕은 굴원의 말을 또 듣지 않았다. 결국 진나라에 속았고 거기서 객사했다.

그 뒤를 이어 경양왕이 위에 올랐다. 경양왕은 현명치 못하여 군신들의 아첨에 눈이 어두워 회왕의 잘못을 밝히지도 못하고 그대로 그 간신들을 주위에 둬 권력을 휘두르게 하니 또 정직하고 충성스런 굴원은 반대파인 자란에 의해 참소를 당하여 강남으로 쫓겨났다. 이 때 굴원의 나이 46세였다.

이소(離騷)는 이 사이에 저술한 것으로 추측한다.

사마천(BC145 - BC85)에 의하면 "굴원은 도를 바르게 하고 행동을 곧게 하여 충성을 다하고 지혜를 다하여 임금을 섬겼지만 참소하는 자는 이를 이간하여 곤궁에 처하게 했으니 믿음이 있는데도 의심을 받고 충성을 하였는데도 비방을 받았으니 어찌 억울하지 않겠는가. 그런 까닭에 굴평의 이소는 원망에서 나온 것이다."했다. 사람의 감정은 비슷하다. 사마천이 지적했듯이 이소를 읽으면 마음이 저려온다. 너무나 억울하고 안타까운 굴원의 마음이 글을 통하여 독자에게 전해지기 때문이다. 김만중은 서포만필에서 송강 정철의 〈사미인곡, 思美人曲〉을 일러 동방의 이소라 칭하기도 했지만 사미인곡은 원(怨)이 아닌 그리움으로 임금인 선조를 사모하는 연군의 정을, 여인이 남편을 잃고 연모하는 마음에 비겨서 노래한 작품이다.

굴원(BC343 - BC289)은 「離騷」 외에도 신과 인간이 어울려 한바탕 회한의 굿풀이를 하는 「九歌」, 님을 향한 그리움과 억울함에 대한 하소연 등을 비교적 짧은 9편의 시에 담은 「九章」, 우주 만물에 대해 170여 개의 질문을 던진 「天問」, 전쟁터에서 목숨을 잃은 군인들을 추모하는 노래 「國殤」, 무속에서 하는 초혼가의 형식을 빌려 조국에 대한 애국심과 백성들에 대한 연민을 노래한 「招魂」 등을 남겼다. 서한(西漢)의 유향(劉向)은 굴원과 그의 제자 송옥(宋玉)의 작품을 모아 ≪楚辭≫라고 이름을 붙인 책을 엮었고, 그 이후 이들의 시는 '초사'라는 일종의 문학 양식으로 일컬어지게 되었다. 4언을 위주로 하는 북방의 가요 ≪詩經≫의 시와는 달리 초사는 일반적으로 편폭(篇幅)이 길고, 시구마다 글자수가 다르고, 구법(句法)도 다양하다.

굴원은 비록 나이 54세에 울분에 차 자살했지만 중국에서는 지금까지도 그를 '위대한 애국시인' 혹은 '시신(詩神)'으로 부르고 있다.

굴원의 이소(離騷)는 373구 2490자로 된 고대 중국의 시가 중에서도 가장 긴 서정시이다. 굴원은 초나라 회왕 때 좌도(左徒) 벼슬에 있었는데 견문이 넓고 기억력이 뛰어났으며 역대의 치란(治亂)에 밝아 회왕으로부터 신임이 두터웠다. 굴원이 회왕의 명을 받아 초나라를 부강하게 하기 위해 헌령(憲令)을 기초하고 있었는데 굴원과 왕의 은총을 다투던 상관대부 근상이 그걸 가로채어 자신의 공적으로 삼으려 하였으나 굴원은 이를 거절하였다. 근상은 이에 굴원을 회왕에게 다음과 같이 참소하였다.

"굴원은 학식을 빙자하여 대왕을 업신여기며 무엇인가 딴마음을 품고 있는 듯합니다."

현명치 못한 초의 회왕은 근상의 말을 믿고 굴원을 멀리하였다. 굴원은 왕의 듣고 보는 것이 총명하지 않고 참소와 아첨이 임금의 밝음을 가로막는 것을 근심하고 비통해하면서 장편의 시를 지어 그의 울분을 토로하니 이 시가 그 유명한 굴원의 이소(離騷)이다. 373구에 2490자에 달하는 긴 글이라 여기서 옮겨 다루기가 버겁다. 그래서 초사를 읽어보기 바란다.

굴원은 초사(楚辭) 문학의 시조로 불리는 인물이다. 초사란 초인(楚人)의 노래란 뜻으로 굴원의 "이소(離騷)", "구가(九歌)", "천문(天問)", "어부" 등이 초사를 대표하는 작품들이다. 굴원의 작품은 사람의 마음을 아프게 하리만큼 애절한 정조를 담고 있어 우리나라의 고전 작가들에게도 많은 영향을 끼쳤다. 서포 김만중이 정철의 작품을 높이 평가하여 굴원의 "이소"에 비긴 점은 당시의 문인들이 굴원의 작품을 얼마나 높이 평가했는지를 단적으로 말해 주는 사실이다.

굴원은 너무나 청렴결백했기 때문에 참소를 당해 멀리 호남성(湖南省)에 있는 상수(湘水)가로 추방을 당했다 우수에 잠겨 헤매고 있을 때 그는 어부를 만났다. 어부는 굴원에게 세상에 순응해 살아갈 것을 권했으나 굴원은 더러운 세상과 타협해 살아가느니 차라리 강물에 빠져 죽는 것이 낫겠다는 단호한 의지를 표명했다. 그랬더니 어부는 '물이 맑으면 갓끈을 씻으련만 물이 흐려서 발이나 씻으리.'라는 "창랑가"라는 노래를 부르며 사라져 갔다는 내용이다. 끝내 울분을 참지 못하여 멱라수라는 물에 몸을 던졌던 굴원의 깨끗하고 강직한 성품이 어부의 삶의 자세와 대조되어 더욱 빛나고 있다고 하겠다.

이 작품은 굴원과 어부의 대화 형식으로 짜여져 있으며, 이를 통해 굴원의 고결하고 강직한 성품을 효과적으로 드러내고 있다.

다음은 각 작품의 일부분만을 살펴보면서 거기에 나타난 굴원의 사상을 소개하고자 한다.

1. 이소(離騷)

亂曰(난왈)
已矣哉國無人兮(이의재국무인혜)
莫我知兮(막아지혜)
又阿懷乎故都(우아회호고도)
旣莫足與爲美政兮(기막족여위미정혜)
吾將從彭咸[1]之所居(오장종팽함)

– 離騷 卒章 –

졸장(卒章)에 말하기를
그만 둘 것인가 나라에는 사람이 없으니
나를 알아줄 사람 없네.
또 어찌하여 옛 도읍을 그리워하랴
이미 함께 아름다운 정치를 할 수가 없는데
내 장차 팽함이 있는 곳을 따르려하네.

위의 글은 이소(離騷)의 마지막 장이다. 굴원의 생애는 파란만장(波瀾萬丈) 바로 그것이었다. 왕실의 후예로 태어나 높은 벼슬까지 오른 그가 정적의 모함으로 억울하게 겪은 두 번의 귀양살이는 그를 죽음에까지 이르게 한 눈물겹도록 슬프고도 안타까운 삶이다. 하지만 그의 올

---

[1] 彭咸(팽함) : 은나라의 어진 신하, 임금에게 간언했으나 받아들여지지 않자 물에 몸을 던져 죽었다.

곧고 깨끗한 자연과 함께한 자유인으로서의 삶이 그를 위대한 시인으로 거듭나게 했기에 그의 정치인으로서의 성공보다 더욱 귀하고 아름다운 삶이다. 가사 문학의 최고봉으로 일컬어지는 송강 정철의 〈사미인곡〉〈속미인곡〉이 굴원의 이소에 비유되기도 하는데 정철의 작품 또한 그의 귀양살이에서 쓰여진 것이다. 그런가 하면 시조계의 제일인자로 일컬어지는 고산 윤선도 또한 정계를 떠나 금쇄동에서 〈오우가〉를, 부용동에서 〈어부사시사〉 40수를 지은 것이다. 그런 작품들이 그들에게 있었기에 오늘날 국문학을 풍요롭게 하는 것이다. 이소(離騷) 또한 굴원의 그런 비극적인 삶이 있었기에 가능했다. 그리고 그것은 슬프도록 찬란하게 길이길이 빛나고 있다.

이 세상에는 뜻을 같이 할 사람이 없으니 팽함이 그랬듯이 굴원도 팽함의 길을 장차 따르리라 했는데 결국 그대로 이루어진 것이다.

다음은 유협(劉勰)의 『문심조룡文心調龍』에 나타난 굴원을 찬한 글이다.

赞曰 不有屈原 (찬왈 불유굴원)

豈見『離騷』(기견『이소』)

驚才風逸 (경재풍링)

壯志煙高 (장지연고)

山川無極 (산천무극)

情理實勞 (정리실로)

金相玉式 (금상옥식)

艶溢緇毫) (염일치호)

굴원이 없었다면
어떻게 이소를 볼 수 있었겠는가
놀라운 재능은 바람처럼 휘날리고
장쾌한 뜻은 구름처럼 높이 있으리
그가 묘사한 산천은 무궁하게 펼쳐지고
그가 드러낸 정리는 실로 힘들었구려.
금이나 옥 같은 훌륭한 것을 이룩하려면
아주 삭은 것에도 아름다움이 넘쳐나야 하리라.

2. 구가(九歌)

君不行兮夷猶(군불행혜이유)

蹇誰留兮中洲(건수류혜중주)

美要眇兮宜脩(미요묘혜의수)

沛吾乘兮桂舟(패오승혜계주)

令沅湘兮無波(영원상혜무파)

使江水兮安流(사강수혜안류)

望夫君兮未來(망부군혜미래)

吹參差[1]兮誰思(취참치혜수사)

- 九歌, 湘君 -

상군이 가지 않고 머뭇거리니

누구를 물가에서 기다리게 하나

아름다움이 몹시 고와서 몸을 잘 닦았으니

내가 탄 계수나무 배가 앞으로 가네.

원상으로 하여금 파도가 없게 하여

강물이 편안히 흐르게 하라

상군을 기다려도 오지 않으니

퉁소 부는 것은 누구를 생각함인가.

---

1 參差(참치) : ① 악기 이름, 퉁소 ② 가지런하지 않은 모양 ③ 參은 세 개가 섞인 것, 差는 두 개가 섞인 것을 의미.

구가(九歌)는 신과 인간이 어울려 한바탕 회한의 굿풀이를 하는 과
정을 읊은 것이다. 위의 글은 구가(九歌) 중 상군의 첫 장이다. 상군은
요임금의 큰 딸 아황이다. 요임금은 두 딸 아황과 여영을 순임금의 비
로 세웠다. 순이 죽자 창오(蒼梧)에서 장사지냈다. 이에 두 비는 원상
(沅湘)사이에서 빠져 죽었다. 그 후 이들을 신화시켜 아황은 정비이기
때문에 상군이라 하고 여영은 한 단께 낮추어 상부인이라 했다. 그래서
구가에서는 이들을 제사지내는 노래를 지었는데 그것이 상군과 상부
인이다. 여기서는 상군만 소개한다. 원상(沅湘)은 동정호(洞庭湖) 남쪽
에 있는 두 갈래 물이다.

3. 천문(天問)

稷維元子 帝何惡之(직유원자 제하오지)
投之于氷上 鳥何燠1之(투지우빙상 조하욱지)
何馮弓挾矢(하빙궁협시)
殊能將之(수능장지)
旣驚帝切激(기경제절격)
何逢長之(하봉장지)

직은 원자인데도 제곡은 어찌해서 미워했는가
얼음 위에 버리자 새들은 어찌해서 덮어주었는가
어찌해서 활을 당기고 화살을 메워
뛰어난 재주로 쏘았던가.
이에 제곡을 몹시 놀라게 했는데
어찌해서 자손이 나라를 오래 다스렸던가.
- 天問 後9半部 -

주나라 태조 후직(后稷)은 그 어머니 강원(姜源)이 제곡의 원비(元妃)가 되었는데 들에 나갔다가 거인의 발자취를 보고 이것을 밟자 그 뒤 아기를 잉태하여 낳았다. 그러나 상서롭지 못하다 하여 아기를 거리에 버렸는데 마소가 모두 피해 갔다. 숲 속에 버려도 안 되어 얼음 위에 버렸더니 이제는 새들이 날개로 따뜻하게 덮어 주었다. 강원은 이를 신비스럽게 여

---

1 燠 : ① 따뜻할 (욱), 덮을 (욱) ② 입김 몰아 불 (오)

겨 아기를 다시 데려다가 길렀다. 후직의 이름이 기(棄)인 것도 여기에 연유한다. 후직의 태생을 보면서 주몽이 생각난다. 주몽도 후직과 비슷한 과정을 겪었기 때문이다.

굴원이 방축(放逐)되어 산택을 방황하고 육지를 돌아다니면서 하늘을 우러러 탄식했다. 선왕의 사당과 공경의 사당에서 쉬다가 거기에 그려진 옛 성인들과 천지산천의 신령을 우러러 보면서 답답하고 억울한 자신의 심회를 신들에게 풀어 놓는다 이것이 천문이다. 곧 하늘에 묻는다.

4. 복거(卜居)

詹尹乃釋策而謝曰(첨윤내석책이사왈)

夫尺有所短(부척유소단)

寸有所長(촌유소장)

物有所不足(물유소부족)

智有所不明(지유소불명)

數有所不逮(수유소불체)

神有所不通(신유소불통)

用君之心(용군지심)

行君之意(행군지의)

龜策誠不能知事(귀책성불능지사)

- 卜居, 卒章 -

첨윤이 이에 톱풀을 놓고 사례하기를

대체로 자는 짧을 수가 있고

치라도 길수가 있네

물건은 부족한 것도 있고

지혜도 밝지 못하는 것이 있네

그대의 마음을 그대로 써서

뜻대로 행해보게

거북점 톱풀은 진실로 능히 일을 알지 못하네.

굴원은 자신의 삶이 너무 억울하여 신명에게 물어 시귀(蓍龜)의 결정을 기다려 세상에서의 행할 바를 결정 하려고 태복의 집을 찾았다. 굴원의 얘기를 듣고 점을 친 태복의 답이 바로 위 글이다.

'신도 통하지 못하는 것이 있네. 그대의 마음을 그대로 써서 뜻대로 행해보게. 거북점 톱풀은 진실로 능히 일을 알지 못하네.'

거북점이 신령하다고는 하지만 그대같이 밝은 지혜가 있는 자에게는 신력도 통하지 않는 다는 것이다. 그대가 뜻하고 그대가 행하려고 하는 것은 그 의리가 해와 별처럼 뚜렷이 밝으니 어디에도 물어볼 필요가 없다는 것이다. 그러니 그대의 뜻대로 행하라고 한다. 귀책은 의리가 명명백맥한 뜻에 대하여는 길흉을 말할 수 없다는 것이다. 그러고 보면 지혜가 밝지 못하는 사람이 점을 보는 것이고 어리석은 자에게나 귀신은 말해주는 것이 된다. 귀책(龜策)의 허(虛)와 실(實)을 새겨둘만 하다.

5. 어부사(漁夫辭)

屈原旣放 游於江潭 行吟澤畔

(굴원기방 유어강담 행음택반)

顔色樵悴 形容枯槁(안색초췌 형용고고)

漁父見而問之曰 子非三閭大夫與

(어부견이문지왈 자비삼려대부여)

何故至於斯(하고지어사)

屈原曰(굴원왈)

擧世皆濁 我獨淸(거세개탁 아독청)

衆人皆醉 我獨醒 是以見放

(중인개취 아독성 시어견방)

漁父曰(어부왈)

聖人不凝滯於物(성인불응체어물)

而能與世推移(이능여세추이)

世人皆濁(세인개탁)

何不其泥而揚其波(하불기니이양기파)

衆人皆醉(중인개취)

何不餔其糟而其(하불포기조이기)

何故深思高擧(하고심사고거)

自令放爲.(자영방위)

屈原曰吾聞之(굴원왈오문지)

新沐者必彈冠(신목자필탄관)

新浴者必振衣(신욕자필진의)

安能以身之察察 受物之汶汶者乎

(안능이신지찰찰 수물지문문자호)

寧赴湘流(영부상류)

葬於江魚之腹中(장어강어지복중)

安能以皓皓之白(안능이호호지백)

而蒙世俗之塵埃乎(이몽세속지진애호)

漁父莞爾而笑(어부완이이소)

鼓而去乃歌曰,(고이거내가왈)

滄浪之水淸兮 可以濯吾纓(창랑지수청혜 가이탁오영)

滄浪之水濁兮 可以濯吾足(창랑지수탁혜 가이탁오족)

遂去不復與言(송거불부여언)

- 漁夫辭, 卒章 -

굴원이 이미 내쫓겨 강담(江潭)에서 노닐며, 못가를 거닐면서 시를
읊는데 굴원의 얼굴빛은 해쓱하고 모습이 초라했네.

한 어부 노인 그를 보고는 말하길 "그대는 삼려대부가 아니신가요?
어인 까닭으로 이런 지경에 이르시었소?"

굴원 왈

"온 세상 모두 혼탁한데 나만 홀로 깨끗하였소.

모두들 취해있는데 나 홀로 깨어 있으니 그래서 추방을 당한 것이오."

어부가 말하기를

"성인은 사물에 얽매이거나 막히지 않고

능히 세상의 추이에 따라 살아가야 하는 것인데,

세상이 모두 혼탁하면

왜 그 진흙을 휘 젖고 흙탕물을 일으키지 않으며

뭇사람들이 모두 취해있으면

왜 그 술지게미를 먹고 薄酒(박주)를 왜 마시지 않으셨소?

무슨 까닭으로 깊은 생각과 고상한 행동으로

스스로 추방을 당하시었소?"

굴원 이를 듣고 말하기를

"내 들기로, 막 머리를 감은 자는 반드시 冠(관)을 털어서 쓰고

막 목욕을 한 자는 반드시 옷을 털어 입는다 하였소이다.

어찌 깨끗한 몸을 더러운 곳에 집어넣겠소이까?

차라리 소상강에 뛰어들어

물고기의 배속에서 葬事(장사)를 지낼지언정

어찌 희디흰 純白(순백)으로

世俗(세속)의 먼지를 뒤집어쓴단 말이요?"

어부가 빙그레 웃으며

노를 두드려 떠나가며 이에 노래를 불러 말하기를

'창랑의 물이 맑으면 내 갓 끈을 씻을 것이요

창랑의 물이 흐리면 내 발을 씻으리라.'

드디어 어부는 떠나가고 다시 더불어 말할 수 없었다.

≪사기≫에는 〈회사부(懷沙賦)〉를 싣고 있는데, 이는 절명(絶命)의 노래이다. 번역된 그 일부를 소개하고 마무리 한다.

회사부(懷沙賦) / 굴원

[세상은 역(逆)이로다.

백(白)을 흑(黑)이라 하며 위를 아래라 하네.

봉황은 농(籠)속에 갇히고

닭, 꿩이 하늘을 날면서 춤추네.

옥석(玉石)을 뒤섞어 한꺼번에 됫박질을 하다니.

……

탕왕(湯王)과 우왕(禹王)의 세상은 먼 옛적의 일,

사모(思慕)하기는 너무나 멀구나.

박해를 당해도 난 후회하지 않고,

뒤에 오는 사람에게 오히려 모범이 되려 한다네.

……

나를 비호하는 지기(知己)는 없고,

백락(伯樂)은 벌써 이승에 없어 준마를 볼 줄 모르네.

사람은 태어나 명을 받고 그 살아가는 길 정해져 있네.

내 뜻이 굳건한데 그 무엇을 두려워하랴.

……

죽음을 피할 길 없을 바엔

차라리 목숨을 아낄 생각이 없네.]

그리고

굴원은 돌덩이를 품에 묶고 멱라(汨羅)에 몸을 던졌다.

굴원 같은 충신을 몰아낸 초나라는 결국 그 뒤 진나라에 의해 멸망되었다.

한시감상 1

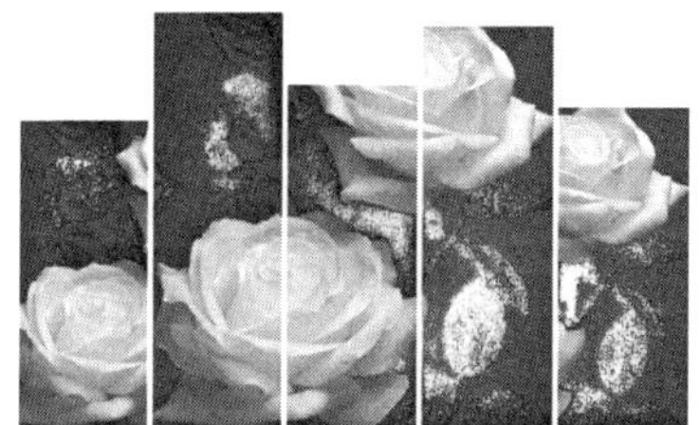

1. 제가야산 독서당/최치원

狂奔疊石吼重巒 (광분첩석후중만)

人語難分咫尺間 (인어난분지척간)

常恐是非聲到耳 (상공시비성도이)

故敎流水盡籠山 (고교루수진롱산)

- 東文選 -

첩첩 바위에 미친듯이 뿜어 내

중첩한 산봉우리를 크게 울리니

지척간 말소리도 분간하기 어려워라

항상 시비소리가 귀에 들릴까 두려워

일부러 흐르는 물로 산을 모두 싸버리네

최치원(崔致遠857(문성왕 19)~?)은 신라 말기의 학자이다. 본관은 경주(慶州)이고 자는 고운(孤雲)·해운(海雲)이다. 아버지는 견일(肩逸)로 숭복사(崇福寺)를 창건할 때 그 일에 관계한 바 있다. 경주 사량부(沙梁部) 출신이다. 〈삼국유사〉에 의하면 본피부(本彼部) 출신으로 고려 중기까지 황룡사(皇龍寺)와 매탄사(昧呑寺) 남쪽에 그의 집터가 남아 있었다고 한다.

868년(경문왕 8) 12세 때 당나라에 유학하여 서경(西京 : 長安)에 체류한 지 7년 만에 18세의 나이로 예부시랑(禮部侍郎) 배찬(裴瓚)이 주시(主試)한 빈공과(賓貢科)에 장원으로 급제했다. 879년 고변이 제도

행영병마도통(諸道行營兵馬都統)이 되어 황소(黃巢)·토벌에 나설 때 그의 종사관(從事官)으로 서기의 책임을 맡아 표장(表狀)·서계(書啓) 등을 작성했다. 880년 고변의 천거로 도통순관 승무랑 전중시어사 내공봉(都統巡官承務郎殿中侍御史內供奉)에 임명되고 비은어대(緋銀魚袋)를 하사받았다. 이때 군무(軍務)에 종사하면서 지은 글들이 뒤에 〈계원필경 桂苑筆耕〉 20권으로 엮어졌다. 특히 881년에 지은 〈격황소서 檄黃巢書〉는 명문으로 유명하다.

885년 신라로 돌아와 헌강왕에 의해 외교문서 등의 작성을 담당했다. 이듬해 당나라에서 지은 저술들을 정리하여 왕에게 헌상했다. 이처럼 문장가로서 능력을 인정받기는 했으나 골품제의 한계와 국정의 문란으로 당나라에서 배운 바를 자신의 뜻대로 펴지 못했다. 당시 신라사회는 극도의 혼란을 겪고 있었고 중앙귀족들의 권력쟁탈과 함께 집권적인 지배체제가 흔들리면서 지방 세력의 반발과 자립이 진행되고 있었다.

그 뒤 당나라에 있을 때나 신라에 돌아와서나 모두 난세를 만나 포부를 마음껏 펼쳐보지 못하는 자신의 불우함을 한탄하면서 관직에서 물러나 산과 강, 바다를 소요자방(逍遙自放)하며 지냈다. 만년에는 가족들을 데리고 가야산 해인사(海印寺)에 들어가 모형(母兄)인 승려 현준(賢俊) 및 정현사(定玄師)와 도우(道友)를 맺고 지냈다.

그의 문장은 문사를 아름답게 다듬고 형식미가 정제된 변려문체(駢儷文體)였으며, 시문은 평이근아(平易近雅)했다. 당나라에 있을 때 고운(顧雲)·나은(羅隱) 등의 문인과 교유했으며, 문명을 널리 떨쳤다. 오늘날까지 전하는 것으로는 〈계원필경〉〈사산비명〉·〈법장화상전〉이 있

으며, 〈동문선〉에 실린 시문 몇 편과 후대의 사적기(寺跡記) 등에 그가
지은 글의 편린이 전한다.

고려시대에 들어와서 1020년(현종11) 내사령(內史令)에 추증되고
성묘(聖廟 : 孔子廟)에 종사(從祀)되었으며, 1023년 문창후(文昌侯)에
추봉(追封)되었다. 조선시대에 들어 태인 무성서원(武成書院), 경주 서
악서원(西嶽書院), 함양 백연서원(柏淵書院), 영평 고운영당(孤雲影
堂) 등에 제향 되었다.

위의 시 제가야산독서당(題伽倻山讀書堂)은 최치원이 만년에 가족
들을 데리고 가야산에 들어가 은거할 때의 작품으로 본다. 위에서도 밝
혔듯이 고운은 당나라에서 배우고 익힌 그의 학문과 지식을 맘껏 펼치
지 못했다. 기울어져가는 나라 정세며 혼란한 사회현상에서 뜻을 제대
로 펼 칠 수가 없어 스스로 관직을 물러났다. 그리고는 유랑의 길을 떠났
다. 산과 강 바다 등 발이 닿는 대로 다녔다. 그렇게 헤매다 마지막으로
들어간 곳이 가야산이다. 그러니 세상 소리에 귀를 막고 싶을 것이다.

여름 장마가 지나간 후 산골 계곡물은 많이도 불어났다. 사람이라도
삼킬 듯이 물소리는 요란하다. 물은 세차게 바위에 부딪히기도 하며 굉
음을 낸다. 그 소리에 지척간의 말소리도 잘 들리지 않는다. 항상 세상
의 시비소리가 듣고 싶지 않았는데 자연의 물소리가 이를 막아주니 고
마울 뿐이다. 시대를 잘 못 타고 났음을 탓해서 무엇 하리. 난세에 인물
은 나는 것이라네.

최치원의 다음 시도 함께 감상해 보자.

秋風惟苦吟 (추풍유고음)

世路少知音 (세로소지음)

窓外三更雨 (창외삼경우)

燈前萬里心 (등전만리심)

- 최치원, 秋夜雨中 -

가을바람에 오직 괴로이 읊어도

세상에는 아는 이 별로 없네.

창밖엔 삼경에 비가 내리고

등잔 앞 마음은 만리를 가네.

괴롭도록 읊고 읊어도 알아 주는 이가 없으니 막막하고 답답할 뿐이다. '소 귀에 경 읽기'가 이래서 나왔을까? 뜻이 통하는 친구나 동료가 있다는 것은 참으로 행복이다. 최치원은 천재로 알려져 있다. 그런 그였기에 12살에 당나라에 유학 가서 7년 만에 과거에 장원을 했으니. 그 명성이 당나라에서 울렸다. 더구나 명문장으로 알려진 〈격황소문〉은 당나라 말기에 반란을 일으킨 황소에게 항복을 종용하는 내용의 글로 논리정연하며 세련된 표현으로 중국에서 최치원의 명성은 더 높아갔다. 이러한 그가 고국인 신라에 돌아와 만족스런 직책과 일을 못했으니 '아무리 읊어도 知音이 없다.' 고 할만하다. 시간은 삼경인 한 밤인데 창밖엔 가을비가 추적추적 내리고, 가물대는 등잔을 앞에 두고 마음은 날개를 달고 꿈꾸는 세계로 달려간다.

시속에 앉은 시인의 모습이 가을비속에 그려지는 한 폭의 그림 같은 '가을서정'이다.

2. 어촌낙조/이제현

落日看看啣遠岫 (낙일간간함원수)

歸潮咽咽上寒汀 (귀조인인상한정)

漁人去入蘆花雪 (어인거입노화설)

數點炊烟晚更靑 (수점취연만경청)

- 東文選 -

떨어지는 해는 차차 먼 산봉우리에 빠지는데

돌아오는 조수는 철석철석 찬물가에 오른다.

고기 잡는 사람들은 흰갈대꽃 속으로 들어갔나니

두어 점 밥 짓는 연기는 날이 저물어 더욱 푸르다.

위 시는 저자의 〈소상팔경瀟湘八景〉 중 〈어촌낙조漁村落照〉이다.
〈소상팔경〉은 다른 시인의 시에 次韻을 하여 화답한 시이다. 한시에서
는 이렇게 차운을 즐겨 하는 것을 볼 수 있다. [동문선]에 의하면 특히
〈춘일소양강행〉차운시가 유독 많은 것을 볼 수 있다. 그 시절에는 소양
강에 가는 것도 큰 행차고 나들이 인 것을 이들 시들을 읽으며 짐작할
수 있다.

〈어촌낙조漁村落照〉 또한 매력적인 시의 소재이고 바라만 보아도
시인에게는 시상을 떠오르게 한다. 그 많은 시인들이 낙조를 읊었건만
아직도 낙조의 시는 샘물처럼 마르지 않는다.

낙조는 서녘하늘을 곱게도 물들이더니 산 너머 咸池[1]로 빠져들고 돌

아오는 조수는 철석이며 찬 기운을 들어 올린다. 어부들은 눈처럼 하얀 갈대꽃 속으로 고기 낚으러 들어갔는데 마을에선 저녁연기가 저문 날에 더욱 푸르기만 하다.

이제현(李齊賢1287, 충렬왕13~1367, 공민왕16)은 고려 후기의 문신이며 시인이다. 중국에서 성리학을 들여와 발전시켰으며 많은 시문을 남겼다. 본관은 경주(慶州)로 초명은 지공(之公)이다. 자는 중사(仲思)이고, 호는 익재(益齋)·실재(實齋)·역옹(櫟翁) 등으로 불렸다. 아버지는 검교정승인 진(瑱)이다.

1301년(충렬왕 27) 15세에 성균시에 장원을 하고, 이어 대과에 합격했으니 대단한 인물임에는 틀림없다. 그러니 그해 대학자인 권보(權溥)가 사위로 삼았다. 1303년 권무봉선고판관과 연경궁 녹사를 거쳐 1308년 예문춘추관 등 여러 관직을 역임했다. 1314년(충숙왕 1) 백이정의 문하에서 정주학(程朱學)을 공부했다. 같은 해 원나라에 있던 충선왕이 만권당(萬卷堂)을 세워 그를 불러들이자 연경(燕京)에 가서 원나라 학자 요수·조맹부·원명선 등과 함께 고전을 연구했다.

1319년 원나라에 갔다가 충선왕이 모함을 받고 유배되자 그 부당함을 원나라에 밝혀 1323년 풀려나오게 했다. 충선왕으로서는 더 없이 고마운 똑똑한 신하였다. 그 후 1357년 문하시중에 올랐다. 그러나 곧 사직하고 학문과 저술에 몰두했다. 이렇게 예 사람들은 적절한 시기에 떠날 줄을 알았다.

익재 이제현은 탁월한 유학자로 성리학 발전에 매우 중요한 역할을

---

1 咸池(함지) : 해가 지는 곳, 扶桑(부상 : 해가 뜨는 곳)

했다. 충목왕 때는 개혁안을 제시하여 격물치지(格物致知)와 성의정심 (誠意正心)의 도를 강조하기도 했다. 문학에 있어서는 도와 문을 본말 (本末)의 관계로 파악하여 이들을 같은 선상에 두면서도 도의 전달에 상대적인 비중을 두는 문학관을 지니고 있었다. 그의 시는 형식과 내용 이 조화를 이루면서도 수기치인(修己治人)과 관계되는 충효사상·관풍 기속(觀風記俗)·현실고발의 내용과 주제도 담고 있는데 영사시(詠史 詩)가 많은 부분을 차지하는 것이 특징이다. 산문은 앞 시대의 형식 위 주의 문학을 배격하고 내용을 위주로 한 재도적(載道的)인 문학을 추 구했다. 그래서 〈익재난고〉의 〈소악부 小樂府〉에는 고려의 민간가요 를 7언절구로 번역한 17수가 수록되어 있기도 하다. 이것을 오늘날 고 려가요 연구에 귀중한 자료가 된다. 저술로는 〈익재난고〉 10권과 〈역 옹패설〉 2권이 전한다. 경주의 구강서원과 금천의 도산서원에 제향 되 었고, 공민왕 묘정에 배향되었으며, 시호는 문충공(文忠公)이다.

익재는 시의(詩意)를 효과적으로 나타내는 방법으로 수사적 기법을 중요시 했다. 다음 시에서 이런 점들을 살펴보자.

①
夏凉冬暖飼鮮肥 (하량동난향선비)
何事入雲去不歸 (하사 입운거불귀)
海燕不曾資一粒 (해연불증자일입)
年年還傍畵梁飛 (연연환방획양비)
- (郭預), 壽康宮逸鷴詩 -

여름 겨울 기운 맞춰 살찌게 길렀는데
무슨 일로 구름 속으로 사라져 돌아오질 않나
제비에겐 낟알 하나 준 적 없건만,
해마다 돌아와 들보 옆을 나르네.

②
凌晨走馬入孤城 (능신주마입고성)
籬落無人杏子成 (이락무인행자성)
布穀不知王事急 (포곡부지왕사급)
傍林終日勸春耕 (방임종일권춘경)

새벽에 말을 달려 고성으로 들어가니,
울타리 무너지고 사람 없는데 살구만 매달려 있네.
뻐꾸기는 나라일 급한 줄 모르고
숲가에서 온 종일 봄갈이 재촉하네.
- 鄭允宜, 贈廉使詩 -

①은 곽예(郭預)의 수강궁일요시(壽康宮逸鷁詩)로 더울 때는 시원
하게, 추울 때는 따뜻하게 하며 온갖 정성을 들여 배불리 먹이며 키워
왔지만 다른 곳으로 가버린 새매를 배은망덕한 존재로 비유하고, 평소
에 아무런 도움도 주지 않고 돌봐주지도 않았는데 해마다 찾아오는 제
비를 따뜻한 마음을 가진 이상적인 인간으로 부각시켜 인간사의 양면
을 대립시켜 인간의 모습을 풍류하고 있다.

②는 정윤의(鄭允宜)가 지은 증렴사시(贈廉使詩)로 나라일로 급한 사람과 그것을 모르고 한가롭게 우는 뻐꾸기의 울음을 대조시키고 있다. 하지만 뻐꾸기도 온종일 울면서 봄갈이를 재촉한다 했으니 나라일 하는 관리나 농사일 하는 농부나 이를 재촉하는 뻐꾸기나 모두가 자기 역할에 충실하니 만물은 결국 제각각 자기의 뜻을 펼치고 있음을 노래한 것으로 보인다.

익재는 이 두 시를 미묘하고 완곡한 것으로 평하고 있다. 즉, 수사적인 기법이 시의(詩意) 표현에 효과적으로 작용하고 있음을 보였다.

3. 전부탄(田婦歎) 2수/이달충

霖雨連旬久未炊(임우연순구미취)
門前小麥正離離(문전소맥정이이)
待晴欲刈晴還雨(대청욕예청환우)
謀飽爲傭飽易飢(모포위용포이기)

夫死紅軍子戍邊(부사홍군자수변)
一身生理正蕭然(일신생리정소연)
竿冠笠雀登冠頂(간관입작등관정)
拾穗擔筐蛾撲肩(　　　　　　　)

장마비가 십여일 연이어 오니 불을 때지 못한지가 오래구나
문 앞에는 소맥이 바르게 늘어져 있어
날이 맑으면 배고파하니 맑았다가도 비가 오는구나.
배를 채우고자 품팔이를 하니 쉬이 배가 고프네.

남편은 홍군에서 죽고, 아들은 변방에서 수자리를 서니.
일신의 생리는 정히 소연하네.
막대를 짚고 삿갓을 쓰니 새가 삿갓에 오르고.
이삭을 줍고 광주리를 매니 나비가 어깨를 두드린다.

제목이 말해주듯이 田婦(전부)의 生活苦(생활고)를 表出(표출)한 것

이다. 10 여일의 장맛비로 인한 농촌 생활의 어려움을 나타냈다. '불을 때지 못함'은 땔감이 없어서라기보다는 먹을 양식이 없음을 의미한다. 이는 그 後行(후행)에서 쉽게 알 수 있다. '주린 배를 채우고자 품팔이를 하니 부른 배도 쉬이 고프더라'에서 貧寒(빈한)한 田婦(전부)의 生活相(생활상)을 알 수 있다. 그 시절의 생활상이 어떠했던가를 짐작하게 한다. 작가는 그의 작품 속에 그 자신과 더불어 그 시대상을 표현한다는 T.S.Eliot 의 말[1]을 확인하게 한다.

본 〈田婦歎(전부탄)〉은 그 시대 농촌 서민의 생활상의 일부를 표출했을 뿐만 아니라 그 시대상까지도 표출했다. '남편은 홍군에서 죽고 아들은 변방에서 戍(수)자리를 서네.'에서 그 시대적 상황을 알 수 있다. 남편을 홍건적에 잃고, 또 아들마저 변방으로 보내야 하는 田婦(전부)의 심정을 고스란히 표출했다. 이러한 田婦(전부)의 생활을 통하여 그 시대 농촌 여인들의 極限的(극한적)인 어려움을 斟酌(짐작)할 수 있다.

또 이러한 田婦(전부)의 심정은 평화로운 농촌의 자연 분위기를 자아내기보다는 壯丁(장정)들이 없는 농촌 가정의 쓸쓸하고 적막함을 더해 준다. 그래도 '막대를 짚고 삿갓을 쓰니 새가 삿갓에 오른다'와 '이삭을 줍고 광주리를 매니 나비가 어깨를 두드린다.'에서 어렵게 살아가는 田婦(전부)의 蕭然(소연)한 생활 속에서도 자연에게서 위로를 받는 소박하고 평화로운 모습이 표출되기도 했다.

---

1 T.S.Eliot, Seiected Prose (Penguin Book, 1956) p.55. 참조..

4. 증군동심결(贈君同心結)/이달충

贈君同心結(증군동심결) 그대에게 동심결을 드리니
貽我合歡扇(이아합환선) 나에게는 합환선을 주더라
君心竟不同(군심경부동) 그대 마음 필경은 같지 않으니
好惡千萬變(호오천만변) 좋아하고 미워함이 천만 번 변하니
我歡亦未成(아환역미성) 내 기쁨을 역시 이루지 못하고
憔悴日夜戀(초췌일야연) 밤낮 초췌한 모습으로 그대 생각 뿐
棄捐不怨君(기연불원군) 버려도 그대 원망하지 않으리.
新人多婉變(신인다완련) 새 사람은 뛰어난 미인이라
婉變能幾時(완련능기시) 그 어여쁨 얼마나 가리
光陰疾於箭(광음질어전) 세월은 빠르기 화살 같아라
焉知如花人(언지여화인) 꽃다운 그 사람이 어찌 알랴
亦有欺皺面(역유기추면) 늙으면 추한 모습이 역시 되는 것을.

사람에게는 일곱 가지의 정서가 있다. 그것이 外物(외물)에 의하여
감동되어 그 뜻을 자연스럽게 표현하기도 한다. 곧 시어로 표출된 감정
의 표현을 의미한다. 곧 시이다. 그래서 "시는 뜻의 표현이니 마음속에
있으면 뜻이요 말로 표현되면 시"라 하여 "문은 곧 그 자신"이라든지
"시인은 그의 시속에 그 자신을 표현한다"는 말과 그 의미를 같이 한
다. 그래서 글을 보면 작자의 감정을 알 수 있고, 사상을 알 수 있고, 철
학을 알 수 있고, 그 생활 경험까지 알 수 있다. 그러므로 똑 같은 사물
을 보고도 작가에 따라 그 감정 표출이 다르고, 각기 다른 시상으로 표

현되기 마련이다.

　이와 유사한 장자의 事物觀(사물관)을 보면 "보는 이의 관점에 따라 이렇게도 볼 수 있고 저렇게도 볼 수 있다."[1] 곧 '이것' 같기도 하고 '저것' 같기도 한 '似如(사여)의 槪念(개념)'을 나타낸다. 한 가지 예로서 '물'을 두고 읊은 고산의 〈五友歌〉에 나오는 '물'과 황진이 시에 나오는 물(碧溪水벽계수)은 그 樣相을 달리 한다. 곧 반대의 의미를 가진다. 孤山(고산)은 '물'을 不斷(부단)의 持續感情(지속감정)으로 표현한데 비하여 황진이는 一到蒼海(일도창해)하면 다시 오지 못하는 숙명적인 斷絶感情(단절감정)으로 표현했다. 그러므로 '文(문)은 곧 그 자신의 표출로서 그의 사상, 감정, 철학, 살아온 인생 경험, 등 그 모든 것이 複合(복합)된 인간 그 自體(자체)이다.

　〈閨情(규정)〉은 제목에서도 알 수 있듯이 여성적인 시이다. 본 시는 卍海(만해)와 그의 시가 연상된다. 日帝下(일제하)에서도 대쪽같이 곧고 굽힐 줄 몰랐던 만해의 그 강직한 성격에서 그 부드러운 여성적인 시집 「님의 침묵」이 나왔듯이 麗末(여말) 신돈의 독점적인 횡포 속에서 감히 아무도 대적 못할 신돈을 향해 면전에서 직언을 할 수 있을 정도의 강직하고, 불굴의 성격을 가진 이달충이 이렇게 부드러운 여성적인 시를 읊었다는데 놀라움마저 가지게 한다.

　同心結(동심결)은 서로의 마음을 하나로 맺자는 의미이다. 이에 비해 합환선은 바람을 내어 흩트리니 반대 개념이다. 이렇게 마음이 다르고, 수없이 변하는 그대의 사랑이건만 여인은 그 사랑을 잊지 못하여 밤낮 초췌한 모습으로 그리워한다. 그러면서도 원망은 하지 않으려는 여인

---

1 莊子, 齊物篇

의 가련한 마음, 버려도 원망하지 않는다는 여인의 결연한 마음이 표출
되었다. 이 구절은 '나보기가 엮겨워 가실 때에는 죽어도 아니 눈물 흘
리오리다'란 소월의 〈진달래 꽃〉을 연상케 하기도 한다. 그래도 새사람
의 아름다움에 밀려난 마음은 서운함을 안고 '늙으면 그 아름다움도 추
해진다'고 하여 자연의 순리에 역행하려는 인간의 마음을 깨우쳐 주기
도 한다.

5. 방림역(芳林驛)/이달

西陽下溪橋 (서양하계교)
落葉滿秋逕 (낙엽만추경)
蕭蕭客行孤 (소소객행고)
馬渡寒溪影 (마도한계영)

- 大東詩選 -

서녘 해 계곡 다리를 비추고
낙엽은 가을 길에 가득하네
쓸쓸한 나그네 길은 외롭고
말은 차가운 시내를 건너는 그림자라네.

손곡(蓀谷) 이달(李達)은 평생을 유랑으로 떠돌다 죽은 인물이다. 당시의 사회를 비판하고 질타한 [홍길동전]을 쓴 허균의 스승이기도 하다. 이러한 그가 강릉을 지나다가 쓴 시이다. 나그네의 고독을 표출하는 시어들이 운용되어 은유의 효과를 드러낸다. 서양(西陽), 낙엽(落葉)·추경(秋逕)·소소(蕭蕭)·고(孤) 등의 시어들은 나그네 의 고적함을 표현하기에 충분하다.

인적 없는 가을 숲길을 비스듬히 석양에 비끼어, 느릿느릿하게 차가운 시내를 건너는 나그네의 말 탄 그림자, 한 폭의 수묵화의 여유와 여백이 묻어나는 시속의 그림이다.

마지막 '그림자 영(影)'에서 이 시의 묘미를 맛본다. 반쪽 양반, 서자

(庶子)로 태어나 평생을 떠돌아야 하는 한 많은 나그네의 길이기에 서러운 울음도 삼키며 걸어온 그림자를 뒤돌아 본다.

손곡 이달(蓀谷 李達, 1539~1609)은 여말선초(麗末鮮初)에 예문관대제학(藝文館大提學)을 역임한 쌍매당 이첨(雙梅堂 李詹, 1345~1405)의 후예다.

강원도 원주시 부론면(富論面) 손곡리(蓀谷里)에서 출생한 손곡(蓀谷)은 일찍부터 문장에 능하고 글씨에 조예(造詣)가 깊었다.

그러나 어머니가 천인 신분(賤人 身分)이었기에 그 시절 조선조 사회에서 서얼(庶孼)로서의 한계를 느낄 수밖에 없었고, 따라서 그 능력 또한 쉽사리 세상에서 빛을 볼 수가 없었다.

서포 김만중(西浦 金萬重,1637~1692)은

"손곡(蓀谷)의 작품인 「별리예장(別李禮長)」을 가리켜 ' 조선을 통틀어서 오언절구(五言絶句)의 최고작' 이라고 논평했다. 그 만큼 시재(詩才)와 문장력이 뛰어났다. 그래서 선조 때 사역원(司譯院)의 한리학관(漢吏學官)이 되기도 했다. 그러나 자신의 뜻에 맞지 않다는 이유로 곧 사직하고 향리에서 은거했다.

손곡(蓀谷)은 기녀(妓女) 홍랑(洪娘)의 연인으로 유명한 고죽 최경창(孤竹 崔慶昌,1539~1583)과 (가사문학의 효시인) 옥봉 백광훈(玉峯 白光勳,1537~1582)과 함께 뜻을 모아 시사(詩社)를 조직했다. 그리고 고죽(孤竹)과 옥봉(玉峯)의 스승인 사암 박순(思庵 朴淳,1523~1589)을 만나 당대(唐代)의 여러 시집(詩集)들을 접하게 되었다. 그러면서 시(詩)의 정법(正法)이 당시(唐詩)에 있음을 깨닫고 당시인(唐詩人)의 시체(詩體)를 탐구하면서 율시(律詩)와 절구(絶句)를 지으며 5년 동안 오로지 시법의 연구에만 몰두했다. 그 결과, 신라와 고려를 통틀어 당시(唐詩)에서 아무도 손곡(蓀谷)을 따를 수 없다는 평이 사람들 사이에 회자(膾炙)되었다. 그리고 손곡은 고죽(孤竹)과 옥봉(玉峯)과 함께 삼당시인(三唐詩人)으로 불린다. 그 가운데서도 손곡을 제일인자로 꼽는다.

손곡(蓀谷)의 명성과 고결한 인품은 당시의 명문 귀족이었던 초당 허엽(草堂 許曄, 1517~1580)으로 하여금 자녀 교육을 맡기게 한다. 허엽은 그의 자녀들인 난설헌 허초희(蘭雪軒 許楚姬, 1563~1589)와 교산 허균(蛟山 許筠, 1569~1618) 의 교육을 맡기며 제자로 삼아줄 것을 부탁한다.

손곡(蓀谷)은 그들 남매에게 교육과 함께 자신의 이상도 전수시켰다고 본다. 그것은 훗날 교산 허균이 적서 타파(嫡庶 打破)를 주장하며 서자(庶子)를 주인공으로 내세운 『홍길동전(洪吉童傳)』에서 잘 나타난다. 곧 스승인 손곡이 그렇게 훌륭한 학문과 인품에도 불구하고 벼슬의 길에서 빛을 못보고 방랑자로서 살아가는 서자로서의 삶의 한계를 보고 느꼈기 때문이다. 또 허난설헌 초희 또한 양반 사회에 대한 반항적인 자세와 함께 풍자적이면서도 서민 생활을 옹호한 시 정신은 손곡(蓀谷)의 영향이라고 할 수 있다. 그래서 그 스승에 그 제자란 말이 나온다. 교육의 영향이 그 만큼 크다는 것이다.

제자 허균이 애절하면서도 예리한 필치로 쓴 전기소설(傳記小說) 『손곡산인전(蓀谷山人傳)』의 주인공으로 등장하기도 한 손곡(蓀谷)은 허균(許筠)이 반역죄로 참형 당했던 그 해에 역시 57세의 나이로 한 많은 생을 마친다.

왕실에서는 서자가 왕의 자리까지 앉으면서도 일반 백성들에게는 서얼

차별을 둔 것은 조선조의 이중적이고 부조리한 어이없는 악법이다. 이 법
은 태종(이방원)이 서자인 정도전에 대한 반감으로부터 싹튼 법이라 한다.

이달의 다음 시들도 감상해보자.

①
秋千刈 山田 (추천예 산전)
草店依 雲獻 (초점의 운헌)
翁姑事 夜砧 (옹고사 야침)
月下 聲近遠 (월하성 근원)

- 新店秋席 -

산밭에서 가을곡식을 베고 있는데
구름 낀 산봉우리 주막에 의지하네
늙은 시어머니 다듬이 소리
달빛아래 그 소리가 멀리 까지 들리네.

②
寺在白中雲 (사재백중운) 절이 구름 속에 있어
白雲僧不掃 (백운승불소) 구름을 스님은 쓸지 않아
客來門始開 (객래문시개) 손님이 와서야 비로소 문을 여니
萬壑松花老 (만학송화로) 온산의 송화가 쇠하여가네.

- 佛日庵 因雲 -

6. 송별(送別)/최경창

玉頰雙啼出鳳城(옥협쌍제출봉성)
曉鶯千囀爲離情(효앵천전위이정)
羅衫寶馬河關外(나삼보마하관외)
草色迢迢送獨行(초색초초송독행)
- 大東詩選 -

두 줄기 눈물 흘리며 한양을 떠나가니
새벽 꾀꼬리 이별의 정한에 한없이 울고 있고
비단 옷 천리마로 하관 넘어 가는 길
풀빛은 까마득히 외로이 가는 길을 배웅하네.

위의 시를 이해하기 위해서는 홍랑의 시가 인용되어야 하고 이들의
사랑 이야기가 이어져야 시인의 심상을 읽을 수 있다. 다음에서 홍랑의
시와 함께 이들의 사랑 이야기를 들어보자.

묏버들 가지 꺾어 보내노라 님에게
주무시는 창밖에 심어두고 보소서
밤비에 새잎 나거든 나인 줄도 여기소서

이 시조는 조선 선조 때의 기녀(妓女) 홍랑의 시이다.
홍랑은 함경남도 홍원 출생으로 홍원의 관기(官妓)로 있던 중 당대

의 시인이며 조선 전기 삼당시인1(三唐詩人)의 한 사람인 최경창(崔慶昌, 1539-1583)을 만나게 된다. 최경창이 과거 급제 후 함경북도 경성에 평사로 부임하면서 경성으로 향하던 중 홍원에 잠시 머물 때이다. 홍랑을 만나 두 사람은 시문에서 정신적 교류를 갖게 되고 이는 사랑으로 발전하게 된다. 홍랑을 만난 최경창의 나이는 34세였다. 최경창이 홍랑을 경성에 데려가려 하였으나 여의치 않아 혼자 가게 된다. 이에 홍랑은 최경창을 사모하는 마음을 이기지 못하고 남장을 하고 경성으로 향한다. 그리고 경성에서 동거를 하게 된다. 이로써 두 사람의 사랑은 시에 대한 그들의 사랑만큼이나 깊어 갔다.

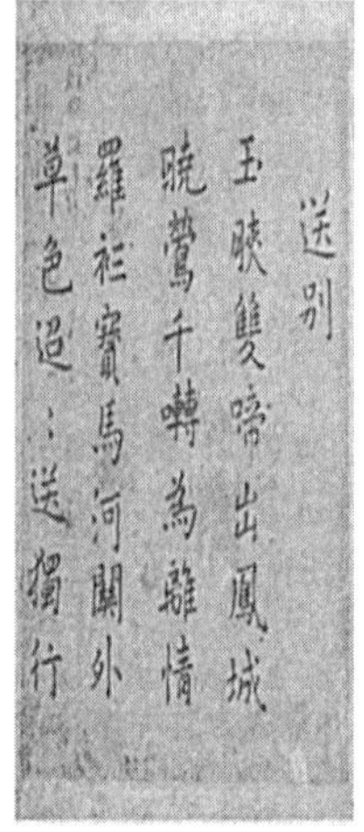

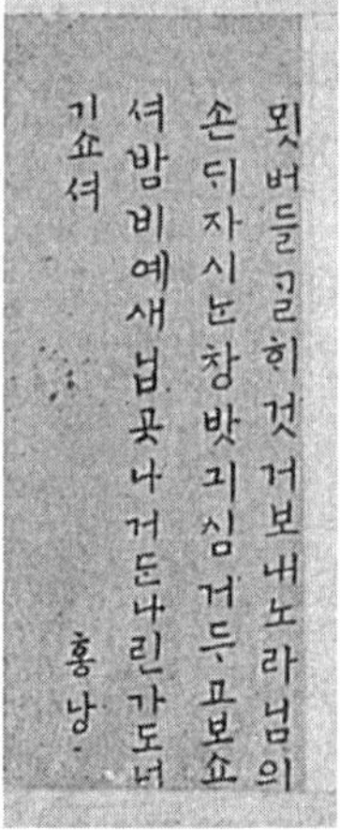

그러다 최경창은 북평사의 소임을 다하고 한양으로 부임을 받게 된다. 꿈만 같았던 6개월의 사랑이 이별을 맞게 되었다. 이에 홍랑은 쌍성

---

1 백광훈 최경창, 이달

(지금의 영흥)까지 따라가 배웅을 한다. 그 때 읊은 시가 바로 위의 시조 '묏버들 가지 꺾어 '이다. 이별에 대한 아쉬움과 애틋한 그리움을 실은 한 편의 연시이다.

한편 서울로 돌아온 최경창은 병으로 자리에 눕게 되는데 이 소식을 들은 홍랑은 7일 밤낮을 걸어 한양에 도착한다. 이 두 사람의 이야기가 조정에 들어가 최경창은 결국 파직을 당하고 만다. 당시 명종비의 죽음으로 국상기간이었다. 이유야 어찌됐건 국상기간에 기생을 방에 불러 들인다는 것은 동·서로 나뉜 당쟁 징치에서 반대붕당에 비난을 받기에 충분한 빌미를 제공한 것이 된다. 그리고 양계(兩堺)의 禁(함경도, 평안도 사람들의 도성출입을 금함)을 어겼다는 죄목으로 홍랑 또한 홍원으로 돌아갈 수밖에 없었다. 이때 최경창이 시로서 홍랑을 위로하며 보낸다. 그 시가 바로 위의 시〈송별送別〉이다.

최경창은 자신을 향한 홍랑의 지극한 사랑을 가슴 깊이 새기면서 안타깝고 애틋한 자신의 마음을 '송별'이란 시에 담아 떠나는 홍랑에게 주었다

이 이별을 마지막으로 그들은 영원히 만나지 못했다. 그것은 최경창이 변방으로 떠돌다 한양으로 올라오던 중 45세의 나이로 객사하기 때문이다.

한 편 최경창이 죽었다는 소식을 들은 홍랑은 행여 누가 자신을 범할까 스스로 얼굴을 상하게 하고 그의 무덤에서 시묘살이를 시작한다. 세수도 않고 머리도 안 빗으며 조석(朝夕)으로 상식(上食)을 올리며 3년이라는 세월을 보낸다. 그러다 임진왜란이 일어난다. 홍랑은 최경창의 시를 지고 피난하여 병화를 면하게 한 후 돌아와 최경창의 묘 옆에서 죽었다. 해주 최씨 문중은 그녀를 한 집안 사람으로 여겨 장사를 지내 주었다. 그리고 최경창 부부의 합장묘 바로 아래 홍랑의 무덤을 만들어

주었다. 이는 홍랑을 문중의 사람으로 받아들인다는 뜻이다. 바로 홍랑의 사랑이 완고한 양반가문의 마음을 열게 한 것이다.

당대최고의 문장가며 풍류객인 고죽 최경창과 재색을 겸비한 경성의 기생 홍랑의 사랑은 오늘날도 많은 사람들의 가슴을 적시고 있다.

7. 용문춘망(龍門春望)/백광훈

日日軒窓似有期 (일일헌창사유기)
開簾時早下簾遲 (개염시조하염지)
春光正在峰頭寺 (춘광정제본두사)
花外歸僧自不知 (화외귀승자부지)

- 大東詩選 -

날마다 창밖에서 기약이라도 한 듯
아침 일찍 주렴 걷고 늦게야 내리는데.
봄빛은 틀림없이 산 위 절에 왔건만
꽃 밖으로 가는 스님 저만 혼자 모르네.

추위에 움츠렸던 지루한 겨울을 지나 따뜻한 봄볕을 맞으려고 약속이라도 한 듯 날마다 창문을 열고 아침 일찍 발을 걷는다. 봄볕이 길어지면서 발을 내리는 시간도 늦어진다. 봄은 산 위에 있는 절에도 왔건만 스님은 속세에는 관심이 없는지 봄꽃이 핀 것도 모른다.

이는 봄을 기다리고 맞는 시인의 정서와 세사를 초탈한 스님의 마음을 대비적으로 표출한 봄의 서정시이다.

백광훈(白光勳1537, 중종 32~1582,선조 15)은 조선 중기의 문인이다. 최경창·이달과 함께 삼당시인(三唐詩人)이라 불린다. 자는 창경(彰卿), 호는 옥봉(玉峰)이다. 원래 관향은 수원이지만 선조가 해미(海美)

로 귀양와 대대로 머물러 살았으므로 해미가 본관이다. 아버지는 부사
과(副司果)를 지낸 세인(世仁)이며, 〈관서별곡 關西別曲〉으로 유명한
광홍(光弘)의 동생이다.

28세인 1564년 진사시에 합격했으나 과거를 포기, 정치에 참여할 뜻
을 버리고 산수를 방랑하며 시와 서도(書道)를 즐겼다. 그가 과거를 포
기하게 된 구체적 이유는 확실하지 않지만 당대의 정치적 상황에서 연
유한 것으로 짐작된다.

36세인 1572년 명나라 사신이 오자 스승인 노수신의 천거로 백의제
술관(白衣製述官)이 되어 시와 글씨로 사신을 감탄하게 해 명성을 얻
었다. 1577년 선릉참봉(宣陵參奉)이 되었으며, 이어 정릉(靖陵), 예빈
시(禮賓寺), 소격서(昭格署)의 참봉을 지내면서 서울에 머물렀다. 그는
삼당시인으로 불리는 만큼 당풍(唐風)의 시들을 남겼다.

그의 시는 대부분 순간적으로 포착된 삶의 한 국면을 관조적으로 그
리고 있는데, 전원의 삶을 다룬 작품들은 자연과 조화를 이루는 안정과
평화로 가득 찬 밝은 분위기로 이루어져 있다. 이는 현실에서 오는 고
통과 관직생활의 불만에 의해 상대적으로 강화되어 나타나기도 한다.

이정구는 그의 문집 서(序)에서 "시대와 맞지 않아 생기는 무료·불평
을 시로써 표출했다"고 하면서 특히 절구(絶句)를 높이 평가했다. 글씨
에도 일가를 이루어 영화체(永和體)에 빼어났다. 1590년 강진의 서봉
서원(瑞峰書院)에 제향되었으며 〈옥봉집〉이 전한다.

8. 박연/황진이

一派長天噴壁瓏 (일파장천분벽롱)

龍湫百仞水潨潨[1] (용추백인수총총)

飛泉倒瀉[2]疑銀漢 (비천도사의은한)

怒瀑橫垂宛白虹 (노폭횡수완백홍)

雹[3]亂霆[4]馳彌洞府 (박난정치미동부)

珠舂[5]玉碎徹晴空 (주용옥쇄철정공)

遊人莫道盧山勝 (유인막도로산승)

須識天磨冠海東 (수식천마관해동)

- 朴淵 -

한 줄기 긴 하늘이 절벽에 부딪혀 뿜어 나오고

폭포수 백길 넘어 물소리 우렁차다.

거꾸로 쏟는 폭포 은하수 인 듯하고

노한 폭포 가로 드리워 흰 무지개 완연하다.

어지럽게 쏟는 물벼락 골짜기에 가득하고

---

1 潨潨(총총) : 물이 합수하여 흐르는 모양
2 瀉 : 쏟을 사, 게울 사, 물이 흐르다.
3 雹 : 누리 박, 우박
4 霆 : 천둥소리 정, 벼락, 번개, 빠름의 비유
5 舂 : 찧을 용, 절구 용

구슬 절구에 부서진 옥은 창공을 맑게 하니
遊人은 여산이 좋다고 말하지 마라.
모름지기 알지니, 천마가 해동에서 으뜸인 것을.

박연은 박연폭포를 말한다. 박연폭포(朴淵瀑布)는 개성직할시 개성
시 박연리(朴淵里)에 있는 폭포이다. 일찍이 황진이는 화담 서경덕과
자기 자신과 박연을 송도삼절(松都三絶)이라 일컬었다. 자연에서는 박
연폭포를 제일의 승경으로 꼽았다. 박연폭포는 아호비령산맥의 성거
산과 천마산 사이의 험준한 골짜기로 흘러내린다. 금강산의 구룡폭포,
설악산의 대승폭포와 함께 한국 3대 폭포로 꼽힌다.

황진이는 「박연」을 송도삼절이라 일컬었던 만큼 그 폭포의 웅장함
을 그녀의 호탕한 감정으로 노래하고 있다. 여성의 섬세함보다는 남성
적인 호방함을 읽을 수 있다.

황진이의 호방한 성격은 그의 시 전체를 통해서도 아픔이나 서러움
이 없다. 사랑하는 사람과의 이별을 하면서도 애타하거나 원망하는 빛
이 없다. 사랑에도 달관되었다고나 할까. 다음 시들을 보자

三世金緣成燕尾 (삼세금연성연미)
此中生死兩心知 (차중생사양심지)
楊州芳約吾無負 (양주방약오무부)
恐子還如杜牧之 (공자환여두목 지)

- 別金慶元 -

삼세의 굳센 인연 금실 좋은 짝이 되니

이 중에서 살고 죽음은 두 마음만이 알리라.

양주의 꽃다운 언약 내 아니 어기려니와

그대가 도리어 두목(杜牧)과 같아 두려울 뿐이네.

月下庭梧盡 (월하정오진)

雪中野菊黃 (성중야국황)

樓高天一尺 (루고천일척)

人醉酒三觴 (인취주삼상)

流水和琴冷 (유수화금냉)

梅花入笛香 (매화입적향)

明朝相別後 (명조상별후)

情與碧波長 (정여벽파장)

- 奉別蘇判書世讓 -

달 아래 뜰에는 오동잎 모두 지고

서리 속에 들국화 곱게 피었네.

다락 은 높아 천정이 일척이고

사람은 석잔 술에 취해 누웠네.

흐르는 물은 거문고와 어울려 시원하고

매화 향기 피리소리 뿜어 보내네.

내일 아침 서로가 헤어진 뒤엔

그리운 정 푸른 물결로 길이 남으리.

9. 채련곡(采蓮曲)/허난설헌

秋淨長湖碧玉流 (추정장호벽옥류)
荷花深處繫蘭舟 (하화심처계난주)
逢郎隔水投蓮子 (봉낭격수투영자)
或被人知半日羞 (혹피인지반일수)

- 芝峰類說 -

가을 호수는 맑고도 넓고
푸른 물은 구슬처럼 흐르는데
연꽃 가득한 깊숙한 곳에
목란배를 매어 두었네
님을 만나 물 건너로
연밥 따서 던지고는
행여나 다른 사람이 알까
한나절 혼자서 부끄러워 하네.

7언 절구이다. 도가의 신선사상이 묻어 있음을 본다. 연꽃, 호수, 심처, 선녀, 목란배는 도가적인 작품에서 흔히 나타나는 이야기 소재이다.

가을은 맑고 푸른 하늘이 드높아 가을 호수 또한 더욱 맑고도 드넓게 다가온다. 햇살이 내려 앉아 물은 옥구슬처럼 투명하게 반짝이며 흐른다. 거기에 연꽃 피어 그윽한 곳에 목란배 하나가 매어 있다. 그 곳에서 물을 사이에 두고 사랑하는 낭군을 만난다. 물을 건널 수 없어 연밥을 따서 마음과 함께 던진다. 혹시나 누가 보았을까 부끄러워하며 마음조이는 여인의 마음이 잘 나타나 있다.

일반적으로 이러한 경우 남자가 연밥을 따서 사랑하는 여인에게 던지는 것이 상례이고 정상이다. 그런데 여기서는 그 반대이다. 그 시절 윤리에서 볼 때 이는 정숙한 여인의 태도는 아니다. 그래서 이러한 난설헌의 작품을 그 시절 선비 도학자들은 음란한 것으로 간주하였다. 이수광은 〈채련곡采蓮曲〉을 평하기를 '너무나 방탕한 데에 가까워 문집에는 싣지 않았다'고 했다. 그래서 [지봉유설]에 실었다는 얘기이다. 허난설헌(1563, 명종18)~1589, 선조 22)은 본관이 양천(陽川)이다. 초명은 초희(楚姬)이고, 자는 경번(景樊)이며, 난설헌은 호이다. 엽(曄)의 딸이고, 봉(篈)의 여동생이며, 균(筠)의 누나이다. 문한가(文翰家)로 유명한 명문 집안에서 태어나, 용모가 아름답고 천품이 뛰어났다 . 오빠와 동생 사이에서 어깨너머로 글을 배우기 시작했고, 집안과 교분이 있던 이달(李達)에게서 시를 배웠다. 8세에 〈광한전백옥루상량문 廣寒殿白玉樓上梁文〉을 지어 신동이라고까지 했다.

그러나 15세에 김성립(金誠立)과 혼인을 하면서부터 난설헌의 운명은 어그러졌다. 결혼생활이 순탄하지 못했다. 남편의 학문은 난설헌에 미치지 못하였다. 그러니 자연적으로 자격지심도 생겼을 것이다.

남편은 과거공부를 하면서도 기방을 드나들며 풍류를 즐겼다. 난설헌은 시어머니와도 사이가 좋지 않았다하니 시집살이의 어려움도 짐작이 간다. 더구나 어린 남매도 일찍 잃었을 뿐만 아니라 뱃속의 아이마저 유산했다. 설상가상으로 친정집에서는 옥사(獄事)가 크게 있었으니 삶의 의욕을 잃을 수밖에 없다. 삶을 시에 의지하다 27세로 요절했다. 남편 김성립은 난설헌이 죽은 후 그 해에 과거에 급제한 것으로 전한다.

지금이야 재색이 갖추어지면 더욱 날개를 달고 뻗어갈 수 있지만 그 시절 허난설헌을 보면 재색박명(才色薄命)에 재색박복(才色薄福)이란 말이 나올 만도 하다. 시 213수가 전한다. 그중 신선시가 128수나 된다. 난설헌의 시는 봉건적 현실을 초월한 도가사상의 신선시와 삶의 고민을 그대로 드러낸 작품으로 대별된다. 후에 허균이 명나라 시인 주지번(朱之蕃)에게 시를 보여주어 중국에서 〈난설헌집〉이 발간되는 계기가 되었다. 유고집으로 〈난설헌집〉이 있다.

아래에 난설헌의 다른 시 두 편을 옮겨 보니 함께 감상해 보자.

①
錦帶羅裙積淚痕 (금대라군적루흔)
一年芳草恨王孫 (일년방초한왕손)
瑤箏彈盡江南曲 (요쟁탄진강남곡)
雨打梨花晝掩門 (우타이화주엄문)

비단띠 비단치마에 눈물흔적 쌓였음은
일년풀 다하도록 님을 그려 서러네
아쟁을 끌어다가 강남곡 부르고 부르나
배꽃은 비에 지고 낮에도 문은 닫혔네.

– 閨怨 –

②
碧空白雲作詩歌)벽공백운작시가
牽牛織女繡深夜)견우직녀수심야
夢中戀君何處行)몽중연군하처행
愁丘霖淚濫大河)수구임루남대하

– 碧空白雲 –

푸른 하늘 흰 구름은 시 노래를 짓고
견우와 직녀는 깊은 밤 수놓는데
꿈속에 그리는 임 어디로 가셨는지
근심 언덕에 장마 눈물, 큰 강에 넘치네.

열 넷째 마당

한시감상 2

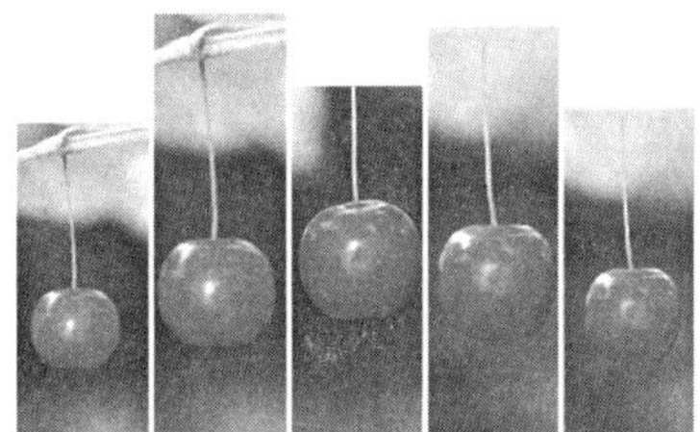

1. 청야음(淸夜吟)/소강절(邵康節)

月到天心處 (월도천심처) 달이 천심에 이르고
風來水面時 (풍래수면시) 바람이 수면에 이르렀을 때
一般淸意味 (일반청의미) 이 같이 깨끗한 기분을
料得少人知 (요득소인지) 아는 이는 적으리라.

- 古文眞寶 -

달빛 내리는 고요한 밤이다. 시인은 호수를 배경으로 서 있다. 소슬 바람이 수면에 닿으면서 보일 듯 말 듯 잔잔하게 고운 물결을 이룬다. 고요한 밤의 서정을 시인은 한껏 즐긴다. 그야말로 〈淸夜吟〉이다. 맑게 갠 조용한 밤의 서정을 시인은 만끽한다. 명리에 쫓기고 좇는 사람들이야 이 기분을 어찌 알 수 있으랴. 아마 아는 이 없을 것이다.

이 시는 古風五言短詩이다. 古風은 古詩를 말한다. 五言詩는 漢武帝[1](B.C 156~B.C 87) 때부터 비롯되었는데 〈고시 19수〉와 〈蘇武 李陵 贈答〉가 최초의 五言詩라고 한다.

위의 시 〈淸夜吟〉은 자연의 흥취를 읊은 것이지만 그 속에 철학적인 이치와 도덕 수양의 뜻이 담겨 있다. 송대는 이 같은 哲理의 시가 많은데 이는 곧 송학을 대성시키는 데도 큰 몫을 담당했다. 〈淸夜吟〉 또한 [성리대전]에 실려 있다.

---

1 한무제는 유학을 바탕으로 하여 국가를 다스렸으며 해외 원정을 펼쳐 당시 중국 역사상 가장 넓은 영토를 만들어 전한의 전성기를 열었다. 중국 역사상 진 시황제·강희제 등과 더불어 가장 위대한 황제 중 한 사람으로 꼽히기도 한다.

邵雍(1011~1077)은 소강절(邵康節) 또는 소요부(邵堯夫)라고도 한다. 성리학의 이상주의 학파 형성에 큰 영향을 준 철학자이다. 소옹은 수의 개념에 특이했다. 수(數)에 대한 그의 생각은 18세기 유럽의 철학자 라이프니츠의 2진법에도 영향을 주었다. 본래 도가(道家)였던 그는 여러 번 관직을 제수 받았으나 모두 사양했다.

그리고는 하남 교외의 초라한 은둔처에서 친구들과 교유하며 철학자답게 명상으로 세월을 보냈다. 공자 오경의 하나인 〈역경 易經〉을 공부하다가 유교에 관심을 갖게 되었고, 〈역경〉을 연구하면서 수가 모든 존재의 기본이라는 수리철학(數理哲學) 상수학(象數學) 이론을 만들기도 했다.

그에 따르면 여러 가지 다른 요소들을 숫자로 분류하는 법을 알면 모든 존재의 밑바탕에 깔려 있는 정신을 이해할 수 있다고 한다. 그러면서 그는 세계의 열쇠는 '4'라는 숫자라고 한다. 우주는 4개 부분(해·달·별·황대)이고, 몸은 4개의 감각기관(눈·코·귀·입)으로 이루어져 있으며, 지구는 4가지 물질(물·불·흙·돌)로 구성되어 있다고 한다. 그래서 이 같은 이치로 모든 생각을 표현하는 방법도 4가지이고, 행동의 선택 여지도 4가지라고 주장한다. 그래서 四柱도 年月日時 로 본다. 이 역시 4라는 숫자이다.

주자는 주렴계, 정명도, 정이천과 함께 소강절을 도학(道學)의 중심 인물로 간주한다. 그는 황극경세서 62편을 저작하여 천지간 모든 현상의 전개를 이렇게 수리로써 설명하였다.

주렴계의 태극도설과 더불어 그의 이론은 동양 우주론의 근원 사상이 되었으며, "알음은 강절의 지식이 있나니"라는 말처럼 그의 광대하고 해박한 이론은 역사상 타의 추종을 불허한다.

그는 또 역사란 반복되는 주기의 순환으로 이루어진다고 보았다. 이 주기를 원(元)이라 부르고 그 순환 주기를 12만 9,600년이라고 했다.

이렇게 그의 사상은 당대보다 그 후 모든 성리학파에 의해 받아들여졌으며, 12세기 송나라에 들어서는 주자에 의해 관학 이론의 일부가 되었고, 우주의 통일성 밑바닥에 깔려 있는 원리는 우주뿐만 아니라 인간의 마음에도 똑같이 적용된다고 한 그의 사상은 성리학파 이상론의 기본이 되었음을 볼 수 있다.

- 소강절의 황극경세서(皇極經世書) -

2. 유자음(遊子吟)/맹교(孟郊)

慈母手中線 (자모수중선) 자애로운 어머니는 손수 실로
遊子身上衣 (유자신상의) 나들이 가는 아들 웃옷을
臨行密密縫 (임행밀밀봉) 갈 때에 임박해 알알이 누비며
意恐遲遲歸 (의공지지귀) 마음은 늦게 돌아올까 염려하네
難將[1]寸草心 (난장촌초심) 어렵지만 다만 한 치 풀 같은 마음으로
報得三春輝 (보득삼춘휘) 어머니의 따뜻한 은혜를 보답하리라
- 古文眞寶 -

이 시는 모자간의 자정을 노래한 것이다. 시인이 율양현위(溧陽縣尉)의 벼슬에 있던 54세 때의 작품으로 "어머니를 율상에 맞아서 지음"이라는 주해를 붙이고 있다. 작자가 늦게 급제하여 늦은 출세의 길에서 어렵지만 노모에 대한 보은의 뜻을 표출하고 있다.

자애로운 어머니가 나들이 떠나는 아들의 옷을 짓기 위해 바느질을 하는데 나그네 길에서 옷이 해어지지 않도록 촘촘하게 누빈다. 그러면서도 아들이 늦게 돌아올까 염려가 된다. 아들을 향한 어머니의 지극한 사랑은 추운 겨울을 지나 따뜻하게 내려쬐이는 춘삼월의 햇볕과도 같다. 아직은 어렵지만 한 치의 작은 풀과 같은 아들의 마음은 어머니의 사랑 같은 그 따뜻한 햇살을 받아 넉넉하게 자라서 어머니의 은혜에 보답하리라는 뜻을 표출한 노래이다.

---

1 將 : 다만, 장차 장, 장수 장

孟郊(751~814)는 중국 당대(唐代) 중기의 시인이다. 자는 동야(東野)이다. 796년 45세에 진사(進士)시험에 급제해 율양(溧陽)의 위(尉)가 되었으나 사직했다. 한유(韓愈)와 교분을 맺어 20세 정도 연장자이면서도 오히려 한유의 가르침을 받았으며, 가도(賈島)와 함께 그 일파에 속한다. 오언고시(五言古詩)에 뛰어나고 기발한 착상이 특징이며, 처량한 시풍 때문에 '도한교수'(島寒郊瘦)라고 평해진다. 시문집으로 〈맹동야집 孟東野集〉 10권이 있다.

여기 나오는 한유(韓愈)와 가도(賈島)에 대한 이야기는 퇴고(推敲)의 유래와 함께 회자(膾炙)되고 있으니 모두 알 것으로 믿고 여기서 생략한다.

3. 자야오가(子夜吳歌)/이태백

長安 一片月(장안 일편월) 장안에 한조각 달빛이 밝은데

萬戶擣衣聲(만호도의성) 집집마다 나는 다듬이 소리 처량하여라

秋風吹不盡(추풍취부진) 가을 바람 불어 멎지 않으니

總是玉關情(총시옥관정) 이는 모두 옥관의 정이라네

何日平胡虜(하일평호로) 오랑캐 평정할 날 언제런가

良人罷遠征(양인파원정) 원정이 끝나야 낭군이 오지.

- 古文眞寶, 五言古風短篇 -

달은 환히 밝은데 스산한 가을바람은 쓸쓸히 불어오고 집집마다 다듬이 소리는 멀리 옥관으로 떠난 남편을 그리듯 애처롭게 들린다. 가을바람은 쉬지 않고 부는데 아내들의 마음은 서역을 수비하기 위해 옥관에 가 있는 남편의 안위를 다듬이에 실어 보낸다. 그 언제쯤 오랑캐를 평정하고 돌아올 것인가. 남편의 안위를 그리는 여인네의 애상에 젖은 심경을 표출한 민요조의 노래이다.

후인들이 이 노래를 모방하여 四時行樂(사시행락)의 노래를 많이 지었다. 당시 당태종이 변경을 자주 정벌하여 장정들이 출전하느라 가족들과의 이별이 잦았고 여인들이 집안을 돌보며 가정을 꾸려 나가느라 고달픈 삶을 살았다. 그래서 노래 또한 감상적이 될 수밖에 없다.

고래로 이 시의 제5와 6구는 원정에 성공하여 남편이 돌아오는 날을 고대하는 심정을 강하게 표현하면서도 노골적인 비방으로 노출하지 않고 완곡하게 표출하여 온유돈후의 멋을 살렸다고 평자는 말한다. 사

실 이 시의 제6과 7구는 앞 구의 깊은 정취와 맞지 않다하여 삭제하고
절구로 함이 좋다고 하는 설도 있었다. 하지만 작자의 시의는 여인들의
심정을 표현하는데 그 본의가 있는 것으로 본다.

　이백(李白701~762)은 중국 당대(唐代)의 시인으로 자는 태백(太白),
청련거사(靑蓮居士)라고도 한다. 두보(杜甫)와 함께 중국 최고의 고전
시인으로 꼽힌다.
　이백의 출생지와 혈통에 관해서는 여러 이설이 있으나 촉(蜀)의 면주
(綿州 : 지금의 쓰촨성[四川省] 창밍현[彰明縣])에서 출생했고, 경제적
으로 매우 풍족한 가정에서 태어났다. 25세경까지 일시적인 여행은 했
으나 대체로 촉국에서 지낸 것으로 보인다. 15세 무렵에 시문 창작에도
높은 기량을 보였고, 20세 무렵에는 임협(任俠)의 무리와 사귀었으며
익주(益州)의 자사(刺史) 소정(蘇頲)에게 재능을 인정받았다. 동엄자
(東巖子)라는 은자와 함께 민산[岷山]의 남쪽에 은거하는 등 세속에서
누릴 수 없는 자유로운 생활을 했다.
　20대 중반에 고향인 촉을 떠나 약 10년간은 안릉(安陵)을 중심으로
생활했다. 27세경 그 지방의 명문 허어사(許圉師)의 손녀와 결혼했다.
　742년(天寶1) 가을 처음 장안에 나온 것으로 보인다. 친하게 지낸 도
사 오균(吳筠)이 조정에 입조하면서 그의 추천으로 벼슬을 하게 된다.
장안에서는 우선 자극궁(紫極宮 : 도교사원)에서 당시 저명한 태자 빈
객 하지장(賀知章 : 659~744)을 만나 '천상의 적선인(敵仙人)'으로 찬
양되면서, 그 명성이 순식간에 장안의 시단에 퍼졌다.
　그 뒤 현종(玄宗)을 알현하여 시문의 재능을 인정받아 한림공봉(翰

林供奉)으로 임명된다. 이백의 일생 중 관직에 몸담았던 것은 이 시기이며, 이한림·이공봉 등의 호칭이 이때 나왔다. 조정에 나가는 일은 누구보다도 이백 자신이 희망했던 것이기는 했지만, 자유분방한 사람이 법도와 체면을 중시하는 궁정사회에 적응할 수 없었다. 이 시기에 이백은 화려한 명성과는 달리 굴절된 고독감을 느꼈다고 한다. 그래도 이백에게는 이 3년간이 그의 인생에서 소중한 시기로 다수의 작품과 다양한 체험으로 수놓아진 중요한 시기였다.

744년 봄 장안에서 나온 이백은 동쪽으로 향했으며, 그해 여름 뤄양[洛陽]에서 두보(杜甫 : 712~770)를 만난다. 두 시인이 만남으로써 서로 그리워하는 아름다운 우정의 시가 탄생되었으며, 문학사적으로도 흥미가 깊은 시기이다. 다만 상호 영향관계에 있어서 두보가 이백으로부터 큰 영향을 받은 것으로 보이나, 그 역 관계는 없었던 것으로 본다. 그것은 이백이 11세의 연장자이고 그 시점에서의 명성과 역량의 차이도 있었고, 또 그러한 차이 외에도 같은 시대의 시인을 평가하는 방식에서 두 사람의 태도가 기본적으로 달랐다는 점도 중요한 원인이다. 이백은 동시대의 시인을 언급한 시가 거의 없다. 이에 반해 두보는 같은 시대의 시인을 읊조린 경우, 그 시인의 작시 기량과 자질을 칭찬한 작품이 많다. 두보 및 고적(高適 : 702경~765)과의 직접적인 교유는 6개월 내지 1년 반 정도로 끝나고, 이백은 양쯔 강[揚子江] 하류지역에서부터 다시 각지를 떠돌아다녔다. 그러나 완전한 방랑생활은 아니었으며, 양원(梁園 : 지금의 허난 성[河南省]에 있음)과 산둥 성에 생활의 근거지를 두었다. 장안에서 추방된 후 약 10년간의 이 시기가 제2 방랑기이다.

　755년(天寶 14) 11월 안사(安史)의 난으로 이백은 양쯔 강을 따라 선성(宣城) 각지를 떠돌아다니다가 현종의 아들 영왕(永王) 이린(李璘)을 도우려나 실패하여 영왕은 살해되었으며, 이백도 체포되어 감옥에 갇혔다가 멀리 야랑(夜郎)으로 유배되었다. 759년(乾元 2년) 3월 사면 통지를 받았다. 양쯔 강 중류의 둥팅 호[洞庭湖] 부근에서 시인 가지(賈至 : 718~772)를 만난 뒤 강남의 온화한 풍토에서 지냈다. 762년(寶應 1) 62세의 이백은 당도(當塗)의 현령이었던 족숙(族叔) 이양빙(李陽冰)에게 병든 몸을 의탁하고 있었다. 그해 11월 무렵 이양빙의 손에 시문의 초고를 맡기고 죽었다.

4. 귀전원거/도연명

歸田園居詩五首

1)

少無適俗韻(소무적속운) 어려서부터 세속과 맞지 않고

性本愛丘山(성본애구산) 타고나길 자연을 좋아했으나

誤落塵網中(오락진망중) 어쩌다 세속의 그물에 떨어져

一去三十年(일거삼십년) 어느덧 삼십 년이 흘러버렸네

羈鳥戀舊林(기조연구림) 떠도는 새 옛 숲을 그리워하고

池魚思故淵(지어사고연) 연못 고기 옛 웅덩이 생각하듯이

開荒南野際(개황남야제) 남쪽들 가장자리 황무지 일구며

守拙歸園田(수졸귀원전) 본성대로 살려고 전원에 돌아왔네

方宅十餘畝(방택십여묘) 네모난 텃밭 여남은 이랑에

草屋八九間(초옥팔구간) 초가집은 여덟 아홉 간

楡柳蔭後簷(유류음후첨) 느릅나무 버드나무 뒤 처마를 덮고

桃李羅堂前(도리나당전) 복숭아 자두나무 당 앞에 늘어섰네

曖曖遠人村(애애원인촌) 아스라이 먼 곳에 인가가 있어

依依墟里煙(의의허리연) 아련히 마을 연기 피어오르고

狗吠深巷中(구폐심항중) 동네 안에서는 개 짖는 소리

鷄鳴桑樹顚(계명상수전) 뽕나무 위에서는 닭 우는 소리

戶庭無盡雜(호정무진잡) 집안에는 번거로운 일이 없고

虛室有餘閒 (허실유여한) 텅 빈 방안에는 한가함 있어

久在樊籠裏 (구재번롱리) 오랫동안 새장 속에 갇혀 살다가

復得返自然 (부득반자연) 이제야 다시 자연으로 돌아왔네.

2)

野外罕人事 (야외한인사) 마을에서 멀어서 속세 일 드물고

窮巷寡輪鞅 (궁항과윤안) 궁벽하니 오고 가는 마차도 적어.

白日掩荊扉 (백일엄형비) 대낮에도 사립문 굳게 닫아 놓고

虛室絶塵想 (허실절진상) 텅 빈 방안에서 속세 생각 끊었네.

時復墟曲中 (시부허곡중) 이따금 큰 언덕 돌아가는 길에서

披草共來往 (피초공내왕) 풀 섶 헤치며 사람들과 왕래하네.

想見無雜言 (상견무잡언) 서로 만나도 번잡한 말 하지 않고

但道桑麻長 (단도상마장) 오직 뽕과 삼밭에 대한 이야기뿐이네.

桑麻日已長 (상마일이장) 뽕과 삼은 하루가 다르게 자라고

我土日已廣 (아토일이광) 나의 농토 하루 하루 넓어지지만.

但恐霜霰至 (단공상선지) 항상 두려운 건 서리나 우박 내려

零落同草莽 (영락동초망) 잡초 덤불처럼 시들까 걱정이네.

3)

種豆南山下 (종두남산하) 콩을 남산 밑에 심었더니

草盛豆苗稀 (초성두묘희) 잡초가 무성하여 콩묘종은 드무네.

侵晨理荒穢 (침신이황예) 새벽에 무성한 잡초를 손질하고

帶月荷鋤歸 (대월하서귀) 달빛 받으며 호미 메고 돌아오네

道狹草木長(도협초목장) 길은 좁은데 초목은 자라
夕露沾我衣(석로첨아의) 저녁 이슬이 내 옷을 적시네
衣沾不足惜(의첨부족석) 옷이야 젖어도 애석할 것 없으니
但使願無違(단사원무위) 다만 바라는 대로 농사나 잘되었으면.

4)

久去山澤遊 (구거산택유) 오랜만에 산과 못에 가 노닐며
浪莽林野娛 (낭망임야오) 넓은 숲과 들판을 마냥 즐기네.
試携子侄輩 (시휴자질배) 자식과 조카들 손에 손을 잡고
披榛步荒墟 (피진보황허) 덤불 헤쳐 황폐한 마을로 가네.
徘徊丘壟間 (배회구롱간) 언덕 위 무덤 사이 서성이려니
依依昔人居 (의의석인거) 옛사람의 거처가 어렴풋하여라.
井조有遺處 (정조유유처) 우물과 부엌 터는 흔적만 남고
桑竹殘朽灶 (상죽잔후 조) 뽕나무와 대나무도 그루터기뿐.
借問採薪者 (차문채신자) 나무하는 사람에게 물어보나니
此人皆焉如 (차인개언여) 여기 사람들 모두 어찌 되었소.
薪者向我言 (신자행아언) 나무하는 이 나에게 하는 말이
死沒無復余 (사몰무부여) 모두 죽어서 남은 이가 없다오.
一世異朝市 (일세이조시) 한 세대에 세상 바뀐다 하더니
此語眞 不虛 (차어진불허) 이 말은 참으로 빈말이 아니네.
人生似幻化 (인생사환화) 인생는 환상인 양 변하여 가니
終當歸空無 (당종귀공무) 끝내는 공과 무로 다시 가누나.

5)

悵恨獨策還 (창한독책환) 비통히 홀로 지팡이 짚고 돌아와
崎嶇歷榛曲 (기구역진곡) 잡목 덤불 우거진 구비를 지나네.
山澗淸且淺 (간수청차천) 산골의 맑은 물은 얕게도 흘러서
可以濯吾足 (가이탁오족) 더럽혀진 나의 발을 씻을 만하네.
漉我新熟酒 (녹아신숙주) 담근 술이 익어 처음으로 거르니
隻鷄招近屬 (척계초근속) 닭 한 마리 가까이 무리를 부르네.
日入室中闇 (일입실중암) 산 너머 해는 지고 방 안 어두워
荊薪帶明燭 (형신대명촉) 나뭇단 불지펴 촛불 대신 밝히네.
歡來苦夕短 (환내고석단) 즐거운 마음에 저녁 짧음 괴로워
已復至天旭 (이복지천욱) 벌써 아침 하늘이 훤히 밝아오네.
− 古文眞寶 −

위 시는 도연명의 〈귀전원거〉5수 이다. 많은 양이지만 시의(詩意)와 시사(詩詞)가 너무 좋아 다 옮겼다. 작자가 벼슬을 싫어하여 전원에 돌아와 농부의 심경으로 돌아가 지은 것으로 그의 뜻과 성정이 잘 표출된 작품이다. 그대로 읽기만 해도 마음이 편안해 오고 마음은 이미 고향의 마을로 가 있다.

어릴 때부터 자연을 좋아하여 성정에 맞지도 않은 도시생활을 하면서 적성에도 맞지 않은 직책에서 벗어난 후련함과 귀향하여 고향의 정취에 흠뻑 젖어든 작자의 심경을 그대로 표출한 귀향전원시이다.

도시 생활을 하면서 직장 생활에 시달려본 사람이 아니라도 어릴 때의 고향은 언제나 마음의 안식처이다. 더구나 도연명에게는 생리적으

로 도시 생활이 맞지 않았고 더구나 얽매인 관직은 싫어했다.

도연명은 29세에 환로(宦路)에 들어서 41세에 팽택(彭澤)현의 현령이 되었다. 그러나 석 달도 채 안 돼 我豈能爲五斗米折腰[내 어찌 다섯 말 (녹봉)에 허리를 꺾으리]라는 유명한 일언(一言)과 함께 벼슬을 내던지고 낙향해 버린다. 〈귀전원거〉는 그가 낙향한 이듬해에 지은 것으로 알려져 있다. 이것은 [도연명집]에 물론 있고, 古文眞寶 에는 셋째 수만 전한다.

도연명이라고 어찌 벼슬에 무심할 수야 있었겠는가. 뜻을 갖고 환로에 발을 들여 놓았지만 그의 뜻대로 되지 않은 것이다. 더구나 그의 성정에 맞지 않았다고 보는 것이 더 정확할 것이다. 我豈能爲五斗米折腰[내 어찌 다섯 말 (녹봉)에 허리를 꺾으리]하였듯이 바로 꺾을 수 없는 그의 성정 때문이다. 예나 지금이나 허리를 꺾을 수 없으면 관료생활뿐 아니라 직장 생활은 하기 어렵다. 그래서 요잠이 있는 것이다. 이규보는 언제나 곧아서 활같이 굽힐 줄을 모르다가는 남에게 진노를 사게 된다(常直不弓 被人怒嗔)고 했다. 능히 허리를 절하는 것 같이 굽혀야 몸에 욕이 미치지 아니한다(能曲如磬1 遠辱於身) 고 했으니 이를 못하면 도연명 같이 물러날 수밖에 없다. 오직 사람의 화복이란 네가 굽히고 펴는 것과 관계가 있다(惟人禍福 係爾屈伸)고 한 것을 보면 상사는 노긋하게 굽히는 부하직원이 부리기에 편한 것이다. 억울하면 역지사지해보면 이해가 가능하다. 어느 집단에서나 마찬가지다. 그것을 굽히지 못하는 사람은 결국 독불장군으로 남는다. 여기서 피해갈 수 있는 사람은 도연명 같은 시인이고 문필가이다.

굽힘을 부정적으로만 생각할 것은 아니다. 굽힘은 상대에 대한 겸손

---

1 磬경쇠경, 허리를 굽히어 절하다

이고 배려이다. 지나친 굽힘은 비굴하지만 적당히 굽힐 줄도 알고 남을 배려하는 것은 미덕이 된다. 누구에게나 굽힐 줄도 모르고 꼿꼿한 사람은 윗사람을 항해서는 버릇이 없는 것이고 자기도취에 빠진 자만(自慢)이고 거만(倨慢)이다.

도연명은 동진(東晉) 말의 혼탁하고 어지러운 세태에 환멸을 느껴 입신양명의 꿈을 접고 낙향하였다고 보면 된다. 〈귀전원거〉는 전원에서 살았던 자유인(自由人) 도연명의 내면세계를 바라볼 수 있는 전원시이면서 누구나 꿈꿔 보고 싶은 전원생활의 평안함이다.

금(金)나라 때의 저명한 시인 원호문(元好問)은 "그대 ≪도연명집(陶淵明集)≫ 가운데 〈음주(飮酒)〉와 〈귀전원거(歸田園居)〉를 보았는가. 이 늙은이가 어찌 시를 지었다고 하겠는가. 실로 가슴속의 하늘을 그린 것이 아니겠는가"(君看陶集中 飮酒與歸田 此翁豈作詩 眞寫胸中天)라고 찬탄한 바 있다.

도연명(陶淵明365~427)은 이름은잠(潛)이고, 호는 오류선생(五柳先生)이며, 연명은 자(字)이다. 동진(東晉) 말기부터 남조(南朝)의 송(宋) 초기에 걸쳐 생존했다.

그의 가문은 당시의 남조 사회에서는 영달의 길에서 소외된 압박받는 계층이었다. 그러나 도연명이 평생 동경했던 증조부 도간(陶侃 : 259~334)은 동진 초에 장사군공(長沙郡公)·대사마(大司馬 : 최고군사령관)까지 승진했고, 할아버지 도무(陶茂)도 무창(武昌)의 태수(太守)로 재임했다. 그러나 아버지는 은둔생활을 했기 때문에 이름조차 알려져 있지 않다. 어머니는 정서대장군(征西大將軍) 환온(桓溫)의 장사(長史)였던 맹가(孟嘉)의 넷째 딸이었다. 도연명은 그 사이에서 태어난 외아들이다.

도연명이 관료생활을 즐기지 않은 것은 그의 위 작품에도 잘 나타나 있다. 29세 때 자기가 살고 있던 강주의 제주(祭酒)로 취임했으나 곧 사임했고, 35세 때는 당시 진(晉)나라 최대 북부군단(北府軍團)의 진군장군(鎭軍將軍)인 유뢰지(劉牢之)의 참군(參軍)으로 취임했으나 이 또한 곧 그만두었다. 그 후 36~37세 무렵 형주(荊州) 자사(刺史) 환현(桓玄)의 막료로 또 취임했다가 며칠 안 되어 모친상을 당해 고향인 심양으로 돌아가 3년 상을 치렀다. 그 후 관료생활은 고향에서 가까운 심양군 안에서 좀 지냈으나 적극적이지 못한 것을 보면 도연명은 관료체질이 아님은 확실하다. 역시 시인이고 문학인이다.

도연명이 10여 년에 걸친 관료생활을 최종적으로 마감하고 은둔생활에 들어간 시기는 의희(義熙) 원년(405) 11월 41세 때이다. 그는 팽택현령이 된 지 겨우 80여 일 만에 자발적으로 퇴관했다. 퇴관의 결정적인 동기에 관해서는 다음의 유명한 일화가 있다. 그해 말에 심양군 장관의 직속인 독우(督郵 : 순찰관)가 순찰을 온다고 하여 밑의 관료가 "필히 의관을 정제하고 맞으십시오." 하고 진언했더니, 도연명은 "오두미(五斗米 : 월급) 때문에 허리를 굽혀 향리의 소인을 섬기는 일을 할 수 있을 손가"라고 말한 뒤 그날로 사임하고 집에 돌아갔다고 한다(〈宋書〉 隱逸傳). 역시 시인이고 문인이다. 글쟁이는 생리상 관료직이 맞지 않다.

이때의 사퇴 동기에 관해서 도연명 자신은 다음과 같이 말하고 있기도 하다. "취임해서 어느 정도 되자 집에 돌아가고 싶은 기분이 들었지만 그럭저럭 벼가 익거든 빠져나가려고 생각하던 차에 누이의 부음이 들려오자 조금도 참을 수 없게 되어 스스로 사임하고 집에 돌아왔다"

〈歸去來辭〉序). 이때 나온 작품이 유명한 〈귀거래사〉·〈귀전원거오수 歸田園居五首〉이다. 사퇴 후 귀향하여 이렇게 훌륭한 작품을 내었으니 시인으로서 백 번 사퇴를 잘 한 것이다.

도연명의 시가가 특히 주목되고 애송되는 까닭은 〈歸田園居〉를 감상해 보았으면 느끼겠지만 탈속의 경지에서 맑고 깊은 자연의 운치를 칭송하는 시의 세계가 자연스럽게 펼쳐져서 마음을 편안하고 아늑하게 쉬어갈 수 있게 하기 때문이다.

5. 족유공권연구(足柳公權聯句)/소동파(蘇東坡)

人皆苦炎熱 (인개고염열) 사람들은 모두 더위를 괴로워하는데
我愛夏日長 (아애하일장) 나는 기나긴 여름 해를 좋아하네
薰風自南來 (훈풍자남래) 훈풍이 남에서 소슬하게 불어오니
殿閣生微凉 (전각생미량) 전각에 서늘한 바람이 일어나네
一爲居所移 (일위거소이) 한 번 거처를 옮겨 놓으니
苦樂永相忘 (고락영상망) 길이 고락을 잊는구나
願言均此施 (원언균차시) 원하오니 이를 골고루 베풀어
淸陰分四方 (청음분사방) 서늘함이 사방으로 흩날리기를 .

- 古文眞寶 -

이 시는 처음 두 구 곧 1, 2 구는 당의 문종이 지었고, 이에 유공권이 화답한 것이 3,4구이다. 이것을 소동파가 다시 평한 것이 5구이하이다. 이렇게 연구(聯句)의 형식으로 풍간(諷諫)하는 것을 시인의 의무로 삼은 것이 그 당시 중국시의 특성이었다. 소동파는 그런 의미에서 유공권의 연구(聯句) 뒤에 자기의 시구를 보충하여 경계하는 뜻을 표출했다. 그래서 시로서의 품격을 완성시킨 것이라고 평자들은 말한다.

유공권은 여러 조(朝)에 걸쳐 벼슬을 한 명망 있는 인물이다. 궁전에서 사는 임금(문종)이나 시원한 바람이 불어오는 전각에서 생활하는 대신(유공권)들이야 날씨가 더운들 대수겠는가. 땡볕에서 농사지어야 하는 백성들이 문제지. 백성들이야 여름엔 더위로 겨울엔 추위로 시달린다. 이를 깨우치고 백성들을 살피라는 것이 소동파의 후구절이다. 곧

궁전에서 누리는 행복을 골고루 펼쳐서 이 서늘한 그늘 곧 임금의 은혜를 만백성에게 나눠주고 싶다는 것이 시인의 소망이고 결구이다.

소동파(1036~1101)의 본명은 소식(蘇軾)이다. 자는 자첨(子瞻)이고, 동파는 그의 호로 동파거사(東坡居士)에서 따온 별칭이다. 아버지 소순(蘇洵)과 동생 소철(蘇轍)과 함께 3소‘(三蘇)’라고 일컬어지며, 이들 3부자는 모두 당송8대가(唐宋八大家)에 속하는 문장가 집안이다.

소동파는 북송 인종(仁宗) 때 메이산[眉山 : 지금의 쓰촨 성(四川省)에 있음]에서 태어났다. 8세 때부터 메이산의 도인(道人)이라 불리던 장역간(張易簡)의 문하에서 공부를 했다. 거기서 도가(道家), 특히 장자(莊子)의 제물철학(齊物哲學)을 접하게 되었다. 1056년 그의 아버지 소순은 두 형제를 데리고 상경하여 이들의 시를 구양수(歐陽修)에게 보여주고 격찬을 받기도 했다.

그는 동생과 함께 급제하여 여러 직책을 거치면서도 꾸준히 문학생활을 했고, 왕안석의 신법으로 인해 고생하는 농민들의 생활상을 시로써 묘사하기도 했다. 그러다 후저우 지사(知事)로 있던 1079년 조정의 정치를 비방하는 내용의 시를 썼다는 죄목으로 어사대(御史臺)에 체포되어 수도로 호송되었다. 곧 필화(筆禍)에 걸린 것이다.

이때 어사들의 심문과 소동파의 변명을 담은 기록이〈오대시안 烏臺詩案〉에 남겨져 지금까지 전해오고 있다. 다행히 사형을 면한 그는 100일간의 옥살이를 마치고 황주(黃州) 황강 현[黃岡縣] 단련부사(團練副使)로 좌천되었다. 정치에는 일체 관여하지 않고 황주에 거주할 의무가 지워진 일종의 유형(流刑)이다.

황주에서의 생활은 매우 비참했다. 부인은 양잠을 했고, 그는 본래

병영이었던 땅을 빌려 농사를 지었다. 이 땅을 동파(동쪽 언덕)라 이름 짓고 스스로를 동파거사라고 칭했다. 그의 호는 여기서 유래했다. 그 유명한 〈적벽부 赤壁賦〉가 지어진 것도 바로 이곳이다. 역시 유배 생활이 걸작을 낳는다. 굴원의 〈이소〉도 유배생활에서 잉태되었고, 동방의 〈이소〉로 불리는 송강의 〈사미인곡〉도 유배생활에서 나왔으니 말이다.

어려운 현실 생활 가운데서도 소동파가 자연에 침잠하여 아름다운 시상을 펼치며 자연과 인생을 잘 조화시킬 수 있었던 것은 장자의 제물 철학과 불교의 묘리(妙理) 등의 사상적 배경 때문이라고 평자들은 말한다. 이러한 평자들의 말을 이해하기 위해서는 〈적벽부〉를 감상해 보면 적중하게 나타난다. 그래서 〈적벽부〉의 일부를 다음에 옮겨오니 맛보기 바란다.

少焉, 月出於東山之上 徘徊於斗牛之間.
白露橫江 水光接天
縱一葦之所如 凌萬頃之茫然.
浩浩乎 如憑虛御風 而不知其所止
飄飄乎 如遺世獨立 羽化而登仙

··················

且夫天地之間 物各有主
苟非吾之所有 雖一毫而莫取 惟江上之淸風 與山間之明月
而得之而爲聲 目遇之而成色 取之無禁 用之不竭

是造物者之無盡藏也 而吾與者之所共樂
客喜而笑 洗盞更酌 肴核既盡 杯盤狼藉
相與枕籍乎舟中 不知東方之既白.

조금 있으니 달이 동쪽 산 위에 떠올라

북두성(北斗星)과 견우성(牽牛星) 사이를 서성이는데

흰 이슬은 강에 비끼고, 물빛은 하늘에 이었네.

한 잎의 갈대 같은 배를 가는 대로 맡겨,

일만 이랑의 아득한 물결을 헤치니,

넓고도 넓구나,

허공에 의지하여 바람을 탄듯하여 그칠 데를 알 수 없고,

훨훨 나부껴 인간 세상을 버리고 홀로 서 있으니

날개가 돋치어 신선(神仙)이 되어 오르는 듯 하구나.

…… 중 략 ……

대저 천지 간 만물에는 제각기 주인이 있어

진실로 나의 소유가 아니면

비록 한 터럭일지라도 가지지 말 것이다.

강 위의 맑은 바람과 산간(山間)의 밝은 달은

귀로 얻으면 소리가 되고 눈으로 만나면 빛을 이루니

이를 가져도 금할 이 없고, 이를 써도 다함이 없다네.

이는 조물주(造物主)의 다함이 없는 보물이니

나와 그대가 함께 누릴 바로다.

손님이 기뻐서 웃고

잔을 씻어 다시 술을 따르니

안주가 이미 다하고 술잔과 소반이 어지럽더라.

배 가운데서 서로 포개져 잠들었으니

동쪽 하늘 이미 밝았음도 알지 못하더라.

6. 자첨적해남(子瞻謫海南)/황산곡(黃山谷)

子瞻謫海南 (자첨적해남) 자첨이 해남으로 귀양가사
時宰欲殺之 (시재욕살지) 그 때의 재상이 그를 죽이고자 함이라
飽喫惠州飯 (포끽혜주반) 자첨은 혜주의 밥을 물리도록 먹으며
細和淵明詩 (세화연명시) 오로지 도연명의 시에 화답했네.
彭澤千載人 (팽택천재인) 팽택은 천 년에 한 사람인 시인이요
東坡百世師 (동파백세사) 동파는 백세의 스승이니
出處雖不同 (출처수부동) 출처는 비록 같지 않으나
氣味乃相似 (기미내상사) 기질은 서로 비슷하여라.

황산곡(黃庭堅,1045-1105은 황정견의 호이다. 소자첨이 해남도로 귀양살이를 가자 그 때의 재상 왕규(王珪)와 채확(蔡確) 등이 그를 죽이려고 천자에게 모함을 아뢰곤 했다. 동파는 처음 혜주에서 3년 동안 지내면서 도연명의 시에 화답한 것만 해도 109수이다. 도연명은 천년에 한 사람이 날까한 대시인이다. 이에 화답한 동파 또한 百世에 추앙 될 만한 스승이다. 도연명은 벼슬을 싫어하여 사퇴하고 향리에 돌아갔고, 동파는 아직 벼슬에 있으니 벼슬길에 나가고 들어가는 것이 같지 않음은 사실이다. 하지만 그 기질과 멋은 비슷하다는 것이 시의 내용이면서 황산곡이 그들의 화답시를 보고 화답한 화답시이다.

이 시의 본집에는 다음과 같은 註가 전한다.

동파가 이르기를 "옛 시인에 의고(擬古)의 작품은 있으나 아직 고인에게 추화(追和)하는 자가 없더니 동파가 비로소 이를 시작한다. 내가

유독 도연명을 좋아하는 것은 그의 소박한 듯 하면서도 아름다우며 조(曹)·유(劉)·포(鮑)·사(謝)·이(李)·두(杜) 등이 모두 그에 미치지 못하기 때문이다. 나는 그의 시에 화답하기 전 후 109수나 되는데 내가 도연명을 좋아하는 것은 그의 시 만이 아니라 그의 사람됨에 반했기 때문이기도 하다. 도연명은 임종 때 그의 자식들에게 이르기를 그가 처세에 서툴었고, 그래서 매양 집안일을 돌보지 못한 채 유랑생활을 한 것에 대해 사과했다. 내 또한 이 같은 허물이 있어 도연명의 일생을 사범으로 삼겠다"고 했다.

죄를 입고 해남으로 귀양 간 동파는 도연명을 애모한 만큼 그의 출사 진퇴를 자신의 본보기로 삼았음을 알 수 있다. 그러니 두 사람은 자연적으로 풍류를 서로 닮아갈 것이고 고결한 인격 또한 황산곡의 시에 나타났듯이 천고백세의 스승이라 하겠다.

황산곡은 유학자이며 시인·화가·서예가이다. 자는 노직(魯直)이고, 호는 산곡도인(山谷道人)·부옹(涪翁)이다. 소동파(蘇東坡)의 문하에서 배웠다. 그래서 그의 문인화파에 속한다. 이 두 사람은 화풍이 비슷한 이유 외에도 정치적으로 불우했으므로 함께 거론되는 경우가 많다. 그는 소동파·미불(米芾)·채양(蔡襄)과 함께 송4대가로 불린다. 황정견은 소동파보다 학구적이고 내향적인 사람이었고, 창작기법 면에서 더 신비적인 면을 보인다. 당(唐)의 승려 회소(懷素)의 맥을 잇는 자유분방한 초서체(草書體)로 유명하다.

아래 황산곡의 시구는 추사 김정희의 글씨로 더 잘 알려져 있다. 족자로 걸려진 것을 山寺나 전통찻집 같은데서 본 듯 할 것이다. 음미하며 감상해 보자.

靜坐處茶半香初 (정좌처차반향초)
妙用時水流花開 (묘용시수류화개)

고요히 앉은 곳에서 차를 반을 마시니
그 향기가 피어오르고
신묘한 작용이 일어나니 물 흐르고 꽃 피어나네.

정좌처(靜坐處)는 불교의 선방 혹은 참선하는 곳을 의미한다. 선방은 靜的인 곳이다. 고요하다 . 마음은 더없이 맑아진다. 따끈한 물을 부어 차를 우려낸다. 한참을 기다린 듯한데 차는 덜 울어났다. 반쯤 마신 후에야 비로소 차가 제대로 울어나 향기가 가득히 피어난다. 느긋함과 기다림의 지혜, 더욱 정진해야 되리라. 그러다 깨달으니 신묘한 작용이 일어나 물이 흐르고 꽃이 피듯 道의 한 자락을 얻은 것이다.

7. 장한가(**長恨歌**))/백거이(**白居易**)

漢皇重色思傾國 (한황중색사경국)

御宇多年求不得 (어우다년구부득)

楊家有女初長成 (양가유녀초장성)

養在深閨人未識 (양재심규인미식)

天生麗質難自棄 (천생려질난자기)

一朝選在君王側 (일조선재군왕측)

回眸一笑百媚生 (회모일소백미생)

六宮粉黛無顔色 (육궁분대무안색)

…… 중략 ……

臨別殷勤重寄詞(임별은근중기사)

詞中有誓兩心知(사중유서양심지)

七月七日長生殿(칠월칠일장생전)

夜半無人私語時(야반무인사어시)

在天願作比翼鳥 (재천원작비익조)

在地願爲連理枝 (재지원위연리지)

天長地久有時盡 (천장지구유시진)

此恨綿綿無絶期 (차한면면무절기)

- 古文眞寶, 歌類 -

한 황제 색을 즐겨 경국지색 원했으나

나라를 다스리는 오랜 세월 동안

찾았으나 얻을 수 없었네

양씨 가문에 비로소 성숙한 딸이 있어

깊은 규방에서 길러서 누구도 알지 못했네.

타고난 아름다움 그대로 묻힐 리 없어

하루아침에 뽑혀 황제 곁에 있게 됐네.

한번 눈웃음지면 백가지 교태가 일어나니

단장한 육궁 미녀들의 안색을 가렸네.

…… 중략 ……

헤어질 즈음 간곡히 다시 하는 말이

두 마음 만이 아는 맹세의 말 있었으니

칠월 칠일 장생전에

인적 없는 깊은 밤 속삭이던 때에

하늘을 나는 새가 되면 비익조가 되고

땅에 나무로 나면 연리지가 되자고

천지 영원하다 해도 다할 때가 있겠지만

이 애틋한 사랑은 면면히 이어져 끊일 때가 없으리.

이 시는 백거이의 대표적 사랑시인 〈장한가〉의 첫 8구와 마지막 결
구 8구이다. 당 현종이 미색을 너무 좋아해서 찾던 중 겨우 양귀비를 얻

어 그녀의 미색과 교태에 빠진 이야기의 서두와 이별을 앞두고 두 사람
만이 아는 맹서의 말이 있었으니 그것은 두 사람의 사랑을 비익조와 연
리지에 비유하여 표출한 결구이리라.

비익조(比翼鳥)는 중국 숭오산(崇吾山)에 산다고 전해지는 새로 날
개와 눈이 하나 뿐이어서 암수가 몸을 합쳐야만 날아갈 수 있다. 이런
연유로 해서 남녀간의 지극한 사랑을 표현할 때 인용된다, 그 중 백거
이가 양귀비에 대한 현종의 사랑에 대해 읊은 이 시가 유명하다.

연리지(連理枝)는 한 나무의 가지와 다른 나무의 가지가 서로 붙어
서 나뭇결이 하나로 이어진 것으로 이 또한 남녀간의 지극한 사랑에 비
유된다. 이는 곧 '현종과 양귀비의 사랑이 비익조 같고, 연리지 같아 그
사랑은 천지가 다한다 해도 연연히 이어져 영원하리라' 하여 현종과 양
귀비의 사랑을 칭송하고 있다.

인간사가 그렇듯, 세상만사는 음과 양이 있듯이 양면성을 갖고 있다.
문학 또한 양면성을 갖고 표출해 내고 해석할 수 있다. 현종과 양귀비
의 사랑 또한 양면성을 애기할 수 있다. 〈장한사〉에서 백거이(백낙천)
는 현종과 양귀비의 사랑 놀음을 아름답고 귀하고 애틋하게만 묘사했
다. 그래서 그것이 사랑의 시로서 백거이의 대표작이 되고 있다.

양귀비는 원래 현종의 아들 수왕 (壽王) 이모(李瑁)의 아내였다. 곧
며느리인 셈이다. 그런데 현종이 총애하던 무비(武妃)가 죽자 며느리를
맞아 귀비로 삼은 것이다. 그 때가 귀비 나이 27세이고 현종은 61세였
다. 그 시절 당나라는 황제의 명이면 그렇게 할 수 있었나 보다. 하지만
결국은 비극을 맞이한 것이다.

〈장한가〉를 다 옮겨 보고 싶지만 무려 120구절이나 되어 그 내용만

요약하여 옮겨 보고자 한다. 〈장한가〉는 작자의 서정이 묻어나는 현종과 양귀비의 사랑을 그리면서 역사가 함께하는 서사적인 이야기로 3단원으로 이루어진 대 서정서사시이다.

제1대단원은 전 32구로 현종이 양귀비를 얻어 입궁에 대한 일화와 황제의 사랑을 독점하여 현종으로 하여금 국정을 소홀하게 함과 반면 귀비는 일신의 행복과 함께 그 일문가가 영화를 누리게 된다. 계속되는 궁중에서의 환락으로 인해 결국 안록산의 난이 일어나는 것으로 끝난다.

제2대단원은 42구절로 난리가 나 현종이 궁을 떠나 피란을 가다가 마외파(馬嵬坡)에서 (난군은 전란의 원인인 양국충과 양귀비를 제거할 것을 강력히 요구하여 결국 사사를 허락한다) 의 참상과 현종의 단장의 비애를 읊었으며, 귀궁 후의 쓸쓸한 모습과 양귀비를 향한 다함없는 추모에 오뇌하는 현종의 모습을 담았다.

마지막 단원인 제3대단원은 46구로 도사가 도술로 혼을 부르는 신비로운 세계와 바다의 선산(仙山)에서 드디어 현종은 귀비를 상봉하여 양인은 두터운 정에 감격하여 옥진(양귀비)은 금비녀와 푸른 조개껍질로 세공한 향합(香盒)을 선물로 보내면서 깊은 정을 표시한다. 작별에 임하여 현종과 양귀비 두 사람만이 알고 있는 맹세의 말을 기탁한다. 이 맹세의 말이 이 시의 결구이며 전 편에 흐르는 애틋한 사랑을 더욱 감동케 한다.

이렇게 백거이는 두 사람의 사랑을 아름답고 애틋하고 귀하게만 표출하여 그 뒷얘기가 없고 모른다면 더 없는 사랑이야기이다. 이런 것이 또 문학이고 문학의 매력이며 아름다움만을 추구하려는 시인의 마음이기도 하리라.

백거이(白居易 : 772~846)는 중국 중당시대(中唐時代 : 766~826)의 시인이다. 자는 낙천(樂天), 호는 향산거사(香山居士)이다. 시호는 문(文)이고 허난 성[河南省] 신정현[新鄭縣] 사람이다.

중당시대에는 과거제도가 효과를 거두어 그 시험에 통과한 진사 출신의 신관료집단이 진출하여 구문벌(舊門閥)을 압도했는데, 백거이가 이 시기에 태어난 것은 그로서는 행운이었다. 백거이는 800년 29세 때 최연소로 진사에 급제했다. 이어서 서판발췌과(書判拔萃科)·재식겸무명어체용과(才識兼茂明於體用科)에 연속 합격했다. 그 재능을 인정받아 한림학사(翰林學士)·좌습유(左拾遺) 등의 좋은 직위에 발탁되어 관운(官運)과 문운(文運)을 함께 누린 드문 인물이다. 〈신악부 新樂府〉·〈진중음 秦中吟〉 같은 풍유시와 〈한림제고 翰林制誥〉처럼 이상에 불타 정열을 쏟은 작품을 창작한 것도 이때이다.

808년 37세 되던 해에 부인 양씨(楊氏)와 결혼했다. 당 현종과 양귀비의 사랑을 노래한 장편 시 〈장한가 長恨歌〉에는 부인에 대한 작자의 사랑이 잘 반영되어 있는 것으로 본다. 그래서 사랑의 감정시도 사랑을 하는 사람이 표현해 낼 때 그것은 더욱 생명력이 있다.

백거이는 문학 창작을 삶의 보람으로 여겼다. 그가 지은 작품의 수는 대략 3,840편으로 본다. 그 많은 작품을 창작했다는 것은 놀라운 일이다. 더구나 그의 작품은 형식이 다양하여 모든 문학형식을 망라한다. 또한 그는 훌륭한 친구를 많이 사귀었는데, 특히 원진(元稹) 및 유우석(劉禹錫)과의 사이에 오간 글을 모은 〈원백창화집 元白唱和集〉과 〈유백창화집 劉白唱和集〉은 중당시대의 문단을 화려하게 장식한 우정의 결실이라 일컬어진다.

　백거이는 1편의 시가 완성되면 남들에게 읽어주고 어려워하는 곳을 찾아 퇴고(推敲)를 했다. 이렇게 하여 그는 난해한 시를 쓰지 않았다. 그가 일상어를 사용하여 시를 쉽게 쓴 것은 문언(文言)의 전통을 이어받으면서도 구어를 자신의 언어 속에서 활용하려 했다. 또한 그는 어휘를 매우 신중하게 선택했다. 고금문학(古今文學)에 나타난 어휘를 천지(天地)·산천(山川)·인사(人事)·조수(鳥獸)·초목에 이르기까지 1,870개 부문으로 분류하여 〈백씨육첩 白氏六帖〉 30권을 펴 낼 정도로 어휘력 증진에 대한 열정 또한 대단했다. 이를 보더라도 그가 어휘를 선택하고 그 의미를 확인하는 데 얼마나 많은 노력을 들였는지 알 수 있다. 이러한 노력과 결과로 해서 백거이는 쉬운 글을 썼다.

　이백(李白)·두보(杜甫)·한유(韓愈) 등 백거이와 이름을 나란히 하는 이들 시인의 작품에는 송대 이래 많은 주석서가 있는 데 반해, 〈백씨문집 白氏文集〉에는 그러한 주석서가 없는 것만 보아도 그가 글을 얼마나 쉽게 썼는지를 알 수 있다. 위의 시 〈장한가〉 또한 전편을 보아도 난해한 곳이 없다.

한시감상3

1. 관저(關雎)/문왕(文王)

關關雎鳩 在河之洲 (관관저구 재하지주)
窈窕淑女 君子好逑 (요조숙녀 군자호구)

參差荇菜 左右流之 (참치행채 좌우유지)
窈窕淑女 寤寐求之 (요조숙녀 오매구지)
求之不得 寤寐思服 (구지불득 오매사복)
悠哉悠哉 輾轉反側 (유재유재 전전반측)

參差荇菜 左右采之 (참치행채 좌우채지)
窈窕淑女 琴瑟友之 (요조숙녀 금슬우지)
參差荇菜 左右芼之 (참치행채 좌우모지)
窈窕淑女 鐘鼓樂之 (요조숙녀 종고락지)

-詩經, 周南-

노래하는 한 쌍의 물수리 황하 물가에서 노는 구나
얌전하고 조용한 아가씨는 군자의 좋은 짝이어라.

올망졸망 마름 풀을 이리저리 찾으며
품위 있고 얌전한 아가씨를 자나 깨나 생각하네.
생각해도 얻지 못하니 자나 깨나 또 생각하네.
생각하고 또 생각하며 이리저리 뒤척이며 잠 못 이루네.

올망졸망 마름풀을 이리저리 뜯으며
얌전하고 고운 아가씨를 금슬 좋게 사귀네.
올망졸망 마름풀을 이리저리 가려내고
얌전하고 예쁜 아가씨와 풍악을 울리며 즐기네.

위 시는 興體(흥체)로 총 3장에 1장은 4구이고 2·3장은 8구로 되어 있다. 흥체란 사물을 앞에 거론하고 그것으로 시상을 삼은 시 형태를 말한다.

위의 시는 약3천년 전에 나온 중국 최초 시집인『시경』첫머리에 실린 (關雎·관저)이다. '아리따운 아씨'(窈窕淑女·요조숙녀)를 사모하는 젊은이의 연정을 담고 있다.

關雎(관저)는 주나라 문왕이 요조숙녀인 태사를 배필로 맞아들여 궁중 사람들이 정숙한 태사의 부덕을 보고 이 시를 지었다고 전한다. 여기서 군자는 물론 문왕이다.

일찍이 이 시를 읽은 공자는 "관저 편의 시는 즐겁되 지나침이 없고, 애처롭되 마음을 상하게 하지는 않는다"(關雎, 樂而不淫, 哀而不傷 - ≪논어≫ -)라고 평하였다.

"樂而不淫, 哀而不傷(즐기되 빠지지는 말고, 슬픈 일이 있더라도 상처를 입지는 말라"는 말이 된다.

하루 하루를 한결같이 즐겁고 기쁘게 살 수만은 없을 것이다. 좋은 일이 있으면 나쁜 일도 있고 나쁜 일이 있으면 좋은 일도 있을 것이다. 그것이 인생이 살아가는 맛이기도 하다. 사랑도 마찬가지이다. 사랑을 한다고 한결 같을 수만을 없다. 설령 있다하더라도 언제나 한결 같다면 그 기쁨 또한 처음과 같지는 않을 것이다. 타성에 젖어버리기 때문이다. 아리스토텔레스는 "사랑하는 것은 즐기는 것이지만, 사랑을 받는 것은 즐기는 일이 아니다"라고 하였다. 사랑은 받을 때 보다 줄 때가 좋다는 뜻이다. 맞는 말이다. 사랑을 받는 사람보다 사랑을 주는 사람이 더 행복하다. 사랑을 받는 사람은 말이나 행동으로 직접 확인하여져서 알 수 있지만, 사랑을 주는 사람은 언제 어디에서든 마음으로 무한하게 울림을 갖고 뻗어나갈 수 있기 때문이다.

淫(음)자는 여러 가지 의미가 있다. 음란하다, 간사하다, 지나치다, 넘치다, 빠지다, 탐내다, 물들다, 머무르다 등등이다. 여기서는 '지나치다, 넘치다, 빠지다'가 통용될 수 있다고 본다. "즐겁되 지나치지 않게"(樂而不淫) 곧 중용의 도를 말한다. 중용이란 절제의 미덕이다. 누구나 뜻은 있다. 그 뜻을 이루려면 절제할 줄 알아야 한다. 사람들은 살아가면서 절제해야 할 것이 참 많다. 주어진 환경 속에서 어떠한 충동과 욕망과 유혹이 다가오더라도 이를 절제하고 적절하게 조정하는 것이 누구에게나 필요하다. 그것이 중용을 향한 절제이다.

인생을 즐겁게 살면서도 고상한 품격을 유지하는 것은 누구나 바라는 삶이 될 것이다. 그것이 공자가 말하는 "樂而不淫, 哀而不傷(즐기되 빠지지는 말고, 슬픈 일이 있더라도 상처를 입지는 말라"는 말이 된다.

2. 광한(漢廣)/문왕(文王)

南有喬木[1] 不可休思 (남유교목 불가휴사)

漢有遊女 不可求思 (한유유녀 불가구사)

漢之廣矣 不可泳思 (한지광의 불가영사)

江之永矣 不可方[2]思 (강지영의 불가방사)

翹翹[3]錯薪[4] 言刈其楚[5] (교교착신 언예기초)

之子于歸 言秣其馬 (지자우귀 언말기마)

漢之廣矣 不可泳思 (한지광의 불가영사)

江之永矣 不可方思 (강지수의 불가방사)

翹翹錯薪 言刈其蔞 (교교착신 언예기루)

之子于歸 言秣其駒 (지자우귀 언뢰기구)

漢之廣矣 不可泳思 (한지광의 불가영사)

江之永矣 不可方思 (강지영의 불가방사)

– 詩經, 周南 –

남쪽에 우뚝 솟은 저 나무 그늘이 있어야 쉬어가지

---

1 喬木 : 가지는 별로 없이 우뚝 솟은 나무
2 方 : 뗏목
3 翹翹 : 나무가 빽빽이 자란 모습
4 錯薪 : 뒤엉킨 땔나무
5 楚 : 싸리나무, 가시나무, 우거진 모양

한수가에 노는 저 아가씨 만날 수 있어야 사랑하지
한수는 넓고 넓어 헤엄칠 수도 없고
강수는 길고 길어 뗏목타고 갈 수도 없네

빽빽한 잡목 사이에서 싸리나무만 베어내어
그 아가씨가 시집 올 때 말의 꼴이나 먹여주리라.
한수는 넓고 넓어 헤엄칠 수도 없고
강수는 길고 길어 뗏목 타고도 갈 수가 없네.

그 울창한 잡목속의 그 쑥이나 베어내어
그 아가씨 시집 올 때 그 말의 꼴이나 먹여주리라.
한수는 넓고 넓어 헤엄쳐 갈 수도 없고
강수는 길고 길어 뗏목 타고 갈 수도 없네.

3장에 장마다 8구절인 흥이비체(興而比體)이다. 곧 이 시는 사물을
먼저 제시하고 이로써 시상을 펼쳐 나가면서 사물에 비유하는 시체로
흥체이면서 비체이다.

이 시는 문왕의 교화가 가까이에서부터 차츰차츰 저 멀리 강한(江
漢)까지 미침을 의미한다. 그 당시는 전쟁이 잦았고, 미개한 족속이 많
아 풍기가 문란했다. 그래서 문왕은 국민들의 교화에 힘을 기울었다.
특히 남녀간의 교화에도 힘썼는데 이로 인해서 남녀간의 품행이 바르
게 되었다 한다. 그렇게 하여 남녀가 서로 서로 사랑하고 사모하면서도
기다릴 줄 아는 풍토로 바뀌었다고 하니 문왕의 교화 이전의 문란 상태

를 짐작하게도 한다.

위의 시는 사랑하고 그리워하면서도 이를 기다리는 정서를 노래한 것이다. 곧 나무는 우뚝 솟아있지만 그늘이 없다는 것은 쉬어 갈만한 마음의 여유를 주지 않는 것이다. 가지가 많고 잎이 풍성해야만 사랑의 그늘이 넉넉하여 쉬어갈 마음이 저절로 생긴다. 가지도 적고 잎도 별로 없으면 쉬어갈 만한 사랑의 그늘이 없다.

한수가에서 아가씨가 놀고 있어 사랑하고 그리워 하지만 한수는 너무 넓어 헤엄칠 수도 없고 강수는 너무 길어 뗏목으로도 갈 수가 없으니 사랑을 나눌 수 없다. 다만 기다리는 수밖에 없다.

다만 빽빽한 잡목 사이에서 싸리나무나 베고, 울창한 잡목 속에서 자라난 쑥이나 넉넉하게 베어 내어 두었다가 그 아가씨가 시집 올 때 타고 올 말에게나 줄 꼴이나 넉넉히 준비해 놓고. 그 날을 기다리겠다는 남자의 절제와 기다림의 미학이 잘 표출되어 있다.

국(國)은 제후로 봉한 나라의 지역이고, 풍(風)은 그 제후국의 민속과 대중들의 가요로 당시에 유행하던 가사(歌詞)를 말한다.

주남은 주나라 남쪽 지방에 있는 나라라는 의미이다. 주나라는 본래 옹주 지역인 기산의 남쪽에 위치하고 있었다. 后稷의 13세손인 고공단보(古公亶父)가 처음 도읍을 정한 곳이다. 그 아들 季歷으로부터 문왕에 이르러 국토를 넓히고 다시 도읍을 豊으로 옮겼으며 옛 기주를 나누어 문왕의 아들인 주공단(주공)과 소공석의 채읍(采邑)으로 삼았다. 덕화의 정치가 남방까지 뻗어 나가 많은 마을 차지하게 되었다. 무왕대에 와서 은나라의 마지막왕 紂를 죽이고 천하를 통일하여 주나라를 세웠다.

주남은 주공이 모은 시를 말하는 것으로 천자의 나라인 주나라에서

각 제후국으로 그 교화가 미친 것이고 소남은 소공석이 모은 것으로 제
후의 패국으로부터 유행하여 천자의 나라까지 유행하여 쓰인 것이다.

3. 감당(甘棠)

蔽芾甘棠 勿翦勿伐(폐패감당 물전물벌)
召伯所茇(소백소발)
蔽芾甘棠 勿翦勿敗(폐패감당 물전물패)
召伯所憩(소백소게)

蔽芾甘棠 勿翦勿拜(폐패감당 물전물배)
召伯所說(소백소세)

- 詩經, 召南 -

무성한 팥배나무를
자르지도 말고 베지도 말라
그 임 소백께서 머물던 곳이니라

무성한 팥배나무를
자르지도 말고 꺾지를 말라
그 임 소백께서 쉬시던 곳이니라

무성한 팥배나무를
자르지도 말고 휘지를 말라
그 임 소백께서 휴식하던 곳이니라.

3장에 각장 3구절로 이루어진 부체다. 소공이 남쪽의 여러 나라를 순방하며 문왕의 정책을 시행할 때 팥배나무 밑에서 잠간 쉰 적이 있었는데 그 때 쉬던 그 팥배나무를 사랑하여 소공의 덕을 흠모하는 노래로 지은 것으로 전한다.

전편에서 밝혔듯이 소남은 문왕의 아들 소공석이 채집한 것으로 제후의 패국으로부터 유행하여 천자의 나라까지 유행하여 쓰인 것이다.

문왕(文王)은 나라를 개척하면서 점점 넓힘에 이에 도읍을 풍(豊)땅으로 옮기고 기주(岐周)의 옛 땅을 나누어서 주공 단(旦)과 소공 석(奭)의 채읍(采邑)으로 삼았다. 채(采)는 벼슬이다. 벼슬은 땅을 일궈먹는 까닭에 '채지(采地)'라고도 한다.

문왕은 주공(周公)으로 하여금 나라 안에서 정사를 하게 하고, 소공은 제후들에게 교화를 베풀어 펼치도록 하였다. 이렇게 하여 주공과 소공은 주나라의 기틀을 잡는데 큰 역할을 담당했다. 또 소공은 주공과 함께 무왕의 아들이며 조카인 성왕(成王)을 도와 주(周)나라의 기초(基礎)를 세우는데 일익을 담당했으며 산동 반도(半島)의 이족(夷族)을 정벌(征伐)하여 동방(東方) 경로(經路)의 사업(事業)을 이룩하기도 했다.

4. 사문(思文)/주공(周公)

思[1]文后稷 克配彼天(사문후직 극배피천)

立我蒸民 莫匪爾極(입아증민 막비이극)

貽我來牟 帝命率育 (이아래모 제명솔육)

無此疆爾界(무차강이계)

陳常于時夏[2](진상우시하)

- 詩經, 周頌淸廟 -

문덕이 빛나는 후직은 능히 저 하늘을 짝하셨네

백성들을 편안히 먹이셨으니 그의 은덕이 아님이 없네

우리에게 밀과 보리를 주시어 하늘이 두루 자라게 하셨네.

네 것 내 것 가릴 것 없이

온 나라에 펴시었네.

위 시는 부체로 1장에 8구로 이루어졌다. 부체란 있는 그대로의 사실을 묘사한 시 형태로 사실적이다.

주나라의 시조인 후직을 상제에 배향하고 제사지내며 부르는 악가이다. 곧 후직의 문덕이 하늘을 짝하리만큼 크다. 백성들을 편안히 먹이고도 충분하니 그 은덕을 칭송하며 기린다. 곡식을 하늘이 두루 자라게 하여 풍요롭게 하니 내 것 네 것 가릴 것 없이 온 나라가 태평이라는

---

1 思는 어조사이고 文 은 문덕이 있음을 말한다.
2 時는 是와 같고 夏는 중국을 말한다.

노래를 부르며 펼치는 악가이다.

우리에겐 동명왕 설화가 있듯이 그 설화와 비슷한 내용이 후직설화이다. 후직은 중국 신화에 나오는 기장의 왕이다. 후직의 이름은 버릴 기 (棄)이다. 어머니는 유태씨의 딸 강원으로 제곡고신의 원비가 되었다. 전설에 의하면, 아이를 낳지 못하던 그의 어머니가 어떤 신(神)의 발자국을 따라 걷다가 기적적으로 그를 잉태했다고 한다. 그는 숲 속에서 새와 동물들의 보호를 받으며 자랐고, 선사시대 농업을 관장하는 관리로 활동했다. 그래서 후직에게 제사하는 것은 풍요로운 수확을 베푼다고 믿는 중국인의 신앙이다. 중국인들은 지나간 일에 감사하고, 또 앞으로도 계속 자비를 베풀어주기를 기대하며 그에게 제물을 바쳤다.

기(棄)는 어릴 때부터 어른다운 면모가 있었고 생각하는 것이 어른스러웠으며 노는 데도 삼이나 콩 따위를 심기를 좋아했다. 어른이 되자 곧 땅을 잘 살펴보고서 무엇이 그 땅에 알맞은가를 연구했다. 그리하여 백성들에게 농사를 가르쳤던 것이다. 기는 도당씨, 유우씨, 하우씨의 3대 동안 출세하여 농사관직인 후직이 되어 태라는 땅을 다스렸다. 그리고 순임금은 그의 공로를 표창하여 희(姬)라는 성을 하사한 것이다. 그런 연유로 해서 후대 국가인 하(夏 BC 22~18세기)와 주(周 : BC 600~255)의 통치자들은 후직(后稷)에게 제사를 드리고 자신들의 조상으로 삼았다. 이들은 모두 성이 희(姬)이다.

5. 호천유성명(昊天有成命)

昊天有成命 (호천유성명) 하늘이 이룬 명령이시니
二后受之(이후수지) 문왕과 무왕이 받드셨네
成王不敢康(성왕불감강) 성왕이 편안하지 못하여
夙夜基命宥密 (숙야기면유밀) 밤낮 천명을 좇아 애쓰시니
於楫熙單厭心 (어접희단염심) 그 마음 빛나고 두터우시사
肆其靖之(사기정지) 드디어 편안하게 되셨네.

- 詩經, 周頌淸廟 -

1장 6구로 이루어진 부체이다. 주송청묘(周頌淸廟)란 깨끗한 사당에서 행해지는 주나라의 종묘악(宗廟樂)을 이르는 말이다..

이 시는 성왕의 덕을 이른 것으로 성왕을 제사 지낼 때의 시가이다. 이는 우리나라도 종묘제례에서 궁중제례악을 연주하는 것과 같은 맥락이다.

성왕은 무왕의 아들이다. 성왕은 숙부인 주공이 있었기에 어린나이에도 왕권을 이어 받을 수 있었고 할아버지인 문왕이 기반을 닦고 아버지인 무왕이 세운 주나라를 반석위에 올려 놓을 수 있었다. 수양대군 세조와는 아주 대조적인 인물이다. 수양대군은 사육신, 생육신을 내면서까지 어린 조카를 죽이고 왕위에 오른 패륜을 저질렀지만 승자가 되었기에 역사 속으로 묻히었다. 주공은 형인 무왕이 죽자 주위에서는 그를 왕으로 세우려 했지만 주공은 이를 다 물리치고 또 직접 왕권을 장악하라는 주변의 유혹도 과감하게 다 뿌리쳤다. 그리고 오직 무왕의 어

린 아들 성왕(成王)을 보좌하는 길을 택했다.

성왕에게 오히려 통치기술을 가르치며 왕도를 가르쳤다. 주공이 왕을 계승하지 않고 어린 조카에게 왕위를 계승하자 이에 불만을 품은 주공의 세 동생 관(管)·채(蔡)·곽(霍)과 몰락한 은(殷)의 후계자 무경(武庚)이 이끄는 대규모 반란이 일어났다. 이때도 주공은 앞장서 반란을 진압하면서까지 어린 왕인 조카를 지켰다. 그 후도 몇 차례의 정벌에 나서 황허 강[黃河] 유역의 화베이[華北] 평원 대부분을 주의 영토로 편입시켰다. 그리고 지금의 허난 성[河南省] 뤄양[洛陽] 근처에 제국의 동쪽 지역을 관할하기 위한 동도(東都)를 세웠다.

그는 은이 통치하던 지역에 대한 은의 지배를 완전히 뿌리 뽑고, 정복한 지역에 새로운 행정단위를 설치하여 믿을 만한 주의 관리들이 이 지역을 다스리게 했다. 이를 위해 아들을 노(魯 : 曲阜)나라에 봉건(封建)하는 등 주왕실의 일족과 공신들을 요지에 배치해 다스리게 하는 등 주초(周初)의 대봉건제(大封建制)를 실시해 수비를 공고히 했다. 그렇게 하여 주의 정치·사회 제도가 중국 북부 전역에 걸쳐 확고히 수립되었다. 그가 확립한 행정조직은 후대 중국 왕조들의 모범이 되기도 했다.

이렇게 주공은 어린 조카에게 한편으론 왕도를 가르치면서 7년 동안 섭정한 후 성왕이 친정을 베풀 수 있을 때 쯤 스스로 자신의 지위에서 물러났다. 그래서 주공의 성공은 곧 성왕의 성공이고, 성왕의 업적은 곧 주공의 업적이 되어 주나라는 주공으로 인하여 예의 나라, 인의 나라의 모범이 되었다.

그래서 후대인은 周公을 성인의 반열에 놓기도 한다.

6. 장끼(雄雉)

雄稚于飛 泄泄[1]其羽 (웅치우비 예예기우)
我之懷矣 自詒伊阻[2] (아지회의 자이이조)

雄稚于飛 下上其音 (웅치우비 하상기음)
展矣君子 實勞我心 (전의군자 실로아심)

瞻被日月 悠悠我思 (첨피일월 유유아사)
道之云遠 曷云能來 (도지운원 갈운능래)

百爾[3]君子 不知德行 (백이군자 부지덕행)
不忮不求 何用不臧[4] (불기불구 하용불장)

– 詩經, 邶風 –

장끼가 날으네. 푸드득 푸드득 날개치며 날으네
그리운 님이여, 스스로 괴로움만 미치는구나.

장끼가 날으네. 오르락 내리락 소리하며 날으네
진실한 나의 님이여, 참으로 내 마음 괴롭히구나

---

1 泄 : 떠날 예, 샐 설, 泄泄 : 새가 날개를 퍼덕이는 모양
2 自詒伊阻 : 스스로 괴로움을 끼치다.
3 百爾, 凡과 같다
4 臧, 착할 장, 곳간 장

저 해와 달을 바라보면 끝이 없는 나의 생각
길이 멀다고 하는데 어찌 빨리 올 수 있으리

관리들이여, 덕행을 알지 못하는가
해치지 않고 탐하지 않으면
무엇을 하든 좋은 일이 아니겠는가.

1장과 2장은 장끼란 사물을 보고 거기서 시상을 펼쳤으니 흥체이고, 3, 4장은 비치는 그대로의 실상을 묘사하였으니 부체이다. 그래서 각 장이 4구절로 이루어진 흥이부체(興而賦體)이다.

패풍(邶風)은 패 나라의 풍이라는 뜻이다. 패(邶)는 용(鄘), 위(衛)와 함께 본래 은(殷)나라의 수도가 그 곳에 있었으며 주(紂)의 땅이었다.

周 의 무왕(武王)이 은나라의 紂를 친 뒤 그 땅을 셋으로 나누어 북쪽을 패, 남쪽을 용, 동쪽을 위라하여 제후들을 봉하였다. 하지만 그 뒤 패나 용은 위에 편입되어 실질상 별 의미는 없지만 명목상 시경에서는 공자가 따로 옛 이름을 붙였다. 시경에는 주남과 소남이 국풍으로 正風에 속하며 다른 13개국 곧 패풍을 비롯한 정(鄘), 위(衛), 왕(王), 정(鄭), 제(齊), 위(魏), 당(唐), 진(秦), 진(陳), 회(檜), 조(曹), 빈(豳)풍(風)은 변풍(變風)이라고 칭한다.

정풍과 변풍은 읽어보면 뚜렷한 차이를 알 수 있다. 정풍이 조선조의 선비문학이라면 변풍은 고려 속요에 비유될 수 있다. 그래서 변풍은 하나같이 속요마냥 작자미상이다.

위의 시는 부역으로 멀리 떠난 남편을 그리워하며 읊은 아내의 노래

라고 전한다. 장끼라는 객관적 상관물을 통하여 멀리 떠난 임을 그리며
괴로워하고 애타하는 여인의 내면세계를 그대로 드러내고 있다. 그래
서 정풍의 조신스런 여인의 모습과는 아주 대조적이다. 비교하면서 감
상해 보면 정풍과 변풍의 차이점을 자연적으로 이해할 것이다.

다음에서 한 편 더 소개해 본다.

靜女其姝 俟我於城隅 (정여기주 사아어성우)
愛而不見 搔首踟躕 (애이불견 소수지주)

靜女其孌 貽我彤管 (정여기련 이아동관)
彤管有煒 說懌女美 (동관유위 열역여미)

自牧歸荑 洵美且異 (자목귀이 순미차이)
匪女之爲美 美人之貽 (비여지위미 미인지이)

- 시경 패풍 -

정숙하고 아릿다운 그 아가씨
산모퉁이에서 나를 기다린다고 했는데
사랑하고 볼 수 없으니 머리만 긁적이며 서성이네.

귀엽고도 어여쁜 그 아가씨 빨간 피리를 나에게 주었네
빨간 피리 붉고 고우니 기뻐하고 좋아하는 그녀의 아름다움

저 들에서 아름답고도 기이한 띠풀을 나에게 주네
띠풀이 고운 것이 아니고 그녀가 주었기에 아름답다네.

3장에 장마다 4구절로 이루어진 부체이다. 이 시는 사랑하는 사람들
이 서로 주고받는 물건도 사랑스러운 것처럼 애정을 노래한 시이다. 이
러한 애정시를 음탕한 ‘남녀상렬지사’로 간주하여 변풍으로 편입시켰
다. 이것은 마치 조선조 도학자들이 속요를 ‘남녀상열지사’로 간주했던
것과도 유사하다.

7. 청묘(淸廟)/주공(周公)

於穆淸廟(오[1]목청묘) 아름답고 깨끗한 사당에

肅雝顯相(숙옹현상) 공경스럽고 온화하고 밝은 대신들이 모였네

濟濟多士(제제다사) 많고 많은 執事들

秉文之德(병문지덕) 문왕의 덕을 받들어

對越[2]在天(대월재천) 하늘에 계신 신령님 만나(모시고)

駿奔走在廟(준분주재묘) 신주를 위해 분주히 달리네.

不顯不承(불현불승) 이 정성 어찌 나타나지 않으리 ,받들지 않으리

無射[3]於人斯[4](무역어인사) 이에 사람에게서 싫어함이 없네.

송(頌)은 종묘의 노래이다. 대서(大序)에 의하면 '융성한 덕의 형용을 아름답게 하고 그 성공한 공덕을 신명께 고한다'고 하였다. 대개 頌과 容은 옛 글자에서는 서로 통하는 것으로 서문에서 말한 것이다.

周頌(주송) 31편은 거의 다 周公(주공) 이 지은 것이다. 위의 시 청묘 또한 주공이 지은 것으로 1장 8구로 이루어진 부체이다. 그가 낙읍을 완성시키고 제후들과 조회를 하면서 문왕의 사당에서 제사지내며 부르던 악가이다.

주공은 성은 희(姬), 이름은 단(旦). 주(周 : BC 1111경~255) 초기에 국가의 기반을 다졌다. 공자는 그를 후세의 중국 황제들과 대신들이 모

---

1 於 : 탄식할 오, 감탄사로 쓰임
2 越 : 넘을 월, 구멍활, 여기서는 어조사로 쓰임
3 射 : 싫어할 역
4 斯 : 이 사, 어조사 사, 어조사로 쓰임

범으로 삼아야 할 인물로 격찬했다.

주공은 주를 창건한 무왕(武王)의 동생으로 무왕의 권력 강화를 도왔다. 무왕이 죽자 직접 왕권을 장악하라는 주변의 유혹을 뿌리치고 대신 무왕의 어린 아들 성왕(成王)을 보좌하는 길을 택했다. 그 후 성왕에게 통치기술을 가르치기 시작했다. 그러나 주공이 섭정직에 오르자마자 그의 세 동생 관(管)·채(蔡)·곽(霍)과 몰락한 은(殷)의 후계자 무경(武庚)이 이끄는 대규모 반란이 일어났다. 그는 반란을 진압했으며 또한 몇 차례의 정벌에 나서 황허 강[黃河] 유역의 화베이[華北] 평원 대부분을 주의 영토로 편입시켰다. 그리고 지금의 허난 성[河南省] 뤄양[洛陽] 근처에 제국의 동쪽 지역을 관할하기 위한 동도(東都)를 세웠다.

그는 은이 통치하던 지역에 대한 은의 지배를 완전히 뿌리 뽑고, 정복한 지역에 새로운 행정단위를 설치하여 믿을 만한 주의 관리들이 이 지역을 다스리게 했다. 7년 동안 섭정한 후 스스로 자신의 지위에서 물러날 때쯤에는 주의 정치·사회 제도가 중국 북부 전역에 걸쳐 확고히 수립되었다. 그가 확립한 행정조직은 후대 중국 왕조들의 모범이 되었다.

공자는 이미 오래 전에 죽은 주공을 대단히 숭배하여 한때는 "오랫동안 주공을 꿈에서 보지 못한 것을 보니 정말로 내가 허약해지고 늙은 것 같다"라고 할 정도로 공자는 주공을 흠모했다

문왕은 BC 12세기 중국 주(周 : BC 1111~256)의 창건자인 무왕(武王)의 아버지이자 주공의 아버지이다. 서백(西伯)이라고도 한다. 유교 역사가들이 칭송하는 성군(聖君)에 속한다. 문왕은 중국 서부 국경에 위치한 주의 통치자였는데, 이 나라는 오랜 동안 문명화된 중국과 유목 침략자들 사이의 전쟁터가 되어왔다. BC 1144년에 그는 서백이라는 칭

호를 갖게 되었으며, 은나라(殷 : BC 18~12세기)를 위협하기 시작했다. 1144년에는 은의 마지막 왕인 주왕(紂王)에게 포로로 잡혀 감옥에 갇히기도 하다. 3년간 감옥에 있으면서 유교의 고전인 주역의 괘사(卦辭)를 지었다. 〈역경〉의 점(占)에 기반이 되는 8괘(卦)는 이미 오래전부터 있었던 것으로 본다. 문왕은 주나라 사람들이 미녀 1명, 좋은 말 1필, 4대의 전차(戰車)를 몸값으로 지불하고서야 풀려났다. 주나라에 돌아와서는 주왕(紂王)의 잔인함과 타락상에 대해 비판하며 대망을 아들인 무왕에게 걸었다. 그것이 결실이 되어 그가 세상을 떠난 직후 아들이자 후계자인 무왕이 은(殷)나라 마지막 왕인 주왕(紂王)을 멸망시키고 周나라를 세웠다.

여기서 잠간 주나라의 건국과 은나라의 멸망, 강태공 백이·숙제의 관계에 대해 살펴보자.

백이(伯夷)와 숙제(叔齊)는 상나라 말기의 형제로, 끝까지 군주에 대한 충성을 지킨 의인으로 알려져 있다. 이 이야기는 ≪사기열전≫ 에 나온다. 백이와 숙제는 형제이다. 변방의 작은 영지인 고죽군의 후계자로 고죽군의 영주인 아버지가 죽자 이들은 서로에게 자리를 양보하며 끝까지 영주의 자리에 나서지 않으려 한다.

이 때 상나라의 서쪽에는 희창(문왕)이 작은 영주들을 책임지는 서백의 자리에 앉는다. 희창이 죽자 그의 아들 희발(서주 무왕)이 군대를 모아 상나라에 반역하려 한다. 희발의 부하 강태공은 뜻을 같이하는 제후들을 모아 전쟁 준비를 시작한다. 이 때 백이와 숙제는 무왕을 찾아와 다음과 같이 간언한다.

"아버님이 돌아가신 후 아직 장사도 지내지 않았는데 전쟁을 할 수는 없소. 그것은 효가 아니기 때문이오. 더구나 주나라는 상나라의 신하 국가이오. 어찌 신하가 임금을 주살하려는 것을 仁이라 할 수 있겠소?." 했다.

이에 희발은 크게 노하여 백이와 숙제를 죽이려 한다. 그러나 강태공이 이들은 의로운 사람들이라 하여 살아나게 된다. 이후 희발은 상나라를 토벌하고 주나라의 무왕이 된다. 백이와 숙제는 상(은)나라가 망한 뒤에도 상나라에 대한 충성을 버릴 수 없으며, 고죽군 영주로 받는 녹봉 역시 받을 수 없다며 수양산으로 들어가 고사리를 캐먹으며 연명한다. 이 때 왕미자라는 사람이 수양산에 찾아와 백이와 숙제를 만나 말하기를

"그대들은 주나라의 녹은 받을 수 없다더니 주나라의 산에서 주나라의 고사리를 먹는 일은 어찌된 일인가."라며 뜻을 굽히고 산에서 내려오기를 청했다.

이 후 두 사람은 고사리마저 먹지 않고, 마침내 굶어 죽었다.

이후, 백이와 숙제의 이야기는 끝까지 두 임금을 섬기지 않고 충절을 지킨 의인들을 가리키는 표현으로 원용된다. 역사에 나타난 대로라면 紂王은 패륜아 중에서도 패륜아이다. 그런 그에게도 백이·숙제 같은 인물이 있어서 불사이군의 인의 도를 지키기 위해서 굶어 죽었고, 그들의 이야기는 의인의 標本(표본)으로, 또 불사이군의 전범(典範)인양 회

자(膾炙)되고 있으니 인간이 이루어가는 역사는 어렵고도 알 수 없는
일이다. 더구나 仁의 실상을 젤 수 없고 인간의 마음 또한 알 수 없다

사자성어 및 고사성어

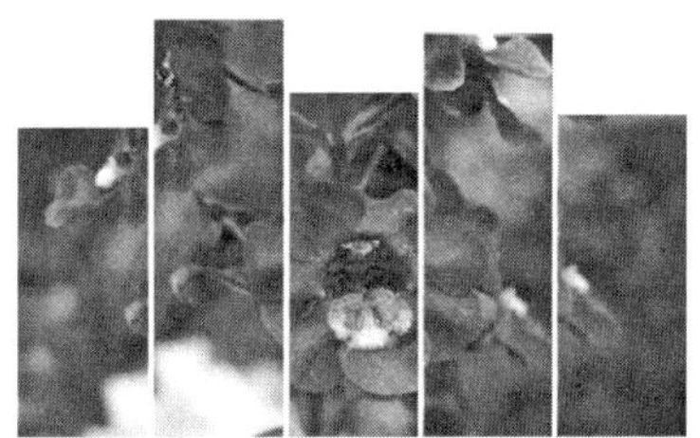

* 가담항설(街談巷說) : 길거리에 떠도는 소문. 세상의 풍문(風聞). 가담항어(街談
巷語).

* 가렴주구(苛斂誅求) : 세금 같은 것을 가혹하게 백성에게서 거두어들임

* 가인박명(佳人薄命) : 아름다운 여자는 기박(奇薄)한 운명(運命)을 타고남. 소식
(蘇軾)의 시 '가인다박명(佳人多薄命)'에서 유래

* 각고면려(刻苦勉勵) : 몹시 애쓰고 힘씀.

* 각골난망(刻骨難忘) : 은혜를 뼈 속에 새겨 두듯 잊지 않음.

* 각골통한(刻骨痛恨) : 뼈에 사무쳐 마음 속 깊이 맺힌 원한. 각골지통(刻骨之
痛).

* 각주구검(刻舟求劍) : 옛날 초(楚)나라 사람이 배를 타고 가다가 강물에 칼을 떨
어뜨리게 되자 배에 칼이 떨어진 곳을 새겨 놓고 나루에 이르러 칼을 찾았다 는
고사에서, 어리석고 융통성이 없는 것을 비유함.

* 각자도생 (各自圖生) : 사람은 제각기 살아갈 방법을 도모 함.

* 간난신고(艱難辛苦) : 몹시 힘이 들고 쓰라린 고통을 함. 갖은 고초(苦楚)를 다 겪
음.

* 간담상조(肝膽相照) : 마음과 마음을 서로 비춰볼 정도로 서로 마음을 터놓고 사
귐.

* 감언이설(甘言利說) : 남의 비위에 맞도록 꾸민 달콤한 말과 이로운 조건을 붙여
꾀는 말.

* 감지덕지(感之德之) : 감사하게 여기고 덕으로 여긴다는 데서, 대단히 고맙게 여
김.

* 감탄고토(甘呑苦吐) : 달면 삼키고 쓰면 뱉는다는 뜻으로, 사리(事理)의 옳고 그
름을 따지지 않고 자기 비위에 맞으면 좋아하고, 맞지 않으면 싫어한다는 말.

* 강구연월(康衢煙月) : 번화한 거리의 안개 낀 달이란 뜻으로, 태평시대의 평화로
운 풍경.

* 강유겸전(剛柔兼全) : 굳셈과 부드러움을 모두 갖춤. 곧, 성품이 굳세면서도 부
드러움.

* 강호연파(江湖煙波) : 강이나 호수 위에 안개처럼 보얗게 이는 잔물결.,

* 개과천선(改過遷善) : 허물을 고치고 착하게 됨.

* 개관사정(蓋棺事定) : 관(棺)의 뚜껑을 덮고서야 일이 정해진다는 데서, 시체(屍體)를 관에 넣고 뚜껑을 덮은 뒤에야 비로소 그 사람이 살아 있었을 때의 가치를 알 수 있음.

* 개선광정(改善匡正) : 좋도록 고치고 바로잡음.

* 개세지재(蓋世之才) : 세상을 뒤덮을 만한 재주. 또, 그러한 재주를 가진 사람.

* 객반위주(客反爲主) : 손이 도리어 주인이 됨. 주객전도(主客顚倒).

* 거두절미(去頭截尾) : 머리를 자르고 꼬리를 자름. 곧, 일의 요점(要點)만을 말함.

* 거안사위(居安思危) : 편안히 살 때 위태로움을 생각함.

* 거안제미(擧案齊眉) : 양홍(梁鴻)의 아내가 밥상을 들어 눈썹과 나란히 하여 남편 앞에 놓았다는 후한서(後漢書)의 열전(列傳)에 나오는 고사로, 아내가 남편을 공경함에 비유.

* 거자일소(去者日疎) : 죽은 사람에 대해서는 날이 갈수록 점점 잊어버리게 된다는 데서, 서로 멀리 떨어져 있으면 멀어짐을 말함.

* 거자필반(去者必反) : 떠난 자는 반드시 돌아옴. ↔ 회자정리(會者定離).

* 건곤일척(乾坤一擲) : 홍망성패(興亡成敗)를 걸고 단판 싸움을 함.

* 격물치지(格物致知) : 사물(事物)의 이치(理致)를 연구(研究)하여 지식(知識)을 확고히 함.

*격세지감 (隔世之感) : 세대(世代)를 거른 듯한 느낌. 곧, 딴 세대 같이 몹시 달라진 느낌.

* 격화소양(隔靴搔痒) : 신을 신고 발바닥을 긁는다는 뜻으로, 일이 성에 차지 않는 것.

* 견강부회(牽强附會) : 이치(理致)에 닿지 않는 것을 억지로 끌어다 붙임.

* 견리망의(見利忘義) : 이익을 보면 의리(義理)를 잊음. ↔ 견리사의(見利思義).

* 견리사의(見利思義) : 이익을 보면 의리(義理)를 생각함. ↔ 견리망의(見利忘義).

* 金科玉條(금과옥조) : '금이나 옥처럼 아주 귀중한 법칙이나 규정'이라는 말로 '절대적인 것으로 여기어 지키는 규칙이나 교훈'을 나타냄. 출전은 漢(한)나라 揚雄(양웅)의 ≪劇秦美新(극진미신)≫

* 낙락장송(落落長松) : 가지가 축축 길게 늘어지고 키가 큰 소나무.

* 낙목한천(落木寒天) : 낙엽 진 나무와 차가운 하늘. 곧, 추운 겨울철.

* 낙화유수(落花流水) : 떨어지는 꽃과 흐르는 물. 가는 봄의 경치, 또는 영락(零落)한 상황.

* 난공불락(難攻不落) : 공격(攻擊)하기가 어려워 함락(陷落)되지 않음.

* 난형난제(難兄難弟) : 누가 형인지 누가 아우인지 분간하기 어렵다는 뜻으로, 두 사물의 낫고 못함을 분간하기 어려울 때 비유하는 말.

* 남가일몽(南柯一夢) : 한 때의 헛된 부귀. 남가지몽(南柯之夢). 한 사람이 홰나무 밑에서 낮잠을 자다가 꿈에 대괴안국(大槐安國) 왕의 사위가 되어 남가군(南柯郡)을 20년 동안 다스리면서 부귀영화를 누리다가 꿈을 깨었다는 내용을 담고 있는 당(唐)나라 때의 소설 남가기(南柯記)에서 유래한 말.

* 남부여대(男負女戴) : 남자는 지고 여자는 임. 가난한 사람들이 떠돌아다님을 말함.

* 낭중지추(囊中之錐) : 주머니 속에 든 송곳은 끝이 뾰족하여 밖으로 나오는 것과 같이, 뛰어난 재주를 가진 사람은 숨기려 해도 저절로 드러난다는 뜻. 추낭(錐囊).

* 노기충천(怒氣衝天) : 성난 기색(氣色)이 하늘을 찌름, 잔뜩 성이 나 있음을 말함.

* 노류장화(路柳墻花) : 누구나 꺾을 수 있는 길가의 버들과 담 밑의 꽃, 창부(娼婦)를 이름.

* 노심초사(勞心焦思) : 마음으로 애를 쓰며 속을 태움.

* 녹양방초(綠楊芳草) : 푸른 버들과 아름다운 풀.

* 녹의홍상(綠衣紅裳) : 연두저고리에 다홍치마. 곧 곱게 치장(治粧)한 복색(服色).

* 논공행상(論功行賞) : 세운 공을 논정(論定)하여 상을 줌.

* 농가성진(弄假成眞) : 장난삼아 한 것이 참으로 한 것 같이 됨.

* 뇌성벽력(雷聲霹靂) : 우뢰소리와 벼락.

* 누란지세(累卵之勢) : 달걀을 포개어 놓은 것과 같이 몹시 위태로운 형세를 말함.

* 누란지위(累卵之危). 위여누란(危如累卵).

* 다기망양(多岐亡羊) : 학문(學問)의 길이 여러 갈래여서 진리(眞理)를 찾기 어려움. 방침(方針)이 많아서 도리어 갈 바를 모름. 달아난 양(羊)을 찾는데 길이 여러 갈래여서 끝내 양을 잃었다는 열자(列子)에 나오는 비유에서 유래한 말.

* 단기지교(斷機之敎) : 맹자(孟子)가 수학(修學) 도중에 돌아왔을 때, 그 어머니가 칼로 베틀의 실을 끊어서 훈계(訓戒)하였다는 고사에서 유래한 말. 학문(學問)을 중도에서 그만두는 것은 짜던 베의 날을 끊는 것과 같다는 가르침. 단기지계(斷機之戒). 맹모단기(孟母斷機).

* 단도직입(單刀直入) : 한칼로 바로 적진(敵陣)에 쳐들어간다는 뜻으로, 문장 언론 등에서 요점(要點)을 바로 말하여 들어감을 말함.

* 단사표음(簞食瓢飮) : 대바구니의 밥과 표주박의 물이란 뜻으로, 변변치 못한 음식, 나아가서 소박한 생활을 비유하는 말. 논어(論語)에서 공자(孔子)가 안연(顔淵)의 청빈한 생활을 일단사 일표음(一簞食 一瓢飮)으로 격찬한 데서 유래함.

* 단순호치(丹脣皓齒) : 붉은 입술과 하얀 이란 뜻에서, 여자의 아름다운 얼굴을 이르는 말.

* 당구풍월(堂狗風月) : 당구삼년(堂狗三年)에 폐풍월(吠風月). 서당 개 삼 년에 풍월을 짓다.

* 당랑거철(螳螂拒轍) : 사마귀가 팔을 벌리고 수레바퀴를 막는다는 뜻으로, 제 분수도 모르고 강적(強敵)에게 반항(反抗)함을 말함.

* 대경실색(大驚失色) : 크게 놀라서 얼굴빛을 잃음.

* 대기만성(大器晩成) : 큰 솥이나 큰 종 같은 것을 주조(鑄造)하는 데는 시간이 오래 걸리듯이, 크게 될 사람은 늦게 이루어진다는 말.

* 대의멸친(大義滅親) : 대의(大義)를 위해서는 부모형제도 돌아보지 않음.

* 대자대비(大慈大悲) : 불교(佛敎) 용어로, 넓고 커서 가이없는 자비(慈悲)를 말함.

* 도로무익(徒勞無益) : 한갓 애만 쓰고 이로움이 없음.

* 도청도설(塗聽塗說) : 길에서 듣고 길에서 말한다는 데서, 길거리에 떠돌아 다니는 뜬소문을 말함.

* 도탄지고(塗炭之苦) : 진흙탕에 빠지고 숯불에 타는 듯한 고생(苦生).

* 독불장군(獨不將軍) : 혼자서는 장군(將軍)이 못 된다는 뜻으로, 남과 협조해야 한다는 말. 무슨 일이나 제 생각대로 혼자서 처리하는 사람, 혹은 따돌림을 받는 외로운 사람을 말하기도 함.

* 마각노출(馬脚露出) : 마각이 드러남. 마각을 드러냄. 마각(馬脚)은 말의 다리로, 간사하게 숨기고 있는 일을 말함.

* 마이동풍(馬耳東風) : 동풍(東風), 곧 봄바람이 말의 귀에 스쳐도 아무 감각이 없듯이, 남의 말을 귀담아 듣지 아니하고 지나쳐 흘려버림을 말함. 우이독경(牛耳讀經).

* 막상막하(莫上莫下) : 위도 없고 아래도 없다는 데서, 우열(優劣)의 차가 없다는 말.

* 막역지우(莫逆之友) : 서로의 뜻을 거스르지 않는 친한 벗.

* 만경창파(萬頃蒼波) : 한없이 넓고 푸른 바다. 만경(萬頃)은 만 이랑, 창파(蒼波)는 푸른 파도라는 뜻.

* 만고불멸(萬古不滅) : 오랜 세월을 두고 사라지지 않음.

* 만고불변(萬古不變) : 오랜 세월을 두고 변하지 않음.

* 만고상청(萬古常靑) : 오랜 세월 동안 언제나 푸름.

* 만고풍상(萬古風霜) : 오랫동안 겪어 온 갖가지 고생. 풍상(風霜)은 바람과 서리로, 세상의 어려움을 말함.

* 만사휴의(萬事休矣) : 모든 일이 끝났다는 데서, 모든 일이 전혀 가망(可望)이 없다는 뜻.

* 만수무강(萬壽無疆) : 오래 살아 끝이 없다는 뜻으로, 장수(長壽)를 축복(祝福)하는 말.

* 만시지탄(晩時之歎) : 때늦은 한탄(恨歎). 기회를 놓친 한탄.

* 만신창이(滿身瘡痍) : 온 몸이 흠집 투성이임. 어떤 사물이 엉망이 됨.

* 만학천봉(萬壑千峰) : 수많은 골짜기와 수많은 산봉우리.

* 만휘군상(萬彙群象) : 우주의 수많은 현상. 세상 만물의 현상. 삼라만상(森羅萬象).

* 망극지은(罔極之恩) : 다함이 없는 임금이나 부모의 큰 은혜(恩惠).

* 망년지교(忘年之交) : 나이를 잊은 교우(交友). 곧, 나이를 따지지 않고 교제하는 것. 망년교(忘年交). 망년지우(忘年之友). 망년우(忘年友).

* 망양보뢰(亡羊補牢) : 양을 잃고 우리를 고친다는 말로, 속담 소잃고 외양간 고친다와 같은 뜻. 실마치구(失馬治廐).

* 망양지탄(亡羊之歎) : 갈림길에서 양을 잃고 탄식한다는 뜻에서, 학문의 길이 여러 갈래여서 잡기 어렵다는 말로 쓰임. *다기망양(多岐亡羊) 참고.

* 망연자실(茫然自失) : 정신을 잃고 어리둥절한 모양.

* 박람강기(博覽强記) : 동서고금(東西古今)의 책을 널리 읽고 사물을 잘 기억(記憶)함.

* 박이부정(博而不精) : 널리 알되 정밀하지 못함. ↔ 정이불박(精而不博)

* 박장대소(拍掌大笑) : 손뼉을 치며 크게 웃음.

* 박학다식(博學多識) : 학문(學問)이 넓고 식견(識見)이 많음.

* 반계곡경(盤磎曲徑) : 길을 돌아서 굽은 길로 간다는 데서, 일을 순리(順理)대로 하지 않고 옳지 않은 방법을 써서 억지로 함을 말함. 방기곡경(旁岐曲徑).

* 반목질시(反目嫉視) : 눈을 뒤집으며 질투하는 투로 봄.

* 반생반사(半生半死) : 반쯤은 살아 있고 반쯤은 죽어 있다는 데서, 거의 죽게 되어서 죽을는지 살는지 알 수 없는 지경(地境)에 이름을 말함.

* 반의지희(斑衣之戲) : 중국의 노래자(老萊子)란 사람이 늙은 부모를 위로하기 위해

* 반의(斑衣 : 색동저고리, 어린애들의 때때옷)를 입고 기어가는 놀이를 했다는 데서, 부모에 대한 지극한 효성(孝誠)을 말함.

* 반포지효(反哺之孝) : 반포(反哺 : 까마귀 새끼가 자란 뒤에 늙은 어미에게 먹을

것을 물어다 주는 것)하는 효도. 전하여, 자식이 자라서 부모를 정성으로 봉양
(奉養)하는 것을 말함.

* 발본색원(拔本塞源) : 근본(根本)을 뽑고 근원(根源)을 막는다는 데서, 폐단(弊
端)이 되는 원천(源泉)을 아주 뽑아서 없애 버림을 말함.

* 방약무인(傍若無人) : 곁에 사람이 없는 것과 같이 언행(言行)이 기탄(忌憚)없
음. 제 세상인 듯 함부로 날뜀. 안하무인(眼下無人). 안중무인(眼中無人).

* 방휼지쟁(蚌鷸之爭) : 무명조개와 도요새의 다툼. 곧, 도요새가 무명조개를 먹으
려고 껍질 안에 주둥이를 넣는 순간, 무명조개가 껍질을 닫는 바람에 서로 물려
서 다투게 되었는데 때마침 어부가 이를 보고 둘 다 잡게 되었다는 고사에서, 양
자(兩者)가 싸우는 틈을 이용하여 제삼자가 이득을 보는 것을 말함. 방휼지세(蚌
鷸之勢).

* 견토지쟁·어부지리 참고.

* 배반낭자(杯盤狼藉) : 술잔이 어지러이 널려 있다는 말로, 술 먹은 자리의 혼잡
한 모양을 이름. 소식(蘇軾)의 전적벽부(前赤壁賦)에 나오는 말.

* 배수지진(背水之陣) : 목숨을 걸고 싸움는 경우를 비유함. 중국 한(漢)나라의 한
신(韓信)이 조(趙)나라 군대를 공격할 때의 고사로, 강·호수·바다 같은 것을 등
지고 치는 진(陣). 물러가면 물에 빠지게 되므로 필사(必死)의 각오로 적과 싸우
게 됨. 배수진(背水陣).

* 배은망덕(背恩忘德) : 남한테 입은 은혜(恩惠)를 저버리고 은덕(恩德)을 잊음.

* 백골난망(白骨難忘) : 죽어 백골(白骨)이 되어도 깊은 은덕(恩德)을 잊을 수 없
다는 말.

* 백년가약(百年佳約) : 젊은 남녀가 혼인(婚姻)을 하여 한평생을 아름답게 지내
자는 언약(言約).

* 백년대계(百年大計) : 먼 뒷날까지 걸친 큰 계획. 백년지계(百年之計).

* 백년하청(百年河淸) : 중국의 황하(黃河)가 항상 흐려서 맑을 때가 없다는 데서
나온 말로, 아무리 오래 되어도 어떤 일이 이루어지기 어려움을 일컫는 말

* 백년해로(百年偕老) : 백년(百年 : 一平生)을 함께 늙는다는 데서, 부부가 화합

하여 함께 늙도록 살아감을 말함.

* 사고무친(四顧無親) : 사방을 둘러보아도 친한 사람이 없음. 곧 의지할 사람이 없음.

* 사면초가(四面楚歌) : 중국 초(楚)나라의 항우(項羽)가 한(漢)나라 군사에게 포위당하였을 때, 밤이 깊자 사면(四面)의 한나라 군중(軍中)에서 초나라의 노래가 들리어 옴으로 초나라 백성이 모두 한나라에 항복한 줄 알고 놀랐다는 고사에서 유래한 말. 사방이 다 적에게 둘러싸인 경우와 도움이 없이 고립된 상태를 이르는 말.

* 사반공배(事半功倍) : 일은 반(半)만 하고도 공은 배(倍)나 된다는 데서, 들인 힘은 적고 성과(成果)는 많음을 말함.

* 사분오열(四分五裂) : 이리저리 아무렇게나 나눠지고 찢어짐. 천하(天下)가 매우 어지러움.

* 사불범정(邪不犯正) : 사도(邪道)는 정도(正道)를 범하지 못함. 바르지 못한 것은 바른 것을 범하지 못함.

* 사불여위(事不如意) : 일이 뜻대로 되지 않음.

* 사상누각(沙上樓閣) : 모래 위의 누각(樓閣)이라는 뜻으로, 오래 유지되지 못할 일이나 실현 불가능한 일을 말함.

* 사서삼경(四書三經) : 유학(儒學)의 대표작인 경전(經傳). 사서(四書)는 논어(論語)·맹자(孟子)·대학(大學)·중용(中庸)을 말하고, 삼경(三經)은 시경(詩經)·서경(書經)· 주역(周易)을 말함. 삼경에 예기(禮記)·춘추(春秋)를 합하여 오경(五經)이라 함.

* 사통오달(四通五達) : 길이나 교통망·통신망 등이 사방으로 막힘없이 통함. 사통팔달(四通八達).

* 사필귀정(事必歸正) : 만사(萬事)는 반드시 정리(正理)로 돌아감.

* 산궁수진(山窮水盡) : 산이 막히고 물줄기가 끊어짐. 곧, 막다른 경우. 산진수궁(山盡水窮).

* 산자수명(山紫水明) : 산은 자주빛이고 물은 맑다는 뜻으로, 산수(山水)의 경치

가 썩 아름다움을 말함. 산명수려(山明水麗)

* 산전수전(山戰水戰) : 산에서 싸우고 물에서 싸웠다는 뜻으로, 세상 일에 경험이 많음을 말함.

* 산해진미(山海珍味) : 산과 바다에서 나는 물건으로 만든 맛좋은 음식.

* 살신성인(殺身成仁) : 목숨을 바쳐 인(仁)을 이룸.

* 삼강오륜(三綱五倫) : 삼강(三綱)과 오륜(五倫). 삼강은 군위신강(君爲臣綱)·부위부강(夫爲婦綱)· 부위자강(父爲子綱)을 말하고, 오륜은 군신유의(君臣有義)· 부자유친(父子有親)·부부유별(夫婦有別)·장유유서(長幼有序)· 붕우유신(朋友有信)을 말함.

* 삼고초려(三顧草廬) : 중국의 삼국시대(三國時代)에 촉한(蜀漢)의 유비(劉備)가 남양(南陽) 융중(隆中) 땅에 있는 제갈량(諸葛亮)의 초려(草廬 : 草家)를 세 번이나 찾아가서 자신의 큰 뜻을 말하고 그를 초빙(招聘)하여 군사(軍師)로 삼은 일에서, 인재를 맞기 위해 참을성 있게 힘쓰는 것을 말함.

* 삼순구식(三旬九食) : 한 달에 아홉 끼를 먹을 정도로 매우 가난한 생활을 말함. 삼순(三旬)은 30일로 한 달, 구식(九食)은 아홉 끼.

* 삼인성호(三人成虎) : 세 사람이 범을 만들어 낸다는 말. 거리에 범이 나왔다고 여러 사람이 다 함께 말하면 거짓말이라도 참말로 듣는다는 말로, 근거 없는 말이라도 여러 사람이 말하면 곧이듣는다는 말.

* 삼일유가(三日遊街) : 과거(科擧)에 급제(及第)한 사람이 사흘 동안 온 거리로 돌아다는 것을 말함

* 아비규환(阿鼻叫喚) : 아비지옥(阿鼻地獄 : 無間地獄)의 고통을 못 참아 울부짖는 소리. 심한 참상(慘狀)을 형용하는 말.

* 아유구용(阿諛苟容) : 아첨(阿諂)하며 구차스런 모습을 함.

* 아전인수(我田引水) : 속담으로는 제 논에 물대기 와 같은 말. 자기에게 이로울 대로만 함.

* 악전고투(惡戰苦鬪) : 악전(惡戰)과 고투(苦鬪). 곧, 몹시 어렵게 싸우는 것.

* 안고수비(眼高手卑) : 눈은 높지만 손재주가 별볼일 없음. 전하여, 이상(理想)만

높고 실천(實踐)이 따르지 않는 것, 비평(批評)에는 능하지만 창작력(創作力)이
낮은 것을 말함. 안고수저(眼高手低).

* 안분지족(安分知足) : 분수(分數)를 지키면서 만족할 줄 앎.

* 안빈낙도(安貧樂道) : 가난함을 편안히 여기면서 도를 즐긴다는 데서, 구차하고
가난한 가운데서도 편한 마음으로 도를 즐기는 것을 말함.

* 안신입명(安身立命) : 마음을 편안히 하고 천명(天命)을 좇음.

* 안중지정(眼中之釘) : 눈 안의 못이라는 말로, 자신에게 해를 끼치는 간악(奸惡)
한 사람을 비유함. 안중정(眼中釘). 안중지정(眼中之丁). 안중정(眼中丁). 눈 안
의 가시 와 같은 말.

* 안하무인(眼下無人) : 눈 아래 사람이 없음. 곧, 교만하여 사람을 업신여김. 안중
무인(眼中無人). 방약무인(傍若無人).

* 암중모색(暗中摸索) : 물건 따위를 어둠 속에서 더듬어 찾음. 일을 어림짐작함.

* 애걸복걸(哀乞伏乞) : 슬프게 빌고 업드려 빈다는 데서, 갖가지 수단으로 하소연
하는 것을 말함.

* 양두구육(羊頭狗肉) : 양의 머리를 내어놓고 실은 개고기를 판다는 데서, 겉으로
는 그럴 듯하게 내세우나 속은 변변치 않음을 말함.

* 양상군자(梁上君子) : 들보 위의 군자(君子)라는 뜻으로, 도둑을 점잖게 일컫는
말. 후한(後漢) 사람 이식(李寔)이 밤에 들보 위에 있는 도둑을 발견하고 자손들
을 불러 사람은 본래부터 악한 것이 아니라 나쁜 습관 때문에 악인이 되는 법이
니, 저 들보 위의 군자가 곧 그러니라. 하며 들보 위의 도둑을 가리키니, 그 도둑
이 크게 놀라 사죄했다는 고사에서 유래함.

* 양약고구(良藥苦口) : 좋은 약은 입에 쓰다는 말.

* 자가당착(自家撞着) : 같은 사람의 문장이나 언행이 앞뒤가 서로 어그러져 모순됨.

* 자강불식(自强不息) : 스스로 힘쓰고 쉬지 아니함. 自彊不息.

* 자격지심(自激之心) : 어떤 일을 해 놓고 자기 스스로 미흡(未洽)하게 여기는 마음.

* 자고현량(刺股懸梁) : 열심히 공부하는 것. 중국 전국시대(戰國時代)의 소진(蘇
秦)은 송곳으로 허벅다리를 찔러서 졸음을 쫓았고, 초(楚)나라의 손경(孫敬)은

머리를 새끼로 묶어 대들보에 매달아 졸음을 쫓았다는 고사에서 유래함.

* 자수성가(自手成家) : 물려 받은 재산이 없는 사람이 자신의 힘으로 한 살림을 이룩하는 것.

* 자승자박(自繩自縛) : 제 줄로 제 몸을 옭아 묶는다는 뜻으로, 자기의 말이나 행동으로 자기가 속박(束縛)을 당하는 것을 말함.

* 자업자득(自業自得) : 자기가 저지른 일의 과보(果報)를 자기 자신이 받는 일.

* 자중지난(自中之亂) : 자기네 패 속에서 일어나는 싸움질.

* 자초지종(自初至終) : 처음부터 끝까지 이르는 동안. 또, 그 사실.

* 자포자기(自暴自棄) : 스스로 자기의 몸을 해치고 자기의 몸을 버림. 곧, 실망(失望)·타락(墮落)하여 조금도 노력해 나아가려고 하지 않는 마음가짐이나 몸가짐. 포기(暴棄). ※포기(抛棄) : 하던 일을 중도에 그만 두어 버림. 자신의 권리(權利)나 자격(資格)을 쓰지 아니함.

* 자화자찬(自畵自讚) : 자기가 그린 그림을 스스로 칭찬한다는 뜻으로, 자신의 행위를 스스로 칭찬함을 말함. 자화찬(自畵讚). ※讚=贊

* 작심삼일(作心三日) : 한 번 결심한 것이 사흘을 가지 않음. 곧, 결심이 굳지 못함.

* 장삼이사(張三李四) : 장씨(張氏)의 삼남(三男)과 이씨(李氏)의 사남(四男)이라는 뜻에서, 성명(姓名)이나 신분(身分)이 뚜렷하지 않은 평범한 사람들을 말함. 갑남을녀(甲男乙女). 선남선녀(善男善女). 초동급부(樵童汲婦). 필부필부(匹夫匹婦).

* 재승덕박(才勝德薄) : 재주는 뛰어나지만 덕이 적음.

* 재자가인(才子佳人) : 재주가 있는 남자와 아름다운 여자.

* 적반하장(賊反荷杖) : 도둑이 도리어 매를 든다는 데서, 잘못한 자가 도리어 잘한 사람을 비난(非難)할 경우에 쓰는 말.

* 적수공권(赤手空拳) : 맨손과 맨주먹. 곧, 아무 것도 가진 것이 없음.

* 적재적소(適材適所) : 마땅한 인재(人材)를 마땅한 자리에 씀.

* 적진성산(積塵成山) : 티끌모아 태산. 작은 것도 쌓이면 크게 된다는 말. 적소성대(積小成大).

* 전광석화(電光石火) : 전광(電光 : 번갯불)과 석화(石火 : 돌이 서로 부딪치거나
또는 돌과 쇠가 맞부딪칠 때 일어나는 불). 아주 짧은 시간. 아주 빠른 동작

* 차일피일(此日彼日) : 이날저날. 이날저날 하고 자꾸 기일(期日)을 미루어 가는
경우에 씀.

* 창업수성(創業守成) : 창업(創業)과 수성(守成). 곧, 나라 혹은 왕업을 세우는 일
과 이를 지켜 나가는 일.

* 창졸지간(倉卒之間) : 갑작스런 동안. 창졸간(倉卒間).

* 창해일속(滄海一粟) : 큰 바다에 뜬 한 알의 좁쌀이란 뜻에서, 아주 큰 물건 속에
있는 아주 작은 물건을 말함.

* 천고마비(天高馬肥) : 하늘은 높고 말은 살찐다는 뜻으로, 가을이 썩 좋은 절기
임을 일컫는 말.

* 천려일득(千慮一得) : 어리석은 사람도 많은 생각 가운데는 한 가지쯤 좋은 생각
이 미칠 수 있다는 말.

* 천려일실(千慮一失) : 지혜로운 사람도 많은 생각 가운데는 간혹 실책(失策)이
있을 수 있다는 말.

* 천생배필(天生配匹) : 하늘에서 미리 정해 준 배필(配匹). 천정배필(天定配匹).

* 천생연분(天生緣分) : 하늘에서 미리 정해 준 연분(緣分). 천정연분(天定緣分).
천생인연(天生因緣).

* 천애지각(天涯地角) : 하늘의 끝과 땅의 귀퉁이라는 뜻에서, 아주 먼 곳을 이르
거나 또는 아득하게 멀리 떨어져 있음을 말함.

* 천양지차(天壤之差) : 하늘과 땅의 차이(差異). 곧, 커다란 차이. 천양지판(天壤
之判).

* 천양현격(天壤懸隔) : 하늘과 땅의 사이처럼 아주 동떨어진 것.

* 천은망극(天恩罔極) : 하늘의 은혜가 끝이 없다는 데서, 임금의 은덕(恩德)이 한
없이 두터움을 말함.

* 천읍지애(天泣地哀) : 하늘도 울고 땅도 슬퍼함. 곧, 천지(天地)가 다 슬퍼함.

* 천의무봉(天衣無縫) : 천인(天人 : 하늘의 선녀)이 짠 옷은 솔기가 없다는 데서,

문장이 훌륭하여 손댈 곳이 없을 만큼 잘 되었음을 말함. 완전무결(完全無缺)하
여 흠이 없음을 이름.

* 천인공노(天人共怒) : 하늘과 사람이 함께 분노(憤怒)한다는 뜻에서, 도저히 용
서할 수 없음을 비유함. 신인공노(神人共怒). 신인공분(神人共憤).

* 쾌도난마(快刀亂麻) : 어지럽게 뒤얽힌 삼의 가닥을 썩 절 드는 칼로 베어 버린
다는 데서, 무질서(無秩序)한 상황(狀況)을 통쾌하게 풀어 놓는 것을 말함.

* 파란곡절(波瀾曲折) : 크고 작은 물결의 굴곡(屈曲). 곧, 사람의 생활 또는 일의
진행에 있어서 일어나는 많은 변화(變化)와 곤란(困難).

* 파란중첩(波瀾重疊) : 크고 작은 물결이 겹친다는 데서, 사건의 진행에 여러 가
지 변화(變化)와 난관(難關)이 겹쳐 있음을 말함.

* 파사현정(破邪顯正) : 사도(邪道)를 타파(打破)하고 정도(正道)를 드러냄.

* 팽두이숙(烹頭耳熟) : 머리를 삶으면 귀까지 삶아진다는 데서, 중요한 것만 해결
하면 나머지는 따라서 해결됨을 말함. 망거목수(網擧目隨).

* 평사낙안(平沙落雁) : 평평한 모래톱에 내려앉은 기러기처럼 글씨나 문장이 단
아(端雅)한 것을 말함. 한편 소상팔경(蘇湘八景)의 하나로 동양화의 화제(畫題)
가 되기도 함. 전자(前者)의 의미일 때는 용사비등(龍蛇飛騰)의 대(對)가 됨.

* 풍수지탄(風樹之嘆) : 부모가 돌아가신 뒤에 효도를 다하지 못한 것을 슬퍼함.
樹欲靜而風不止 子欲養而親不待(나무는 고요히 있으려 하지만 바람은 멎지
않고, 자식은 봉양하려 하지만 부모는 기다려 주지 않노라) 라는 시(詩)에서 유
래한 말. 풍수지감(風樹之感). 풍수지비(風樹之悲). 풍목지비(風木之悲).

* 풍전등화(風前燈火) : 바람 앞의 등불이란 뜻에서, 매우 위태로운 상황을 가리키
는 말.

* 풍찬노숙(風餐露宿) : 바람 속에서 먹고 이슬을 맞으며 잔다는 데서, 바람과 이
슬을 무릅쓰고 한데에서 먹고 자는 것을 말함.

* 한단지몽(邯鄲之夢) : 사람의 일생(一生)과 부귀영화(富貴榮華)의 덧없음을 비
유하는 말. 당(唐)나라의 노생(盧生)이 한단(邯鄲) 땅에서 도사(道士) 여옹(呂
翁)의 베개를 빌어서 잠을 자다가 잠깐 사이에 부귀영화를 누리는 꿈을 꾸었다

는 고사에서 유래한 말. 한단몽(邯鄲夢). 한단침(邯鄲枕). 노생지몽(盧生之夢).

* 한단지보(邯鄲之步) : 자기의 본분(本分)을 잊고 함부로 남의 흉내를 내면 두 가
  지를 다 잃는다는 말. 조(趙)나라의 한단(邯鄲) 사람이 잘 걷는다고 하여 연(燕)
  나라의 한 소년이 그곳에 가서 걷는 방법을 배웠는데 익히지 못했을 분만아니라
  고국의 걸음걸이까지도 잊어버리고 기어 돌아 왔다는 장자(莊子)에 나오는 고
  사에서 유래한 말. 한단학보(邯鄲學步).

* 한우충동(汗牛充棟) : 책을 수레에 실으면 소가 땀을 흘리고, 방안에 쌓으면 마
  룻대까지 닿을 만큼 많다는 뜻. 아주 많은 장서(藏書)를 가리키는 말.

* 함흥차사(咸興差使) : 함흥(咸興)에 파견(派遣)한 사신(使臣)이란, 한 번 가기만
  하면 깜깜 소식이란 뜻으로, 심부름꾼이 가서 소식(消息)이 아주 없거나 회답(回
  答)이 더디게 올 때에 쓰는 말. 조선 태조(太祖)가 왕위를 물려주고 함흥(咸興)
  에 있을 때, 태종(太宗)이 보낸 사신(使臣)을 죽이거나 잡아 가두어 돌려보내지
  않은 고사에서 유래.

* 해로동혈(偕老同穴) : 살아서는 함께 늙고, 죽어서는 같은 무덤에 묻힌다는 뜻으
  로, 생사(生死)를 같이하자는 부부의 사랑의 맹세를 가리키는 말.

* 행동거지(行動擧止) : 몸을 움직이는 모든 짓.

* 허심탄회(虛心坦懷) : 마음속에 아무런 사념이 없이 품은 생각을 터놓고 말함.

* 현모양처(賢母良妻) : 어진 어머니이면서 또한 착한 아내.

* 현상호의(玄裳縞衣) : 검은 치마와 흰 저고리라는 뜻으로, 학(鶴)의 모양을 말함.
  소식(蘇軾)의 후적벽부(後赤壁賦)에 나오는 말.

* 현하지변(懸河之辯) : 거침없이 잘 하는 말. 현하구변(懸河口辯). 현하웅변(懸
  河雄辯). 현하(懸河)는 경사가 급하여 쏜살같이 흐르는 강으로, 말을 유창하게
  잘하는 것을 비유함.

* 혈혈무의(孑孑無依) : 외로운 처지에 의지할 데가 없음.

* 형설지공(螢雪之功) : 애써 공부한 보람. 형설(螢雪)은 중국 진(晉)나라의 차윤
  (車胤)이 반딧불로 글을 읽고[車胤聚螢], 손강(孫康)이 눈빛으로 글을 읽었다
  [孫康映雪]는 고사에서 유래함. 차형손설(車螢孫雪).

저자 소개 ▫

자헌(慈軒) 이정자(李靜子)

시인 문학박사. 이화여자대학교졸 건국대대학원
전 건국대 교수 한국문인협회회원, 한국시조시인협회회원
이화동창문인회 이사, (사)한국시조문학진흥회 이사

논저는

[한국 시가의 아니마 연구]' 백문사, 1996
[시조문학연구론]' 국학자료원, 2003
[논술문과 논문 작성법]' 새미, 2004
[시와 시조 창작론]' 국학자료원, 2004
[글쓰기의 길잡이]' 국학자료원, 2005
[제정공 이달충 문학]' 국학자료원, 2006
[명심보감](편저)' 한올출판사, 2008
[시조 한 수에 역사가 숨쉰다]' 한국학술정보(주), 2009
그 외 국문학 관련 논저 및 논문 다수

시집 및 시조집

[가을 꽃 여울 타고]' 토방, 1996
[하늘의 이슬로 된 진주이고자]' 백문사, 1996
[눈이 뜨일 때]' 한결, 2001
[마음의 창을 열면]' 한결, 2000
[기차여행 – 사계의 노래]' 새미, 2005
[시조의 향기]' 새미, 2007
[마음의 풍경]' 새미, 2008

에세이집

[풀은 마르고 꽃은 시드나]' 한결, 2001
[당신의 인생도 업그레이드 해보라]' 국학자료원, 2006

고전의 샘에 마음을 적시다

인쇄일 초판 1쇄 2009년 1월 10일
        2쇄 2018년 9월 11일
발행일 초판 1쇄 2009년 1월 15일
        2쇄 2018년 9월 17일

지은이 이 정 자
발행인 정 구 형
발행처 **국학자료원**
등록일 2006.11.2. 제324-2006-0041호
서울시 강동구 성내동 447-11 현영빌딩 2층
Tel : 442-4623~4 Fax : 6499-3082
www. kookhak.co.kr
E- mail : kookhak2001@hanmail.net
ISBN 978-89-6137-427-9 *03800
가 격 22,000원

*저자와의 협의 하에 인지는 생략합니다.